娘子不二嫁 2

文創風 703

淺笑 著

目錄

第三十一章

孫保財過來時，看他大嫂、二嫂都在，笑著跟她們打了聲招呼，也坐下跟孫老爹聊天。

錢七看這會兒人多，索性起身挑了顆西瓜切了，劉氏想阻止都沒來得及。看著老三媳婦刀法俐落地把一半西瓜切成小塊，心裡唯一的念頭是：一百多文沒了……

她自然知道老三媳婦切西瓜是給大家吃的，以前吃的時候，覺得這西瓜是挺甜，水頭也足，特別是把西瓜放到井裡涼過後。在熱天能吃到這麼涼快的西瓜最是舒服。

但當她看到一個瓜就賣一百多文時，心都在滴血。算了算那些天吃的西瓜足足有一兩多銀子，現在想想都心痛，一兩多銀子就這麼被她吃掉了。

接過錢七遞來的西瓜，劉氏嘴裡直嘟囔著一百多文又沒了。

錢七聽後笑了笑。她婆婆就是可愛，知道西瓜能賣這麼多錢後，就禁止家裡隨意吃瓜，可反正她是逮到人多時就切顆來吃。種西瓜可不就是為了吃嘛，賣西瓜也是因為自家吃不完才賣的，要是放壞了也可惜。

給每個人都拿了塊，她對張氏和小劉氏笑道：「吃完了自己拿，別客氣。」

說完坐下吃了口西瓜。嗯，有好幾天沒吃了，還真有點想了。

張氏和小劉氏相視一笑，耳邊聽著婆婆不時叨唸，突然覺得這西瓜怎麼這麼好吃呢！哈，沒想到她們還能吃上這麼金貴的東西。

孫保財跟孫老爹說著村裡的事，孫老爹聽完，看著兒子道：「你這般凡事都參與好嗎？村長不會有意見嗎？」

怎麼聽著村裡這些新鮮事，哪裡都有三娃子的影子呢？比村長還活躍。

孫保財也表示無奈。其實他也不是很想參與，但是不參與又有些不放心，畢竟都是些新事物，而且都跟他有關係，他就是想做甩手掌櫃也得有人能接手啊。

好在田村長是個能聽得意見的人，所以暫時先這樣吧，等示範村完成後，他就慢慢退出。

張氏和小劉氏吃完西瓜，眼看沒啥事，起身打算先回去。錢七看還剩下半個西瓜，便把西瓜放到竹籃裡，遞給張氏道：「大嫂、二嫂，這半個西瓜拿回去給孩子們吃。」

張氏也沒跟錢七客氣。孩子們能吃上這一口一文錢的西瓜，做娘的哪能不高興？跟錢七謝過後，兩人告辭往家去。

這日，東石縣城縣衙張貼公告，內容大致是東山石礦開採權，定於一月後進行拍賣。有意者先到縣衙報名，領取拍賣號碼牌，到時可憑藉拍賣號碼牌舉牌叫價，最後價高者，取得東石縣東山石礦的現有礦場開採權。

這條公告一出，迅速傳遍全城，大家現在議論的話題，都是關於東山石礦開採權的事，且對於縣令大人這般做，充滿各種猜測。

與此同時，從縣衙裡派出的邀請函，也到了各大豪紳的面前。有那想透過關係拿到開採權的，更是氣得直咬牙，直罵邵明修不識抬舉！這是明擺著誰給的錢多，開採權就是誰的。

邵明修坐在書房裡連打了兩個噴嚏，以為是著涼了，叫邵安換杯熱茶。

邵安把熱茶端來，放到桌上後退下，出了門，抹了下腦門的汗。這大熱天的，公子怎麼想起喝熱茶了？

邵明修把具體的拍賣章程寫下來，越寫越發覺得孫保財這人足智多謀，善於謀劃，這番才華要是蹉跎了實在可惜。

他有時想不明白，有這樣才華心計之人，為何會沒有野心呢？

田村長來到葛望家，看葛望在院子裡做木活。地上放著做好的板子，就知道這是給孩子做小床呢！

田村長摸著鬍鬚笑道：「現在做孩子的小床，是不是早了點啊？」孩子還不得一歲才用的上啊！

葛望一看是田村長，忙放下手中的工具，請他坐下。「我這不是想著有時間正好先做出來，要不以後忙了，更沒時間做了。」

媳婦懷孕後，他每天都有使不完的力氣。現在他一個人做豆腐，賣完回來就做些木活，要是待著的話，按照他媳婦的說法，就是在那兒傻笑。

他之所以這樣是因為他都做好這輩子沒有孩子的準備了，誰想孩子就這麼突然有了，這要當爹的心情，別人是沒有辦法體會的。

田村長笑了笑，也沒繞彎子，直接說明來意。

葛望聽了，看著田村長道：「村長，您別開玩笑了，進入村委會我哪行啊？」

這不是胡鬧嗎？不選那些德高望重的長輩，選他這麼年輕的，不是跟他開玩笑吧？就他跟家裡鬧成那樣，要進村委會，他們葛家人肯定最先跳出來反對。

田村長笑道：「縣令大人給咱紅棗村批了五十畝荒地，作為村集體用地，這五十畝荒地都是旱田改水田，你知道這意味著什麼嗎？意味著咱們村的好日子要來了，以後也有錢修路、蓋學堂了！」

說到這裡，田村長把集體用地的作用說了一遍。

說完，他看著葛望道：「縣令大人的意思，是要找幾個年輕些的後生，能為村裡做事的人，我這樣說你能明白吧？至於為何選你，肯定是相信你能為村人做實事。」

葛望知道村裡要把旱田改水田的事，這個錢衙門會出，明年要實行孫保財家的稻田養魚。但這村子集體用地的事，還是頭次聽說。按照村長的說法，紅棗村的人可不是要過好日子了？

想罷也不再推脫。既然村長信任他，他去做便是，村裡要是有學堂了，以後他家孩子也能讀書識字。

一想到孩子，他又開始傻笑。

田村長看葛望同意了，笑道：「那就這樣，明天上午別出去了，聽到鐘聲到祠堂集合。現在公文都貼出去了，明天要當眾宣讀。」

說完他起身往外走，還要去下一家。

劉長順家和錢家就隔了三家，田村長決定先去找劉長順，等會兒再去錢家，到時可以同錢老爹聊會兒。他心裡的疑問，想讓錢老爹出出主意。

劉長順在家排行最小，上頭三個哥哥都成親了，現在劉家就剩他沒成親，可也快二十了。

劉家以前一直沒給他在村裡相看姑娘，一心想找個城裡的，可惜這會兒劉長順回來，沒能如他們所想地留在縣城裡。

到了劉家，只見一家人在院子裡編籮筐，劉長順也低頭在一旁拿著柳條編。

田村長出聲跟劉老哥打了聲招呼，劉家人看是村長來了，忙起來讓座。

劉老爹道：「村長怎麼有空來了？」

田村長在劉長順身邊坐下，笑道：「老哥哥你忙，我找你家長順有點事。」

劉長順聽了，放下手中的柳條，納悶道：「村長找我何事？」

他回來也一個多月了，家裡給他張羅親事，所以就沒出去找活，每天幫著家裡做些事，打算成親後找個藥鋪的工作。村人說他的閒話，他根本不在意，這些年在外什麼臉色沒看過，如果這點事都在意的話，那他才是白去外面了。

田村長看劉長順長得白淨，跟村裡長年務農的可真不一樣。

「村裡要成立村委會，有四個成員名額，我是來問你想不想給村裡做點事，想的話就來村委會。」說完解釋了下村委會，還有集體用地的事。

劉長順聽完後很是震驚，這些他在縣裡可都沒聽過。一聽是知縣大人要在紅棗村做示範，知道這是個機會，但是卻跟他的想法有些違背。

他原本打算成親後去藥鋪找活兒的，要是進了村委會，豈不是只能留在村裡了？

劉家人在旁邊也都聽明白了。這是要長順管事呢，這還有啥好想的啊，趕緊同意啊！

劉長順聽到田家人不時咳嗽兩聲，心裡好笑，怎麼這一會兒都病了？想罷，他對田村長笑道：「長順能為村裡做些事，實屬應該。」

田村長聽劉長順同意了，便道：「好，明天上午聽敲鐘，到時到村裡祠堂集合，宣讀下知縣大人給咱們村的公文，這會兒已經貼出去了，你要是有興趣就去看看。」他知道劉長順識字才這般說的。

從劉家出來往錢家走，到了門口，看錢家孩子在院子裡玩耍，錢老爹正在院子裡納涼，田村長笑著進去道：「還是你悠閒啊。」

錢老爹笑著叫他過來，倒了杯涼茶，才道：「今兒個怎麼想著來了？是不是有事啊？」村長一向是無事不登門。

田村長喝了口茶。「來跟你聊聊天。你家錢六呢？」

這茶不錯啊，別人家待客才用茶呢，錢老頭平日就喝這般好的茶，可見其家底豐厚了。

錢老爹笑了。這找他聊天，卻問他家錢六？回道：「錢六出去收貨還沒回來呢，估計要晚些了。怎麼，找他有事啊？可以跟我說。」

田村長聞言，邊喝茶邊把村裡的事跟錢老爹說了。說完看著錢老爹道：「你家錢六能進這個村委會吧？」

錢老爹聽完，心裡詫異，沒想到紅棗村能攤上這樣的好事。把田村長說的話又在心裡想了一遍，找出這裡的關鍵。

他看著田村長道：「錢六當然能去。這個先不說，你跟我說實話，這事是不是跟我女婿有關？」

所有的事件都關係著稻田養魚，他不得不懷疑裡頭有孫保財的緣故。最重要的一點是，他不相信村長有這個能力。田村長都當了二十多年的村長，這二十多年來都沒啥作為，老了就有這麼大能力，不合乎常理。

田村長不由笑了，知道瞞不過這老傢伙，於是點頭承認道：「這裡的事都是你女婿做的，我就是個跑腿配合的，而且還是知縣大人親自吩咐過的。」

錢老爹也沒想到這小子能耐這般大，竟然跟新知縣攀上關係，心裡不覺有些得意，誰讓孫保財現在是他女婿呢？

田村長可沒管錢老爹在想什麼，逕自把苦惱說出來。

「你幫我出出主意，我是現在就去找知縣說呢，還是等等呢？」

他家來福要是進了村委會，他想著自己還是退下來，到時跟知縣大人推薦孫保財，這樣知縣大人應該會高興才是。

錢老爹笑著搖搖頭，道：「你想太多了，我女婿那人對當村官沒興趣，這個村長你繼續當著就是。」

光聽田村長說的話他就能判斷，孫保財和知縣大人的關係肯定不錯，要是想當村長的話，還不是一句話的事，哪裡要等到現在？

看田村長一臉疑惑，他笑著解釋一遍，最後才道：「別想太多，按照知縣大人的意思辦，你這村長就當得妥妥的。」

田村長一想，確實是這個理，不由拍了下腦門，真是當局者迷，旁觀者清。想開後也不再糾結，兩人又聊起了別的。

翌日上午，紅棗村響起敲鐘聲，村人聽了便往祠堂的方向走，這是村長有事召集村民。大家到祠堂後小聲議論，猜測是不是要說旱田改水田的事？

孫保財在田村長耳邊一陣耳語後，就退回錢七身邊。兩人找了個人少的地方站著，小聲聊天。

孫保財低聲道：「老婆，妳想不想去旅遊？我聽說瓷安縣的廣安寺有得道高僧來講佛法，廟會要舉辦月餘，特別熱鬧，要不要去遛達遛達？」

那個得道高僧叫啥來著？他想了會兒沒想起來，索性不想。反正是誰不重要，重點是那裡熱鬧好玩，他想帶著老婆出去散散心。

錢七一聽要去旅遊，還是有那麼點想去，而且瓷安縣路程還不算遠，去遛達遛達也行。於是點頭道：「行，咱們到時看看附近有沒有其他景點，多玩兩天吧。」

出去一趟就要坐一天的騾車，這般辛苦，要是不多玩幾天有些不合算。

兩人在這邊計劃出遊的事，那邊村長看人都來齊了，於是開始宣讀張貼的公告。

田村長讀完又詳細解釋了一遍，大家頓時一陣議論。

張氏聽說以後村裡會有學堂，到時村裡出錢讓娃兒們去讀書識字，頓時激動地讓孩子他爹問問啥時候能蓋學堂？這樣的話，祥子以後讀書就不用束脩錢了！

可沒等孫寶金問，其他人就先問了。

田村長笑著答覆。「學堂的事，明年收成好，咱們就先蓋了，到時請位夫子，讓咱村裡的娃兒都去讀書識字。要是誰家的娃兒學得好，那趕考的銀子村裡也出一部分。至於這一部分是多少，村裡成立的委員會會根據實際情況制定章程。」

這話一出，大家又是一陣熱議。

孫保財跟他說了，荒地的錢一部分一部分地還，先把村裡建設起來，讓村人得著實惠才是真。這話他是一百個認同。

「剛剛村委會的事我也跟大家說了，下面宣佈這四名人員。」田村長等大家都安靜了才道：「田來福、葛望、劉長順、錢六。」

這話剛落，葛家大嫂率先跳出來，厲聲道：「葛望怎麼能進村委會！我家葛穀怎麼進不了？」

雖然這話不該葛家大嫂說，卻問出了大家的心聲。他們這些人裡可是有好多人比這四人強多了。

田村長皺眉，看了眼葛家大媳婦，解釋道：「村委會成員是為了給大家做事的，所以選的都是年輕些的後生。既然有人有意見，那我就詳細說說為啥選這四人。」話落，他看了眼葛家人，道：「為啥選葛望？很簡單，葛望耿直、有正義感，對不平的事能夠替人出頭，村委會就需要個這樣的人，來監督村集體用地產出銀子的去向。你們年輕人裡有幾個人能做到遇事不退縮，能擔起這份責任的？」

這話一出，葛家人臉色都變了。葛望要不是這麼個性子，也不至於跟家人對著幹。

村人細想田村長的話，確實是這個理。村裡的年輕後生多數都未分家，在家都是聽爹娘長輩的，還真沒有誰能像葛望這樣。

田村長看沒人再提出意見，繼續道：「田來福雖然是我兒子，但是他的能力我相信你們清楚。」

大家對於村長兒子自然是沒意見了，本來人家就是要接任村長的人選，這事他們心裡明白。

「錢六腦子活絡，人家現在的營生幹得好著呢，你們覺得這樣的人，不該進村委會嗎？」

錢六聽了，不好意思地笑了笑。其實要不是他爹想讓他來，他還真不想來。

「至於劉長順，是在縣城藥鋪當了十年學徒的人，人家識字、對藥理瞭解，你們覺得這樣的人，咱們不該留住嗎？我知道村裡有些劉長順的流言，那麼我現在告訴大家，劉長順為啥讓藥鋪解雇。是因為藥鋪掌櫃的親戚要來，別的學徒都是縣城裡的人，只有劉長順是村裡人，所以才被解雇的。」

村人聽了又是一陣熱議，明白村裡年輕人真沒誰能比得上這幾人的，也開始認同田村長公布的人選。

田村長看大家都沒意見了，才笑道：「村委會的人一會兒上我家開會，咱們具體分工。」

說完這話，又對大家說道：「知縣大人派來的人兩天後來村裡給咱們修建水田，到時候要是誰想打短工，下午來我家報名，工錢是一天二十文。」說完示意劉長順等人跟他走。

孫保財笑看了眼還在熱議的村民，牽起錢七的手回家。

他要回去收拾收拾，先帶老婆出去玩幾天，反正這裡已經沒他啥事了。

第三十二章

兩人收拾了幾件衣裳，帶了點吃的，孫保財把東西放進騾車後，又往車廂裡塞了十來個西瓜，拿了籮筐裝好。

做完這些，他對錢七道：「妳先換衣裳吧，我去跟娘說一聲。」說完便往茶寮走。

他跟劉氏和孫老爹說兩人要去瓷安縣一趟，想去聽聽高僧講法，順便求個平安富貴符，在瓷安縣待幾天。

孫老爹聽了倒沒有說什麼，只是叮囑了幾句；劉氏聽了則心裡納悶，平日就聽過求平安符的，這還有平安富貴符呢，想來這符也是高僧才能畫吧？

她叮囑兒子道：「去了多待幾天，順便去送子娘娘那兒拜拜。」

村裡也有說老三媳婦的閒話，不過就是說些成親一年多還沒懷上孩子，是不是不能生啊？她聽了自然生氣，但也知道這是兒子的事，跟老三媳婦沒關係。所幸葛望媳婦懷了，讓一些人閉了嘴。

孫保財自然知道娘是啥意思，笑著表示知道了，又說了幾句才往回走。

錢七換好男裝，站到銅鏡前，看鏡中是個模糊的書生身影，滿意地點點頭。

這一年身體變化很大，胸前也不像以前那麼平坦了，束腰的短衫根本不能穿，她又不想為了出個門束胸，才選擇穿長衫。

又想著要在外住幾天，上次住客棧時覺得被子有點異味，便從櫃子裡拿了床被子，用布包好拿到車廂裡。

她一看裡面有兩大籮筐西瓜，心裡有些納悶。帶這麼多西瓜，難道孫保財打算去廟會上賣西瓜？

這般想著，又把雨傘和斗笠放進去。

孫寶財回來看錢七穿了一件長衫，俊秀的模樣配上從容淡然的氣質，確實非常吸引人。他走過去從後面抱住她，蹭著她的臉頰，喃喃道：「老婆，我愛妳。」

錢七感受下邊有個東西頂著自己，聽了這話，無奈笑道：「我也愛你，那咱們還走嗎？」

隨著身體發育逐漸成熟，這小子有越來越忍不住的趨勢了。

孫寶財聞言又抱了會兒，整理好情緒，掐了下她的臉蛋，才道：「走吧，得在天黑前趕到瓷安縣。」

錢七笑著點點頭，坐上騾車往瓷安縣去。

雖然騾車有些顛簸，但不影響一路看風景的愜意心情。

孫保財雖然在趕車，卻不時看看錢七，跟她說些兩人上學談戀愛時的往事。

錢七看他這樣，也笑著配合。孫保財看回憶得差不多了，看著她笑道：「媳婦，妳不想嗎？」

以前兩人在這方面的契合度可是很好的，不會老婆換了個年輕的身體後，就不想這方面的事了吧？

這般想來，更是疑惑地看著錢七，想著要不要找幾幅春宮圖給她看看？錢七可不知孫保財心裡所想，只是聽了這話也問自己不想嗎？答案當然不是了。

她一直認為婚姻中，性很重要，只不過以前扁平的體型，一看就是個初中生身材，不說孫保財，她自己是一點都不想。

還有，當初孫保財跟她說的豪言壯語，說要等她這身體十八歲再行房事，這好意，她哪能不領呢？

想著自己現在的身體也快十七歲了，發育良好，月事也來了，兩人都有經驗，性生活還是沒問題的。

想罷，她挑眉逗著孫保財道：「想啊，可是某人說要等我到十八歲，這番好意我可不能不領啊。所以就算偶爾想的話，咱也得忍著不是？」

孫保財立刻眉開眼笑。「媳婦，我那時候這麼說，不就是為了讓妳跟我成親嗎？」

看錢七瞇眼看著自己，他意識到說錯話，馬上改口道：「那個、那個時候妳身體還沒發育好，我怎麼能下得了手呢？」

看錢七這會兒冷笑了，用手打了下嘴，賠笑道：「我太激動了，說話有些亂，妳別介意啊，妳理解我想表達的意思吧？」我去，這話說得怎麼這麼不長腦呢？

錢七聞言，冷冷一笑。「當然理解了，你嫌棄我那時身材不好嘛，還騙我嫁給你，是這意思吧？」

孫保財連忙搖頭，一通解釋，情話就跟不要錢似地往外送，把錢七說得最後只能投降。

兩人一路打趣，終於在天黑前到了瓷安縣，找了處乾淨的客棧住下。

因為坐了小半天騾車也挺累，晚上孫保財只是摟著錢七睡了一夜。

翌日一早醒來後，在床上纏磨了會兒才起床。

吃過早飯，他跟小二打探廣安寺高僧講法的事，還有廟會的時間。看小二口沫橫飛地說著廣安寺的高僧法度禪師多麼多麼厲害，孫保財和錢七互相看了眼，默契地搖頭，表示不知法度禪師是誰？

最後孫保財只得打斷小二，問了廟會的事。得知廟會要到廣安寺法事結束第二天才散，這一算，還有半個月才完事呢！於是決定退了客房，到廣安寺山下找個農家院住著。

聽小二說那裡農家院多，廣安寺在山下也有專門為香客準備的院子，住宿的地方很多。

廣安寺是在離山上，離山風景秀麗，遊玩的景點多，所以住到那邊，到時爬山遊玩也方便。

兩人結了帳，把東西拿上騾車，看錢袋裡還有三百文左右，孫保財對錢七笑道：「老婆，我這裡只剩下銅板了，一會兒妳給我些碎銀。到離山腳下找住的地方，咱用碎銀吧，這些銅板留著買小玩意兒零花用。」

那邊的住宿肯定比這邊貴，用銀子比較好。

他現在的設想是到那邊租個農家小院子，跟老婆來一場完美的洞房，想想都開心不已。

錢七眨了眨眼睛，看著傻笑的孫保財道了句。「我沒帶錢。」

看孫保財臉上的笑容凍結，她不由笑了出來。

我的天，兩人出來遊玩沒帶錢——她因為在家裡習慣不揣錢了，所以壓根兒就沒想這事，此時看老公苦著張臉，安慰道：「沒事，我帶了床被子，咱們可以住車廂裡。」

孫保財只覺完美的洞房長翅膀飛了。

心裡也在懊悔，怎麼把這事忘了？他平日兜裡總揣著錢袋，因著心裡總惦記某些事，所以就忘了上次收完貨款，把銀子都放到錢匣裡，只想著要忙村裡的事一段時間，也用不上啥錢……卻沒想到他老婆出門也不帶錢。

聽了錢七安慰的話，他不由笑了，寵溺地刮了下她的鼻子道：「妳還挺有先見之明的嘛，到時咱倆睡在車裡，妳可別害怕。」

噗，睡在車裡能幹什麼？不行，還得想個法子賺點住宿費才行。

最後兩人決定到廟會去賣西瓜，便趕著騾車往廟會的方向去。

一路上，錢七看著孫保財就想笑。

昨兒個來的路上，她問孫保財為啥帶這麼多西瓜，是想去廟會賣西瓜嗎？得到的是孫保財的白眼，還說了一通，這次出來是純遊玩，不想賺錢的事。

他說這些西瓜是給廣安寺的，既然來到這裡，這次正好去寺院附近玩，順便拜拜圖個安心。還說什麼別人都是捐香火銀子，他送幾個西瓜誠意夠了，銀子還省了。

這會兒倒真要賣西瓜了，她能不笑嗎？

孫保財也無奈。千算萬算忘了算一樣，其他都是白算！

夫妻倆去廟會時，田村長來孫家找孫保財，結果家裡鎖了門。他只好到茶寮詢問，沒想到被孫老爹告知兩人去了瓷安縣。

這一大攤子事說走就走，明天知縣大人派的人就來了，他本來還想著找孫保財商量怎麼招待一番，沒想到是這麼個結果。

跟孫老爹也不能說什麼，田村長只好回去找其他人商量。這會兒，村委會的人都在他家呢。

昨天下午開始，村人就陸續來田家報名做短工的事，所以今天上午也讓他們來幫著統計出來，順便把分工的事確認一下。

因葛望家也沒個田地，家裡就靠他一個人賺錢，昨兒個就讓他先忙自家的事，等下午賣完豆腐回來再忙村裡的事。

田村長回到家，把孫保財去了瓷安縣的事說了一遍。

孫保財為紅棗村做的事，他昨兒個就跟村委會裡的人說了，這會兒希望他們幫著出出主意。

劉長順聽完，心裡就有數了，看大家也不說話，只好出聲道：「村長，保財哥為村裡做的事夠多了，現在既然成立村委會，咱們該挑起這個責任，不該事事都指望著保財哥才是。」

他接觸過孫保財很多次，因著孫保財常在縣城裡來往，有時捎個話啥的，找他比較方便，這麼一來二去就熟了。別的他不敢說，但是從昨天田村長說的話裡，孫保財顯然無意於村裡的這點權力，所以人家連村委會都不參加。既然如此，他們這些人，何不擔起自己的責任呢？

這話一出，讓田村長等人心中一震。

久久，田村長才嘆息道：「長順說得對，咱們的事不能總讓保財幫咱們做。現在咱們商量下明天的事吧。」

待大家商量完，制定出章程才散去。

離山山腳下，人還確實挺多的，孫保財問了旁邊擺攤的人，知道這廟會的攤位是一直到上山入口處，光看著就很熱鬧。他又詢問了停放車馬的地方，謝過擺攤的大娘，便把騾車趕到停放處。

這裡是專門圈起來的一塊地方，就一個雙向進出口，他交了一文錢，找了個陰涼的地方停下，拴好騾子，拿著一筐西瓜下來。

兩人一起往廟會裡走，邊走邊打算找個地方把西瓜賣了。

錢七跟在孫保財的後面，東張西望地看著兩邊的地攤，還真發現一些有趣的小東西，決定賣完西瓜好好逛逛，到時買一些給家裡人帶回去。

孫保財最後在一個賣瓷器的攤子旁停下來。這裡正好有個小空地，他把籮筐放下，對錢七笑道：「妳到陰涼地待會兒，或者先在附近逛逛。」

錢七表示要在附近轉轉。這般具有古代風俗特色的大型廟會活動，她還是頭一次來。

孫保財又不放心地叮囑一番，要她別走遠了，儘量在他的視線範圍內，如果有事就大聲喊，他好趕過去。

錢七點頭表示知道。這裡又沒有手機，走遠了出事還真容易走散。

孫保財看老婆在附近的小攤子逛，找了塊石頭坐下，不時抬頭看看她在哪個攤子上看東西。

旁邊賣瓷器的攤主看到了，不由好笑。這人對弟弟也太不放心了吧？弟弟一看也成年了，哪能還這般看著呢？

看他賣的東西稀罕，那是什麼東西？那麼大個，還怪好看的。

他索性開始跟孫保財搭話，知道那東西是西瓜。這個他聽過，原來西瓜長這個樣子啊？

兩人互相介紹了下，開始有一搭沒一搭地閒聊。

孫保財可不是光在聊天，也在觀察過往的人。他的西瓜肯定要賣高價的，但是出得起這個錢的，肯定不是普通人。他要等的是那識貨、通情達理之人，如果看著就是斤斤計較的，還是不要招惹的好。

這時有人站到攤位前，他抬頭一看，是位身著白衣、手拿摺扇，俊逸出塵的翩翩佳公子。

看他後面跟著僕役，孫保財笑問道：「公子是想買西瓜嗎？」

柳塵玉點頭道：「你這西瓜怎麼賣？口感如何？」

真沒想到在這裡竟然能看到西瓜，這東西還是在京裡叔父家吃過，臨安府地界好像不產這東西。

孫保財笑道：「這西瓜包熟、包甜，公子請容我說下這西瓜怎麼賣。」見對方點頭示意自己，才繼續道：「我和家人來這裡本不是為了賣西瓜的，這次從家裡出來，一是為了聽高僧講法，二呢是聽說這裡有廟會，順便來這裡遊玩。」

說到這裡，他停頓了下，才不好意思地道：「這些西瓜本是想送去廣安寺給高僧吃的，奈何出來時匆忙，拿錯錢袋，所以現在身上的錢不夠住宿費用，才出此下策賣西瓜。」說完，孫保財看著白衣公子。「所以這西瓜的價格，公子看著給就行，只要這錢夠我租間小院，遊玩個三、五天即可。這法事還有半個月，我是無法聽了，只求帶著家人遊玩個三、五日，也算沒白來一趟。」

只有這樣說，他這西瓜賣高價才不會有事。

第三十三章

柳塵玉聞得此言覺得新鮮，看這人眼神不飄忽，語態真誠，不像是說謊的樣子，就是這拿錯錢袋有些好笑。

想到這裡，不由笑道：「既然這樣，那這幾個西瓜我都要了，不知這錢夠不夠？」

孫保財看後面的人拿出十兩銀子，不由搖了搖頭，對白衣公子道：「一半都是我占了大便宜，這個還是換小點的吧。」

這人一看就是家裡精養的公子哥兒，跟這樣人家的人打交道，最忌諱把人當傻子占便宜。

就算他不在意，但他家人可不一定不在意，何況他豈是那坑人之輩？

柳塵玉聽後笑了，對後面的人揮揮手，示意換個小的。這賣瓜之人能這般行事，可見剛剛他說的應該是真的。就是不知他到底知不知道這裡現在租個小院子要多少錢？

不過想著三、五日，這五兩銀子應該夠了，索性也不多說，讓人給了銀子，把裝西瓜的籮筐抬著，繼續逛廟會。

孫保財把銀子放好，看錢七不知站在那兒看多久了。

錢七本來在一處賣扇子的攤位看團扇，被賣扇子的大娘追問哪裡人、成親了嗎？弄得她尷尬，連忙表示自己成親了，看孫保財那裡好像有人買瓜，趕緊跟這位熱心的大娘告辭。

回來就見孫保財在招呼那個白衣公子，於是也不過去，站在邊上把這事聽了個全。

孫保財上前拉過錢七的手，笑道：「咱們先去找個院子租下，等安頓好了來逛。」

剛剛聽賣瓷器的攤主說，這裡的院子很緊俏，他現在擔心租不到院子。特別是剛剛買西瓜那人先給了十兩銀子，他可不覺得那人是亂給的。

白衣公子看著仙氣十足，但他注意到這人眼裡流露的精明之意，所以現在對於租院子的價格已經沒底了。

錢七自然不反對，兩人回到停車處把騾車趕出來，按照別人指點的路線，果然看到好多小院，但經過詢問，得知已經沒有便宜的空屋子；因著高僧的到來，這裡的農家院子在十天前就租得差不多了。

孫保財皺起眉頭。還真是跟聽說的差不多。

想到這裡，他出聲詢問剩下的屋子多少錢一晚？

一聽沒有單獨房間出租，只有獨立的小院子，一兩銀子一晚，孫保財都覺得貴，但多少錢都得住，總不能真的在車廂裡睡吧？最後定了三天，付了三兩銀子。

孫保財在院子裡弄騾車，錢七先進屋看了還行，看著挺乾淨的，但是說實話，真不值這個價，在這裡住這三天，夠村裡的普通人家兩年的開銷了吧？

兩人一共在這裡玩了三天，去了山上看雲海，求了平安符，還給廣安寺送了兩個西瓜，至於高僧能不能吃到，那不是他們能控制的事。

兩人白天、晚上都逛了廟會，買了不少小東西，都是給家人的禮物；還吃了很多這邊的特色小吃，但讓孫保財覺得這三兩銀子花得最值得之處，就是他們終於圓房了……

邵明修聽完邵平的彙報，得知是田村長接待，並且安排了一切，不由挑眉問道：「孫保財幹麼去了？」

聽邵平說完，他還真沒想到孫保財帶著娘子去了瓷安縣遊玩，不由好笑。這是躲出去了嗎？可惜有些事是躲不掉的。

他知道那邊最近很熱鬧，表弟來信說也去了那邊，等參加完法事後，還說要來東石縣看他。

只怕看他是順便，參加東山石礦的拍賣會才是真。這次柳家派了塵玉過來，看來對東山石礦採礦權是勢在必得啊……

想到這裡，他提起筆給母親寫信，信上言明一切公事公辦，如有得罪之處，還請外祖父體諒。

明天的東山石礦採礦權拍賣會，定在東石縣泰和樓舉行。

凡是對東山石礦採礦權有意的，早在前兩天陸續抵達東石縣。

泰和樓是東石縣唯一一棟三層樓的酒樓，也算是東石縣的知名建物。

至於為何定在這裡，是孫保財的意思。

他剛回來就被邵明修抓來，說什麼大人事務繁忙，拍賣會的事就交給他這個師爺了。那一刻，孫保財突然有股上了賊船的感覺。

當天晚上回到家，第一件事就是把邵明修給他的師爺聘請文書，拿出來仔細閱讀。仔細看過後，孫保財心裡給邵明修豎了個中指。你妹的，被這小子套路了！

這上面竟然沒有寫聘請日期，最氣的是也沒有寫工錢，當初以為就是走個形式，他也沒多想就簽了字，這會兒邵明修這麼說，他也只能捏著鼻子認了，誰讓兩人現在是朋友了呢？

邵明修原本的意思是要把這拍賣會弄到縣衙裡舉辦。照他的說法，就是加幾個桌椅板凳的事。他聽了當然贊同。這事既然放到縣衙裡辦，那就不用自己張羅了。

孫保財本想借機把這事推了，沒想到被邵明修看出來，直接來了個讓他全權辦理拍賣會的指令，還給了他一百兩銀子，言明就這些銀子，不夠要他去想辦法，但如果有剩的就都歸他了。

當時把他氣得真想就弄幾張桌椅擺在縣衙裡得了，反正不是說了，剩下的錢都是他的辛苦費。

可想歸想，事情不能這麼辦。

但不是說這一百兩銀子，用不完的就給他嗎？所以他辦拍賣會的宗旨就是——省錢，還得辦得體面，面上得好看才行，要不他怎麼名正言順把這一百兩銀子留下？

所以他選在泰和樓，又找泰和樓的東家談了半天，才說服他把泰和樓免費借給縣衙三天辦拍賣會。

為此，他答應給泰和樓的東家胡祝，寫一份酒樓連鎖店計劃。

初四那天，泰和樓就不再營業，他帶人正式佈置會場。

因著他寫的酒樓連鎖計劃讓胡祝特別滿意，不但又贊助了好茶葉，還言明酒樓的夥計都歸他派遣，這讓孫保財一下多出來十多個人手。還是老胡給力，關鍵的時候，邵明修是一點都指不上。

桌椅都是泰和樓的，只要擺放好即可，剩下的吃食用品、場地和拍賣臺的佈置，還有舞獅鼓樂手等，全部都找了贊助。反正他承諾，只要給拍賣會贊助者，到時都在泰和樓外的紅色布條寫上贊助店鋪的名字。

這消息一出，以前都是一家一家找贊助，如今是別人主動找他。

最近他每天都是笑容滿面的，畢竟二十來天的時間就賺了近一百兩銀子，心情能不好嗎？

邵安被他家公子派給孫保財當跑腿，這段時間一直跟著孫保財跑前跑後，一路見證孫保財的神奇之處。

說實話，他現在心裡最佩服的人不是他家公子，而是孫師爺。一分錢都沒花，就把所有的事都辦成了，而且辦得這麼體面，就這配置他算下來，沒有個三、五百兩銀子，根本就辦不來。

因此這段時間跟在孫師爺身邊，他真是受益匪淺。

邵明修想著明天就是拍賣會了，就讓人把邵安叫來。

這段時間忙著政務，他也沒問拍賣會的事，只知道孫保財選了泰和樓舉辦。

孫保財給他出了個難題，讓他聯絡東石縣的養魚戶，明年開春必須有足夠的魚苗才行，這樣稻田養魚才能進行下去。

如今聯絡的結果不太樂觀，鯽魚魚苗明顯不夠，也不知其他魚的魚苗行不行？等拍賣會完事，他打算找孫保財好好聊聊。

邵安聽公子找自己，立即放下手中的事到書房。

邵明修讓邵安起來回話，看著他道：「說說孫師爺辦拍賣會的事。」

邵安頓時來了精神。他早就想跟公子說孫保財了，奈何一直沒找到機會，這次公子主動問起，當即就把孫保財幹的事一五一十說出來。最後還隱晦地跟公子表達，希望以後還能跟孫師爺多學學。他要是能學會孫師爺的本事就好了。

邵明修聽完，半天不知該說什麼？聽這意思，孫保財辦拍賣會是一文錢沒花啊？合著他給的那一百兩銀子，還真是人家的辛苦費啊……

他看著邵安問道：「孫師爺真的一文全沒花？」

邵安納悶地看著邵明修，回道：「雖然那些商家後來都主動找孫師爺贊助物品，但是怎麼可能一文沒花呢？小人跟著孫師爺去小飯館吃飯，都是師爺拿的錢。奴才本來想掏錢的，但師爺沒讓我出，還說跟著他出來，怎麼能讓我拿錢呢？」

說完看邵明修的臉色不太好，他連忙住嘴，低頭冷靜下來後，都想抽自己嘴巴。

他都說了什麼？這麼傻的話都說了出來，千萬不能因為佩服孫師爺便在公子面前失了分寸。

邵明修看邵安這傻樣，忍不住揉了揉額頭，示意他出去。

等邵安退下後，他才笑出聲。

真有你的啊孫保財，為了不花錢，找那些商賈拉贊助。

邵安說贊助的意思，就是人家出東西支持他辦事，回報就是在泰和樓外，給那些贊助的商家，把店鋪名稱寫在條幅上，懸掛在泰和樓，讓所有到來的客人都能看到，這個叫廣而告之，簡稱廣告。

就這麼一招，竟然能讓那些市儈的商家甘心白給孫保財東西。

說實話，他現在都佩服孫保財了，腦子怎麼長的呢？這種主意都能被他想到，更新鮮的是那些商家還都買帳！

邵安說他是一路跟在孫保財身邊，得知孫保財竟然未用他的名頭壓人，就把事情辦得這般漂亮，這等能力才幹，他豈能放著不用呢？

孫保財可不知自己又被邵明修惦記上了，他檢查完最後一遍，確定沒問題，又吩咐了幾句就從泰和樓出來，打算一會兒就回去。

出來一看，有很多人駐足圍觀泰和樓，待走到騾車停放處，回頭看了眼掛滿條幅的建築物，默默摸了摸鼻子。

如果被錢七看到，肯定會說好土，但是這裡的人應該會覺得很喜慶吧？

柳塵玉此時在泰和樓對面的酒樓，從二樓窗戶看過去，泰和樓上的條幅更是顯眼。

每條條幅上都寫著一個鋪子的名字，不說別人，就是他也起了好奇心，還特意讓人去打探，當然主要是還想瞭解下事情的具體經過。

他來了之後就見了表哥一面，還被告知在拍賣會結束前，沒事別來縣衙找他，弄得他小性子上來了，這些天還真沒去找，現在想知道這些事還得派人去調查。

不過這風格，明顯跟他表哥的性子不符，所以拍賣會肯定是表哥讓別人去做的。就是不知這人是誰，竟然這般行事……

這時看小廝柳全回來了，示意他上前回話。

柳全上前把探聽來的事詳細稟報，柳塵玉聽完才知，這一切是個叫孫保財的人弄的。

那些商家提供物品，然後拍賣會場外懸掛他們鋪子名稱的條幅，據說這兩天的生意，都比以前好了不少。

他家就有各種營生，這事稍微一想也明白其中的道理了。

利用舉辦拍賣會的事和影響力，讓更多人看到商家的名號。人們不管是出於好奇，還是店鋪本身就出名，都會光顧這些鋪子，生意自然也就好了。

而且這些鋪子最大的收穫，就是日後有了炫耀的條件，比如跟合作者說，他們鋪子名字曾經懸掛在泰和樓上，為拍賣會做了貢獻等等。

而有了這些鋪子提供的物品，自然是省了不少錢。

這般想完，柳塵玉對這個孫保財更加好奇了。這人在商業上有大才啊！能被表哥派來辦理拍賣會的事，肯定是他信任之人，只想著怎麼開口跟表哥要人？
這人跟著表哥可惜了，跟著他肯定更能發揮經商才能——

孫保財可不知除了邵明修還有別人惦記自己，回到家時，正好趕上晚飯。
錢七給公婆送完飯，看他回來，兩人一起用過飯，收拾完了，卻被孫保財帶到房裡。
她看著他拿出放銀子的盒子，知道那是邵明修給他的一百兩銀子，讓他辦拍賣會的費用。只是看他打開盒子，裡面的銀子竟然一錠都沒少，不由挑眉看著他。「怎麼，你沒用這銀子嗎？」
盒子放在哪裡她知道，只不過從來沒碰過。這不明天就是拍賣會的日子了嗎？怎麼還有這麼多銀子？
孫保財笑道：「這些銀子以後都是咱們的了，妳把這盒子放到暗格裡吧。」
看她一臉莫名，孫保財笑著解釋一遍。
錢七明白了，這銀子確實是老公該得的辛苦費，笑著親了下他的臉頰，對孫保財的佩服已經無法用言語來形容。
有了這錢，他以後不用再去臨安府跑貨了，每次都要去個三、五日，她總忍不住擔心。
想到這裡，她便把這念頭說了出來。
孫保財聽完，點頭應了。以後事多，也不適合再跑貨，他已經把一些老主顧給了大哥、二哥，也給了羅斌一些。

羅斌這小子現在從孫家和錢家拿貨，賺取中間的差價，聽說也賺了不少，加上如今長高不少，看著也不再像個孩子，估計明年就得自己獨立了。

第三十四章

翌日一早，孫保財天剛亮就醒了。

今天東山石礦的採礦權在泰和樓起拍，拍賣會由他主持，他要早些去安排。

想來過了今天，很多人會記住他吧？本來想隱於幕後的，但從邵明修的行事看來，他估計以後還會繼續被奴役。既然如此，何不找個適當的時機，他自己走出來得了，讓別人看到他另一面，也好有些顧忌。

既然不能清靜過活，那就變強吧，總得有保護老婆的能力才是。

洗漱完，搬了幾個西瓜放到車廂裡——賺了邵明修這麼多銀子，怎麼也得表示表示。

孫保財到了泰和樓，又檢查一遍，看看有沒有疏漏之處？眼看沒問題便吩咐邵安，讓他到門口的接待臺坐著，等人來了，好對著來人的號碼牌登記。

來人都要憑著號碼牌入場，如果沒有號碼牌，那麼麻煩先去縣衙辦理。這可不是刁難人，號碼牌可都是要繳納押金的，一萬兩銀子一個號碼牌；拍賣會結束後，可以拿著號碼牌到衙門去退押金，說白了這就是個保證金。

而且去衙門繳納押金時會同時簽署一份協定，大致內容就是為了防止亂出價的人。出了價碼如果沒人加價，拍下了東山石礦的採礦權，就要在一定時間內付清銀子，要不然就算違約，得向朝廷賠償拍價的三成銀子作為違約金。

所以報名這一關，就刷掉了不少實力不夠之人。

現在交了押金報名的一共有二十人，邵明修給他看了詳細資料。這些人代表的是臨安府最有地位的商賈家族了，且資料裡竟然還寫了這些家族背靠的權勢是那些。

自古錢權不分家，這些大商賈也不過是朝廷某些人的斂財工具。

拍賣會定在巳時入場，巳時二刻，正式開始。

門口站了幾人，一會兒引導客人入場。孫保財看著都安排妥當就回了大廳，讓人把車裡的西瓜抱出來，等一會兒人來了，給每桌上一盤。自己在角落找了張椅子坐下，想著一會兒結束到乾果鋪子買些堅果，給老婆帶回去。

柳壘玉特意早來一會兒，到了泰和樓門前，見門口已經站了兩排衙役，出示號碼牌給衙役看過才放行。

因只能帶一人進去，所以他只帶了柳全。

進去用號碼牌登記後，他被人帶到大廳的座位上。

柳壘玉手裡把玩著摺扇，打量四周。

大廳裡擺放了大概二十來桌，桌子上都有號碼牌，明顯是按照他們領到的號碼牌入座的。他猜測這次來競爭採礦權的，也就二十人左右。

當然這些人背後是哪個商賈之家的，他心裡有數，左不過就是那麼些人。

他去礦場看礦時也遇到幾撥人，大家都互相認識，試探了一番。情況不太樂觀啊……

彼此言談中都抱著必得的意思，看來今天這場拍賣會，競爭會很激烈。

大廳正中間有個臺子，一會兒肯定會有人來解說，表哥會不會上去主持呢？

他坐了會兒，僕役在每桌都擺放上一盤西瓜。柳塵玉不由瞇起眼睛。

這是不是有點巧了，難道他上次買的西瓜是東石縣出產的？這般想著，他拿起一塊吃了一口。連口感都差不多，肯定自己猜對了八成。

看來這東石縣還真有點意思。

他不覺想著上次賣他西瓜之人。難道這西瓜是他贊助的？不過外面的條幅好像沒有看到跟西瓜有關的鋪子，難道是某個乾果鋪子？

這時，孫保財看邵明修來了，起身帶他到二樓坐下。

邵明修是唯一坐在二樓的，孫保財特意給他選了個顯眼的地方，畢竟作為官家代表，得讓別人看到才行。

孫保財給他倒了杯茶水。「一會兒你真不打算說幾句話嗎？」

按理說，邵明修作為主辦方，應該上臺講幾句，但邵明修的意思竟然是全權交給他，自己只要坐在這裡代表朝廷的態度即可。

邵明修搖頭道：「不說，這底下還有我外祖家的人呢，由你全權處理吧。」

他坐在這就代表了朝廷，說不說都一樣，底下這些人有一部分自己都得罪了，就不到他們眼前晃了。

孫保財點頭表示知道了，想了下，道：「這採礦權打算拍出多少價，能跟我透個底嗎？」

一會兒他來主持，要是知道邵明修心裡的價位，他差不多就拍了；要是價格沒到的話，也可以往上拉一拉。

邵明修聽了，笑看著孫保財。「自然是越高越好了。」

孫保財也不以為意。拍的價太高了，得罪人的話也不值得，關鍵是他就是個小人物，得罪人也犯不上不是？

邵明修看他的表情也猜到幾分，想了下便開口道：「這些商賈家底豐厚，平日斂了不少財，這次讓他們出點血無妨。你不用擔心他們會找你麻煩，這事有我頂著呢，到時你把責任推給我就是。東山石礦採礦權的歸屬，很多人都在看著，包括皇家都在關注，只有辦得出色還讓人挑不出錯，咱們才好過。」

孫保財聽了，翻了個大白眼。這話的意思是明晃晃地告訴他，他倆是一條繩上的螞蚱嗎？

但他也明白如今以邵明修的處境，只有緊靠皇上，別人才不敢對他怎樣。但要緊靠皇上，不就得拿出誠意，表表忠心嗎？

這東山石礦採礦權的拍賣銀子，就是最大的誠意了。

孫保財點頭表示知道了。兩人又聊了會兒，眼看時間差不多，他起身道了句。「我先下去了。」便往樓下走。

柳塵玉看見邵明修在樓上，旁邊還坐著一個人。那人的樣貌怎麼這麼眼熟呢？

他想了會兒才想起，那個不是賣他西瓜的人嗎？可此時只得壓下心底的疑惑，相信等會兒就能知道答案了。

孫保財見時間到了，示意邵安關門，笑著走到拍賣臺上，看著臺下的人，道：「在下孫保財，是知縣大人的師爺。知縣大人派我主持這次拍賣會，在下會按照大人吩咐的主持。接著我簡單介紹下東山石礦的情況。」

柳塵玉疑惑地看著孫保財。原來是表哥的師爺啊，他倒是沒想到，看來這人不好要了。

孫保財看臺下沒有意見，繼續笑道：「東山石礦一共十處礦場，這些礦場相信各位也看了，東山石儲量豐富，相信再開採個百八十年是沒問題的，所以今天這十處礦場的採礦權，起拍價定的是十萬兩銀子。競價時，請舉起你們手中的號碼牌，每次要價是一萬兩銀子起，如果沒有特別喊價，舉一次號碼牌，就是往上加價一萬兩。」

這話剛落下，就有人和隔壁桌小聲議論上了。

孫保財看大家的表情，知道這是覺得底價高。畢竟這東山石礦買的是開採權，以後每年還是要繳納礦稅的，大家肯定不想出太多銀子。

他挑眉繼續道：「此次東山石礦的採礦權，縣衙只是在臨安府境內發放了邀請函，如果此次東山石礦採礦權流拍，那麼屆時知縣大人會向大景朝其他地界的商賈發出邀請，到時價格是多少，諸位可以想像一下。」

這話明擺著告訴下面的人，知縣大人這是念著情分行事，如果你們不要，那就只好讓給外人了。

此話一出，效果明顯。要是臨安府外的商賈來競爭，哪裡還有他們什麼事？

孫保財看大家都不議論了，笑道：「話不多說，現在東山石礦十處礦場的採礦權，十萬兩銀子起拍開始，有想要採礦權的可以舉號碼牌了。」

話落就開始有人舉牌，孫保財笑著喊出價格。「三號加價一萬兩，現在是十一萬兩銀子……十四號加價一萬兩，現在是二十六萬兩銀子……」

邵明修看著下面的人都加出火氣來了，很是滿意。現在價格已經加到四十多萬兩銀了，似乎還有上升的樣子。

他看孫保財一副遊刃有餘的樣子，眾人的情緒一直被孫保財調動著，每當沒有人立刻舉牌競價時，總會說些煽動的語言，讓人舉牌加價。

他轉頭看到塵玉的眼光像是要吃人似的，看得他這個樂啊，心裡為孫保財喝采：幹得漂亮！

柳塵玉現在確實想吃了臺上那個笑面虎。

好幾次他出的價格，別人已經在猶豫了，結果這傢伙不快點敲錘子，還總說些煽動的話，弄得價格一路走高。

出來前父親說過，百萬兩內都可接受，他還信誓旦旦說用不上一半呢，如今看臨安府的秦家人已經叫價六十萬了；其他如張家商行和六合商行的人也沒有放棄的樣子，他不禁皺起眉頭。

這麼一刀一刀割下去，百萬都擋不住，因為大家的心態都是再多的都出了，不差這一萬兩銀子。

想罷，俊逸的臉上一片冷凝，他起身拍著桌子道：「八十萬兩銀子！」

此話一出，全場鴉雀無聲，大家都看著柳塵玉，心道這傢伙莫不是瘋了，一下往上加二十萬兩銀子？

孫保財聞言，抬頭看了眼邵明修，看他點頭，明白已經可以了，於是笑道：「八十萬兩銀子一次，八十萬兩銀子兩次，八十萬兩銀子三次！恭喜手持九號號碼牌的公子，成功以八十萬兩銀子拍下東山石礦十處礦場的採礦權。」

話落時，手上的錘子砰的一聲落下。

這錘子聲讓眾人回過神。大部分人心裡懊悔，這價他們不是出不起，只不過剛剛被柳家的小子一下加了二十萬兩給鎮住了。

大家都算過，東山石礦年產的石量，應該還能採個一百年左右，就算花了百萬兩銀子，也不過就是十年左右收回成本，剩下的年頭都是賺的。

如今沒拍到採礦權，心裡怎能沒有懊悔？這樣的機會，以後也不知還能不能遇上？

邵明修看柳塵玉拍到了，雖然兩家是親戚，但是這個數目相信已經能堵住別人的嘴；而以八十萬兩銀子拍出，皇上也應該滿意了。

看事情塵埃落定，他起身到樓下跟眾人見個面，又派人送客後，看了一圈沒看到孫保財，知道這師爺又跑了。

吩咐邵安善後，邵明修才帶著柳塵玉回衙門。

孫保財是看邵明修出面了，趕緊跟邵安說了聲，一個人先退出來。現在可不是在這些人面前刷存在感的時候。

他趕著騾車先去了乾果鋪子，買了幾樣堅果才往回走。

錢七吃過中飯，回屋裡把宣紙平鋪到書桌上，研好墨，提筆開始練字。

練字已經堅持一段時間，現在看著還行，最起碼能看懂寫的是什麼了。在這裡沒有什麼娛樂活動，每天練會兒字，也算是培養個興趣吧？

葛望媳婦來時，錢七正在屋裡看書。

「這會兒正熱，怎麼現在來了？快進屋。」

葛望媳婦肚子已經很大了，現在正是下晌，天正熱，確實不該這時出來。

葛望媳婦進到堂屋，笑道：「我這不是無聊嘛，想來找妳聊聊天。」

她現在月分大了，除了做點飯，葛望也不讓她做別的。一整天閒時太多，走遠了，葛望不放心，所以想找人說話時，不是找錢七就是找林寡婦。

她剛搬來時，家裡缺的東西多，林氏是鄰居，就跟她借了幾回，這一來二去地兩人就熟悉了，沒事時也在一塊兒說話閒聊。

錢七拿了些瓜子出來，葛望媳婦看著她道：「我來找妳是為了林嬸子的事。我發現她最近臉色不好，而且總是肚子痛，勸她去看看她也不聽，說什麼過段時間就好了，所以才來找妳幫著勸勸去。」

葛望媳婦又把林氏的症狀說了一遍，說會時不時地疼一下，有時還疼得直冒冷汗，已經有一段時間，不見好不說，人也明顯瘦了。

錢七聽了，皺起眉頭。這明顯是胃病啊，聽著就已經嚴重了，可耽擱不得。

她看著葛望媳婦道：「走，咱倆去看看吧，勸她去醫館看病。」

第三十五章

到了羅家，見林氏又蹲在院子裡捂著胃，知道這是又疼上了，兩人連忙上前把她扶到屋裡坐下。

錢七看林氏疼得臉色煞白、直冒冷汗，知道已經很嚴重了，等她好些後便開口道：「嬸子去醫館看看吧！不為別的，就為了羅斌，您也得去看病。」

窮苦人家生病了，大多都是選擇硬挺著，往往都是小病拖成大病。這裡的醫療條件本來就不好，小病還能治，大病多數就是一個死字。

林氏聽了，輕輕搖搖頭道：「我沒事。這毛病以前就有，只不過這段時間嚴重了，等過段時間就好。」

去醫館一趟，斌兒賺的那點錢就得花光了，哪能呢？還有幾年斌兒就能娶媳婦，這錢要給他攢著呢。

葛望媳婦也加入勸說，但林氏太固執，根本無法勸通。

錢七看她的樣子，莫名有些心酸。普通百姓連看病都是一種奢侈。

其實她和孫保財的性子都是比較淡漠的，現代人大多都是這樣，各過各的生活，不愛參與別人的事。但到了這裡，兩人其實改變了很多，看著周圍的人過著窮苦的生活，總會心生不忍。

他們以前從來沒有像現在這樣，跟一大群人共同生活在一個空間中，過著出門就能遇到同村之人的生活。

人跟人要是熟悉了，就會收起自身的冷漠，自然看不下熟悉、親近之人過著窮苦的日子。這也是為何孫保財這麼積極想為村裡做些事的原因。

她平復心情，對葛望媳婦道：「妳回去叫葛望去找劉長順，讓他來一下，給嬸子先看看，去不去醫館看他怎麼說。」

她聽孫保財說過，劉長順在藥鋪當了十年學徒，對各種藥材的習性自然熟稔。藥鋪也有坐館大夫，他跟著也學了些醫理，就是給人看個小病也沒問題。

這會兒林氏這般固執，還是先叫劉長順來看看，如果嚴重的話，到時讓羅斌跟他娘說。

葛望媳婦聽了，連忙回家去，今天正好葛望在家。

錢七看林氏緩過勁了，讓她先自己坐會兒，她去灶間把火生好，燒了些熱水給林氏端過來。「嬸子，您以後儘量喝燒過的水，別喝生水了。」

正常人喝生水沒事，但是有了胃病之人，還是喝燒過的水好。

看林氏不以為然的樣子，她也是一陣無奈，本想詳細解說下胃病的注意事項，但想到這還沒有確診，她又不是大夫，於是嚥下到嘴的話。

林氏虛弱地讓錢七坐會兒，喝了口熱水，感覺比剛剛又好些，覺得錢七好像說得對，但想到喝個水還要用柴火，就打消了這念頭。

劉長順跟著葛望夫婦來了，對錢七笑著點點頭，算是打了招呼。看林氏臉色確實不好，剛剛聽葛望媳婦說了症狀，又問了幾個問題，大致確定是胃心病。

但因他不是大夫，沒學過診脈，就算知道胃心病的治療方法也不能亂用藥，要是萬一錯了，那是要出人命的。

他想了下道：「我大致判斷是胃心病，但還是要去醫館看過才能確定。」看林氏明顯不願去。「您這個病必須去，看了確診後才能用藥。這症狀要是耽擱下去，是會拖累羅斌的，您可要想清楚了。而且去醫館看看花不了啥錢，您別在那兒開藥，回來我給妳配藥便能省下不少。」

這時羅斌也回來了，看家裡有人，於是走到堂屋外聽了個大概，知道娘親病了，卻不願意去看病，頓時一陣心痛。

他竟不知娘的病已經如此嚴重，每次娘都說是小毛病，而且在他面前也沒表現得那般嚴重，想來是娘怕他擔心，又怕花錢，才故意瞞著他。

他進門，眼底含著淚光，出聲道：「謝過長順哥，我一定會帶我娘去醫館看病的。」說完，他目光堅定地看著娘親。他們家現在就他們娘兒倆了，他不想失去娘，不想以後連個惦念他的人都沒有。

林氏看兒子回來，作出這般決定，一時間也不知該說什麼？

錢七等人看羅斌回來了，便陸續告辭回家。

羅斌把人送到門口，等其他人都走了才叫住錢七，道：「孫家三嫂能否跟孫三哥說下，明天我想借下你們家的騾車，帶我娘去看病。」

錢七聽了，點頭道：「行，我回去跟你孫三哥說，明天你要用車去取就行。」

又叮囑了羅斌幾句，儘量讓他娘吃些鬆軟熱乎的東西等等，看他點頭表示明白了才回家。

等孫保財回來時，她提了這事。

孫保財沒想到林寡婦病了，也知道生病對於一個家庭意味著什麼，想著等羅斌明天來時拿點錢給他，他不想這孩子被這事壓垮了。

他把堅果交給錢七，她拿回屋裡，挑出兩袋放到劉氏和孫老爹房裡，又去找孫保財。

「一會兒你抓幾條魚，咱們晚上吃烤魚吧。」

家裡魚塘裡有魚，吃魚方便，所以有時會做些烤魚啥的換換口味。

孫保財自然同意，眼看距離晚飯時間還早，笑道：「要不要跟我去釣魚？咱倆釣上來幾條魚就烤幾條，怎麼樣？」

他自從挖了這個魚塘之後是各種後悔，直到後來在縣城買了兩根魚竿，跟老婆一起釣魚後，才不再懊惱每隔一段時間便要給魚塘換水的事。

錢七笑著應了，道了句。「我去拿斗笠和魚竿。」便轉身去準備釣魚的東西。

她以前一點都不愛釣魚，但現在麼，突然發現原來兩人一起沒事釣釣魚，還滿有情趣的。因為這裡沒有娛樂、沒有網路讓人打發時間，反而有時間品味這種悠閒的幸福。

幸福有時真的很簡單，便是兩個人一起做著簡單的事，卻能樂此不疲。

兩人戴著斗笠，拿著魚竿和魚簍，往魚塘方向走。

魚塘那裡有孫保財放的小木凳，兩人弄好魚餌，甩竿之後便開始閒聊，不時開些小玩笑，倒也開心。

只是本來好好的二人世界，沒想到來了個電燈泡。

錢老爹到孫家沒找到人，心裡猜測可能閨女去茶寮幫忙了，於是順著小路往茶寮走。他想著來找女婿問些事。眼看他家的旱田都快改完，稻種留夠了，而且今年還多出好多，要是誰家沒有稻種，他可以便宜些賣出去；要是家裡困難的，也可以借給他們，明年還了即可。

所以得找孫保財問問魚苗的事。

就他所知，東石縣養魚的有限，這一下多出這麼多水田都要養魚，魚苗怕是要不夠啊。

走到孫家的魚塘一看有人，雖然兩人戴著斗笠，但身影一看就是七丫頭和孫保財，也不知兩人在幹麼？

錢老爹好奇地走過去才看清，原來是小倆口在釣魚。

想想兒子們的生活，又想想女兒、女婿過的日子，一時竟然覺得日子就得像七丫頭和孫保財這般過。

孫保財聽到聲音，抬頭一看是岳父來了，忙起身迎接。見岳父一臉興致地看著釣魚竿，忙道：「爹，我們在釣魚，您也來釣會兒魚啊！今天小七要做烤魚，一會兒您別走了，在這兒吃烤魚吧！」

錢老爹聽了點頭。「那行，我也釣會兒魚，一會兒嚐嚐七丫頭做的烤魚味道如何？」說完一臉興致地走過去坐下。

錢七看錢老爹明顯想釣魚的樣子，笑著把斗笠給他戴上，對孫保財道：「那你們先釣魚吧，我回去準備。一會兒是把烤爐搬到這裡烤呢，還是你們釣完魚回去吃呢？」

錢老爹這會兒來，肯定是有事找孫保財。

孫保財看了眼錢老爹，笑道：「還是在這裡烤吧，等太陽下去了就行，邊吃烤魚邊釣魚也挺不錯的。」

錢老爹也接了句。「拿點酒來，去叫下你公爹，我們一會兒喝點。」

錢七聽了不由笑了，道了句「好」才往家裡走。

孫保財跟著錢老爹一起釣魚，爺兒倆一邊釣魚一邊閒聊，當他聽錢老爹問起魚苗會不會不夠時，心裡也佩服錢老爹的細心。據他瞭解，村長都還沒想到這個問題呢！

想了下，孫保財說道：「東石縣的鯽魚苗確實不夠，縣令已經在想辦法，但是情況我估計不會太樂觀。」

雖然邵明修還沒找他討論，但他讓朋友打聽了，大致已經瞭解狀況。

他已經和錢七研究過能不能養些其他種類的魚，比如鯉魚或者草魚等等；按照錢七的說法，稻田養魚可以混養，只不過要注意很多事項，而他們現在並不清楚，所以也不敢貿然讓別人嘗試。

田地收成就是莊稼人的根本，一家人都指望著收成過活，要是因為混合養魚導致莊稼出問題，這個責任他負不起，所以打算明年由自家先混養著試試。

這般想著，他就把這話對著岳父說了。

錢老爹聽了，皺起眉頭，只是看著水面。

混養肯定要比單養麻煩……他想了會兒問道：「如果我家水田一半養鯉魚，一半養草魚的話，這每畝放多少魚苗適合？」

這樣做是有風險，畢竟現在女婿家也只有鯽魚放在稻田裡養成功，其他魚種還沒試過。他之所以考慮養鯉魚或草魚，也是考慮到錢六在村委會，如果鯽魚魚苗不足，他家五十畝地卻用鯽魚苗的話，也讓人詬病。

因此他才打算養殖其他魚種。反正這事總得有人來做，總不能讓孫保財每年養一樣，實驗一樣吧？

還有，他覺得既然稻田裡能養鯽魚，那麼換樣魚養應該也能行。鯉魚和草魚可比鯽魚大多了，弄得好了應該會增收。

孫保財想了下道：「我和小七討論過這個問題。我家今年稻田放的鯽魚苗是三百尾，根據觀察，應該還能多放，但具體是多少也不敢說，所以打算明年一畝水田實驗混養，一畝打算比照今年的，多放一倍試試。至於鯉魚和草魚長得都大，這魚苗，我建議還是投放三百尾左右。」

錢老爹點頭表示明白。這事他琢磨琢磨，到時跟家人商量下，如果他們都同意的話，明年的稻田就養鯉魚和草魚；如果不同意，明年也還是要養，只不過他會給個說法罷了。

之所以敢這般做，主要是他賠得起。五十畝地如果沒有收成，現在的家底也夠繳納那兩成稅賦。

於是兩人岔開話題，開始說些別的。

等孫老爹來了後，孫保財把魚竿讓給他爹，讓他們在這兒先釣魚，他去把烤魚的用具拿過來。

孫保財回去看錢七已經把炭火弄好，便把炭火弄過去；又回去搬了張小桌子，擺好調味料和碗筷盤子，才拿著魚簍去殺魚。

錢七拿了一盤饅頭片和酒過來，又支上烤架，插上收拾好的魚，和孫保財開始烤。這情形特別像以前郊遊時，兩人不時說笑，一時間竟然忘了身邊還有兩個老年人。

錢老爹和孫老爹本是專心釣魚，但聞到烤魚的香味後，忍不住都站起來，眼看快烤好了，兩人倒是自覺地挨著桌子坐下。

錢七看兩位爹已經等著了，笑著把烤好的魚放到盤子裡讓他們先吃。

孫保財也是無奈。好好的一個約會跑出來兩個電燈泡就算了，現在還成了小工。

錢七還在烤魚，打算烤完這條魚，先給婆婆送去。

孫保財則把手上烤好的魚挑出刺，用筷子挾了塊魚肉餵給老婆。

兩人就這麼一個人烤魚、一個人餵，這種浪漫溫馨讓旁邊的老頭子都感動了。

兩個老頭互相笑了笑。年輕可真好。

錢七見魚烤好了，對孫保財笑道：「我先給娘送去，你繼續給爹他們烤吧。我順便在那兒待一會兒，等娘吃完了我再回來。」

孫保財表示明白了，接過烤魚的活兒。但還沒烤完一條魚呢，錢七便回來了。他不由笑道：「娘趕妳回來了？」不是說在那兒待會兒嗎？

錢七無奈地道：「不是，茶寮正好有桌客人，看見我拿去的烤魚，直接跟娘說賣不賣？結果那條烤魚被娘用二十文賣了。我這回來是人家又點了一條魚，娘讓我回來取。」

孫保財也笑了，認命地把剛烤熟的魚放到盤子裡讓錢七端過去。

不過賣烤魚還真的可以啊，到時問問娘的意思，不如讓大嫂和二嫂賣烤魚。以後紅棗村最不缺的就是魚，現在多琢磨些關於魚的營生，以後也是條門路。

第三十六章

邵明修帶著柳塵玉回衙門辦好手續，得知這八十萬兩銀子在臨安府和京城都能取，於是看著他道：「銀子就在京城取吧，你回去後馬上安排好這事，等會兒我會寫奏摺稟明拍賣會的事，到時皇上會派人去驗收這筆銀子。」

八十萬兩銀子可不是小數目，要是在送往京城的途中出了事，就算是軍隊護送，他也會沒了前程。

當然這樣行事也是由於柳家是自己外家，要是別的商賈取得了採礦權，他肯定是按照規矩走。

柳塵玉點頭應下，笑道：「表哥，祖父說你有出息呢，剛當上縣令就查出這麼大的案子。」蕭家要是不倒，這東山石礦可落不到柳家頭上。

邵明修笑著搖搖頭。蕭家的事，他可是把本家給得罪狠了，現在是連臨安府都回不得，母親來信說了家裡情況，還要他沒事別回來。

他又問了外祖父、外祖母身體如何？得知一切安好，才又聊起其他人事。

柳塵玉告辭前，忍不住問道：「表哥，孫保財給你當師爺有些浪費了，何不把他讓給我？他這人適合經商，來我這兒能得重用不說，關鍵是能發揮才能。」

回來的路上，他跟表哥打探了孫保財，得知這拍賣會都是他一人準備的。表哥就給了一百兩銀子，這銀子據說還被孫保財當成辛苦費，辦了拍賣會竟然一文未花，所有東西全部是孫保財找來的，說是贊助。

這種人才簡直就是空手套白狼的高手，要是不經商豈不可惜？鑑於這點，他忍不住遊說起表哥把這樣的人讓給他。畢竟孫保財沒有功名，在仕途上，也就只能當個師爺。

邵明修只是搖搖頭，不接這話。

孫保財是朋友，他的心思也不難瞭解，他是不會跟塵玉去的。

他要是想經商，早就自己幹了。孫保財能這般幫自己，也是基於朋友之義，他要是以權相壓，保准這小子不會出力不說，還想法子跑了。

柳塵玉見表哥這個態度，只當他是不捨，也不再糾纏，兩人又聊了會兒才起身告辭。

翌日一早，羅斌來借騾車。孫保財拿出二兩銀子遞給他，道：「這錢你先拿著，不夠的話跟我說。」看羅斌眼裡閃著淚光，又笑著揉了揉他的頭道：「不用太感動，這銀子可不是白給你的，等你長大能賺錢了，可是要還我的。好了，快帶你娘看病吧，看完回來讓劉長順給你娘抓藥。那藥鋪裡的藥方子可都在他腦中呢，到時能省下不少錢。」

他一直把羅斌當成徒弟來著，看好羅斌這小子將來一定有出息，他不想因為眼前的磨難，讓他走了彎路。

羅斌含著眼淚謝過。這份情，他記下了。

「三哥，我知道了，你回吧。」

孫保財聞言點頭，等羅斌趕著騾車走了，才轉身回去。回屋看錢七已經起來，有些遺憾。本想摟著老婆一起睡個回籠覺呢……

錢七聽羅斌把騾車借走，知道是帶林氏去看病了。希望林氏的病情不是太嚴重。

「今天不打算出去了是嗎？」

昨天是拍賣會，今天要是得去縣衙，他肯定會跟羅斌一起走的。

孫保財搖頭笑道：「邵明修要是不派人來找我，我是短時間內不打算去縣城了。我一會兒搭個草棚子，以後爹他們要釣魚也有草棚子遮陽，想啥時候釣魚都行。」

錢七也同意。這裡的娛樂少，現在有個釣魚的地方給老人打發時間也挺好的。

至於這段時間孫保財不打算去縣城，也是想躲一段時間。她聽說了拍賣會的經過，知道他出盡風頭，所以打算消失一段時間，免得樹大招風。

「我先去做飯，吃過飯我跟你去搭棚子，給你打個下手。」

兩人吃過飯便開始準備搭棚子的東西。

這時，劉氏看老大媳婦和老二媳婦抬著一筐棗子過來。

現在這兩人每天都來茶寮攤子賣紅棗。自家的賣完了，就在村裡別的人家收棗子，一天多少都能賺點錢。

兩人白天把孩子放到鄰居家，給人家兩個銅板幫忙看孩子，用飯時就一個人回去做飯，這麼一來，有時茶寮攤子忙了，她們還能搭把手。

想起三娃子昨天說起烤魚的事，可她和老頭子沒空弄。現在他們的茶寮攤子除了以前賣的東西，又加了煮玉米。老三媳婦說今年地裡玉米豐收，反正家裡吃不了，讓她拿來賣，他們如今忙著這些吃食都有些忙不過來。

她一開始還說，種個麥子得了，種啥玉米啊，村裡誰家種玉米來著？這東西在她看來就是個零嘴，家裡也不養豬，種這個就是浪費。

但自從開始賣起玉米後，這東西還成了新鮮物，兩文錢一穗玉米，竟然還有很多人買，特別是那些一看就是條件好的，都是五穗五穗地買，說是正好路上有個零嘴吃。

她看賣得這麼好，便主動跟老三媳婦說，讓她明年種一畝地的玉米，一文錢兩個跟她收。

所以三娃子說起烤魚時，她本想讓老三媳婦弄點烤魚賣，反正這手藝也是她的，可他說讓他大嫂、二嫂來弄。自己一想也是，紅棗能賣多久？這烤魚她昨天賣了兩條，一條魚賣二十文錢，去了魚錢和炭火錢，還有一些調料的費用，最少也能賺十來文錢，這一天賣幾條魚就夠賺的了。

這般想完，劉氏等她們把棗子放好，把她們叫過來說了烤魚的事。

張氏和小劉氏一聽，哪有不同意的道理？昨天那烤魚她們看了，賣二十文錢一條，一天就算只賣兩條魚也比賣棗子強多了。

而且棗子都快被收完，她們前兩天還想著這紅棗賣完，又沒啥幹的了，這下倒好，烤魚的營生總能幹吧？

但張氏高興之後，又想到這烤魚手藝是錢七的，看著劉氏問道：「娘，老三媳婦怎麼不弄烤魚呢？」

這營生多好啊，老三家有魚塘，這魚一定夠，錢七還有烤魚的手藝。

劉氏看來客人了，隨口道了句。「老三不讓他媳婦幹。至於怎麼烤魚，妳們去問老三兩口子吧。」說完就迎過去。

張氏和小劉氏聽了，彼此看了看。說實話，她們確實挺羨慕錢七的。

她們現在是看明白了，這人啊，過啥日子都是命，人家錢七雖然名聲不好，但是還沒出嫁前，在錢家也是受寵，不做重活；嫁人了，還不是過的這般日子？

兩人商量了下，覺得現在就去找老三兩口子問問。

因著兩家現在是合夥做營生，她們都不是那懶散之人，自然也合夥幹了。這一起做了一段時間，發現兩人還挺合拍，又能有個照應，所以這烤魚的營生自然也要一起幹。

張氏和小劉氏來的時候，孫保財和錢七正在搭棚子。

他聽了二人的來意，笑道：「一會兒讓小七告訴妳們怎麼烤魚、需要什麼工具，到時讓大哥、二哥在縣裡買了就行，這烤魚簡單。」

看她們又問了買魚的事，表示要用的話就自己來魚塘撈，每條鯽魚三文錢，用多少讓她們自己記帳，到時十天算一次帳即可。

倒不是他在乎這一點魚，而是不想讓她們覺得理所應當。要是時間長了，好處沒得著卻結下怨，那他何苦呢？所以才決定收個三文。

錢七看兩位嫂子等著，跟孫保財說了聲，帶她們回家教她們怎麼烤魚、準備的工具，以及怎麼調製調味料等等。

張氏和小劉氏在錢七那裡學完都忍不住想著，沒想到這小小的烤魚，調味料還有這麼多講究。兩人吃了些昨天剩下的烤魚。還別說，這放了調料的烤魚就是比不放的好吃。

這是妥妥的配方呀，對於老三兩口子，心裡是說不出的感激。

隨著天氣越來越冷，改造水田的工程也全部完工。

完工的前幾天，只要條件尚可的人家，都買了兩串鞭炮。

送走縣衙請來的人後，買了鞭炮的人家都到自家田地放鞭炮以示慶賀。一時間，可把孩子們樂壞了，就算是過年也沒有這麼多鞭炮放啊！

孫保財也跟著田村長等人去看熱鬧。

今年天冷得比往常早，在外站了一會兒就覺得有些冷了，田村長看著孫保財和村委會的人，道：「走，去我家，咱們聊會兒去。」

孫保財知道田村長是有事要說，點頭應了，其他幾人自然也同意。

幾人到田村長家的堂屋坐下，田村長看著眾人，皺眉道：「三十七年前，我記得那年冬天來得也早，連著下了好些天的大雪；具體幾天是忘了，但是記得最清楚的是，那時我爹讓我們都在一個屋裡待著，所有的炭盆也都放在一個屋裡燒。就算那樣，我們每天也都是裹著棉被，人挨著人互相取暖。」

說到這裡，停頓了下才道：「等雪停了後，我爹出去才得知，村裡凍死了好多人，而且以老人和孩子居多。」

那時他才十來歲，那年冬天，村裡好些人家都掛起了白布。出殯那天，他爹不讓他和弟、妹們出去看，但那哭聲在家裡也聽得清楚，一直持續了很久。

孫保財一開始也沒聽明白，還納悶村長怎麼講上故事了？但隨之慢慢理解他的意思，忍不住苦惱這事該怎麼辦？

他來到這裡十來年，一直以為這裡的冬天最冷也就零下十度左右，每年下的雪不過幾場而已，而且時間也不長。

但現在村長的意思，恐怕是今年的冬天會不太一樣。

其他人也明田白村長的話了，葛望更是臉色一白。他娘子月分大了，柴火和木炭可以買，但自家房子如果遇到連續的大雪，他擔心房子會塌。

田村長看大家都明白自己的意思，開口道：「這畢竟只是我的猜測，不能貿然跟大家說，找你們過來就是想商量一下該怎麼辦？」

本來這事跟村委會成員商量即可，但孫保財身分特殊，也得把他找來商量才行，畢竟要是有必要，還得跟知縣大人通個氣。

話一落，孫保財眼看大家都瞧著自己，不由皺了皺眉頭，沒吱聲。

這事不好辦的地方太多，就算跟邵明修說了，先不說他會不會信，就算他相信，為了不引起恐慌，也只能暗地裡準備物資，到時安排一套應急方案罷了。

要不怎麼辦？這麼大的縣，難道要挨家挨戶告知今年會遇到嚴寒大雪，讓各家各戶多備些木炭？這樣物價肯定會上漲，鬧起來的話，事情就大了。

而且這大雪不可能只下在他們東石縣吧，肯定是大範圍的，而邵明修也管不到別的地方，但要是從東石縣傳出今年有雪災的話，讓其他地方也出現恐慌、鬧事、物價上漲等事，邵明修可以直接辭官了。

想罷，孫保財忍不住揉了揉眉心，抬頭看著大家道：「這樣吧，這事現在也只是村長的猜測，咱們先把村裡經歷過三十多年前那場雪災的人召集起來，大家商量下，確定一下這事。如果大多數人都認可村長的話，那咱們再拿出個安排，到時他們也能配合村裡行事，你們看這樣如何？」

又說了下要安排的不外乎就是各家要多少木炭、棉被啥的，全數統計好了，到時集體購買。

孫保財也叮囑大家別聲張這事，只能悄悄告知在別村的其他親屬。至於他們信不信也不知道，反正先把紅棗村裡的物資準備了再說。

第三十七章

田村長讓村委會的人挨家把經歷過雪災的人找到自己家來，一共找來三十多位，孫老爹和錢老爹也來了。

田村長跟大家說了猜測，有的人覺得不會跟三十七年前一樣，是村長想多了，今年收成好，衙門還不收錢改水田，這麼多好事，今年怎麼會有雪災呢？

孫保財在旁邊聽了，心裡忍不住嘀咕。這些好事跟有沒有雪災沒關係吧？

他也不想相信田村長的話，但是田村長不是那種無的放矢的人。

不管一會兒商量的結果如何，反正他回去後，要多準備些過冬的物品，也會跟親友們說一下。

還有一些人覺得田村長顧慮得對，寧可信其有，多預備些過冬的東西也沒什麼。這些人包括了錢老爹和孫老爹等人。

最後商量的結果是，無論相信與否，如果想一起買木炭的就留下報名；如果不想跟大家一起買的，就自行購買。但是不能出去亂說，以免造成恐慌。

結果等大家散去，除了村委會的人，只剩孫保財、孫老爹還有錢老爹了。

留下的人互相看了看，最後大家商定，每家多出些銀子，田來福和錢家兄弟去鄰縣的炭窯買個幾十車木炭回來，到時誰家缺了，原價賣給他們就是。

如果沒有雪災更好，反正他們去鄰縣的炭窯買炭，價格比在縣裡零散地買要便宜許多，到時用不到，賣了也不吃虧。

孫保財領到的任務，就是找個時間去縣衙跟知縣大人通個氣。說不說是他們的事，信不信就是知縣大人的事了。

他打算過幾天去，等木炭買回來，再看看這天是不是越來越冷？要跟邵明修說這事，還是要有點說服力才行。

大家商量好了才各自散去，孫保財和葛望家在同一個方向，於是一起走。

一路上，他看葛望眉頭深鎖，一副心事重重的樣子。再過幾月他就要當爹了，難道是擔心雪災的事？

孫保財想了下，開口道：「如果銀錢不夠我這兒有，用多少直說便是。你要當爹了，該高興才是。」

兩人也是熟人，兩人的媳婦還是好友，有事肯定是要幫的。

葛望聞言笑了，謝過之後才道：「銀錢我不缺，我擔心的是這雪下得大了，我家那破屋怕是要承受不住。」

這事也怪他，本來想著今年應付一年，明年攢夠錢蓋個三間房。想著這房子明年就拆了，所以今年就沒加固修繕。要是往常的冬天，自然能度過，但現在說了雪災的事，這房子肯定是不行了。

孫保財明白葛望擔心什麼，這時天已經冷了，要修繕也來不及。

他想了下，笑道：「沒事，不行就搬我家去，我爹娘那邊還有一間閒屋。」

住他那邊不適合，住劉氏那邊，隔著輩分就沒啥事了。

葛望聽了，激動地謝過孫保財，卻道：「住你家不適合，你家的茶寮是不是快停了？要是方便，我們借住那裡吧。」

他去過茶寮，裡面有灶臺，搬張床過去就能住。畢竟他和媳婦帶個孩子去孫家住，擔心會有人說閒話，人家本意是想幫他，到時給人家添麻煩可就不好了。

孫保財笑道：「茶寮那邊的房子，要問過我娘才知道啥時候能空出來，反正不管怎樣，總歸有你們住的地方。」

葛望一聽，心放下了，笑著又謝了一遍。兩人又說了會兒話，到家門口才分開。

孫保財進屋看錢七在練字，從身後抱著她黏糊了一會兒，看到錢七的白眼才放開了她，拽過凳子坐在旁邊看她寫字。

真不忍心打擊她，這字寫成這般，距離寫好還遠著呢……

錢七繼續練字，一邊問道：「你幹麼去了？這麼久才回來。」

出去時跟她說，送完縣衙請的人就回來，外面這麼冷，也不知幹麼去了？

孫保財說了一遍發生的事，末了又把葛望家的事說了，還問了家裡還缺啥，到時他去縣城一併買了。

錢七聽完，也不由皺起眉頭。窮人活著都不易，要是再遇災害啥的，那可真是要命了。

印象中，今年確實比往年冷，但想著家裡吃的不缺，棉被啥的也都夠用。

她看著孫保財道：「給爹娘和咱倆每人買一身棉襖和棉披風吧；還有木柴，需要多備一些。」

葛望媳婦要生了，她家房子肯定不能住，但要是住到茶寮那處房子，她還是滿擔心的。她想了下，又道：「葛望兩口子還是住到爹娘那邊的屋裡好些。茶寮那路邊房子，大冷天的又挨著官道近，晚上怕是不安全吧？這事你跟爹娘好好說說。」

葛望要是堅持就讓他自己去住，他媳婦和孩子還是住在這邊的好。

孫保財自然是點頭應好，可後來他們才知道，他倆的思想有時候還是太現代了，他們不在意的小事，這裡人能想成天大的事。

葛望媳婦聽了葛望說的，皺眉想了會兒，道：「你去我娘家一趟，跟他們說說情況，到時問一下，我去那邊生孩子行不？」

這孩子生在娘家總比生在孫家好聽些吧？

雖然她知道錢七不會在意，但是她不想以後村裡有人拿這事說嘴。村裡那些人說的話她可是領教過了，要是再傳出個孩子不是葛望的，是孫保財的，那時她還活不活了？

葛望抱著她。「別亂想，我明天一早就去問。」

劉氏看這天氣冷了，客人也少了，外面不能擺攤，半個月前就把桌椅搬到屋裡。

想著老頭子回來說的話，心裡忍不住擔憂。今年的天冷得早，跟往年確實不一樣……

這時有人來了，她迎上去一看是兒子，又看見他手中的食盒，知道這是給他們來送飯了。

他們開了茶寮後，老三媳婦就堅持給他們送飯。一開始時她反對，他們也是做吃食的，哪還能缺了飯吃？沒想到老三媳婦還是每日都送，也不管他們吃不吃。

久了也慢慢地習慣了。上次他們倆去瓷安縣，一連幾天都是吃豆花、包子，吃得她嘴裡都是豆花味，這才明白老三媳婦的孝心。

劉氏上前接過食盒。「這天冷了，我和你爹打算先關了茶寮，等明年開春後再開。」一邊打開食盒，把裡面的飯菜端出來，讓老頭子過來吃飯。

孫保財聽了自然贊同，找了張凳子坐下，說了葛望家的事。劉氏聽了直道：「不能住咱們家，住這裡可以。」

孫保財聽後笑道：「他們兩口子帶個孩子，住在這邊也不安全啊！」茶寮這兒的房子，當初就是蓋給爹娘他們放東西和遮風擋雨用的，也沒院牆，要是晚上遇到敲門的，還不得嚇個好歹啊？

劉氏聽了，看了眼兒子，看他是真不懂，放下筷子皺眉道：「葛望媳婦這可是快生了吧，這要是生在咱家，你知道別人會怎麼說嗎？」

孫保財心裡納悶。這有什麼好說的啊？可聽劉氏話裡的意思，肯定不是說他做好人、好事的話，於是看著劉氏搖搖頭，請她解惑。

劉氏嚴肅道：「肯定有人會說，這孩子是你的種，要不怎麼上你家生孩子？只要有了這風言風語，這事就會被那些人說得跟真的一樣，到時你一百張嘴都說不清，因為別人根本就不信。」

那些碎嘴子的長了張嘴就是說人的，到時會說啥，她現在都能猜出個大概，不外乎就是那葛望媳婦在葛家好幾年都沒孩子，這一搬出來住，怎麼就有孩子了呢？生孩子還在孫家生，兩家離得那麼近，所以那孩子肯定是孫保財的。

到時葛家那些不省心的再蹦出來說幾句，葛望兩口子還怎麼在村裡待下去？

看兒子一臉驚訝，她繼續道：「我知道你不在乎別人說啥，但是人家葛望兩口子呢？人家盼了這麼多年的孩子，莫名就被人說成你的了，人家能不恨你？葛望媳婦到時想不開怎麼辦？所以他們不能住咱家。」

孫保財被劉氏這麼一說，也意識到這嚴重性。

怪不得他提出去他家住時，被葛望拒絕了，他還當葛望不好意思麻煩他呢，反而問起茶寮這邊的屋子。看來人家都懂，就他和錢七不明白！

既然如此，到時跟葛望說，茶寮這邊隨時能住就行了。

他們還是沒法完全融入這裡，觀念上的差異始終伴隨著他們。

他又跟孫老爹聊了會兒，得知大嫂、二嫂已經知道，那也不用特地提了。等他們吃完了，才拿著食盒往回走。

到家後，他跟錢七說了劉氏的話，錢七心裡一陣唏噓。是他們想當然了。

翌日早上，田來福和錢家兄弟趕著騾車走了。

出發前，田村長特地叮囑兒子，讓他儘量多買木炭。

他的意思是，挨家告知今年天冷得早，要及時備好過冬物品，這樣村裡很多分家後單過的也能預防些。到時要是還沒買夠木炭的，可以等幾天再到田家買。

他跟著錢三坐在前面，有一搭沒一搭地閒聊。因沒有錢三穿得厚實，沒一會兒就冷透了。

錢三看田來福抱著膀子，知道這是冷了，開口道：「來福哥，你穿得少，進車廂裡待著吧！」

他裡面可是穿了皮襖子，自然不會冷了。

他爹給他們兄弟每人做了一身皮襖，就擔心他們總在外趕車凍著了。

田來福點頭應了，跟錢三說了句話，就進車廂裡坐著。

至於田村長也帶著劉長順和錢六挨家挨戶告知，而葛望今天要去岳家，一早就走了。

紅棗村民對於田村長的來意，自然是有人感激；也有些心眼多的，猜測是不是田村長家今年要賣木炭，所以才叫他們家裡還沒備齊的，過幾天去他家買木炭？

這話幸虧是在心裡想想，要是被田村長等人知道，自己的好心被人這樣踐踏，還不知氣成什麼樣。

第三十八章

孫保財套好車，在車廂裡放了被子，讓錢七坐進去。

今天他們去縣城買棉衣和披風，順便多逛逛，買些其他東西。

兩人先去了成衣鋪子，正好有他們要的尺寸，樣式也好看，於是直接買了成品。讓店家包好、付了錢，兩人把包裹放進車廂裡，繼續買些生活用品和吃食調味料等等。

孫保財眼看買得差不多，帶著錢七去了何二家。

兩人有好些日子沒見，不知這小子最近過得怎麼樣？

到了何二家，果然一家人都在，錢七跟田妞去了屋裡說話，孫保財同何二則在堂屋。

何二看著他笑道：「你小子現在可是名人了，大名鼎鼎的孫師爺。」

他聽說孫保財辦的事時也一愣，沒想到孫保財混到給縣太爺當師爺了。那拍賣會的風格雖然特別，但細想還真是他能辦出的事。

兄弟們跟他打探，他也只是笑說不知，但心裡怎麼可能沒有芥蒂？不過今天看孫保財帶著娘子拿著東西上門，突然間，心裡釋懷了。

所以他說出這話也是坦然之意。

孫保財哈哈一笑。「你聽說了？我這段時間沒來縣城就是躲著呢，想等著風頭過了再來。」

看何二一臉興趣，他笑著把事情的前因後果大致說了一遍。

何二真沒想到還有這些事，也明白了為何孫保財一開始不跟他說清楚，笑著拍拍他的肩膀，道：「你小子這是遇到貴人了，好好珍惜吧！」

這事別人想遇還遇不到呢，也是這小子有才，才能被知縣大人這般看中。

兩人閒聊中，孫保財也說了今年天氣不正常的事，讓他跟兄弟們通個氣，提前把過冬的用品買了。

何二看他心裡還惦記兄弟們，自然高興地應了。

錢七同田妞進屋之後，看桌上擺著針線，那半成品明顯是小孩的衣服。

坐下後，她笑問：「孩子幾月出生啊？現在就開始做小衣裳了。」

田妞現在可比以前圓潤了些，看著更好看了。如今村人說起田妞，都說她是個有福氣的。

而能讓大家改說詞，還是何二陪著田妞在村裡住了好幾個月，這樣的事有幾人能辦到？所以口風自然變了。

田妞笑道：「還有將近四個月呢。我這一天也沒事，就先做著，我婆婆也做了好些，所以我現在做的是孩子大一點穿的。」一說完還興致勃勃地拿出做完的小衣裳給錢七看。

錢七看著田妞滿臉幸福的樣子，也為她感到高興。

她拿起一件小衣裳，怎麼看怎麼可愛，不禁瞄了眼自己的肚子，莫名也想要個孩子了。

雖然現在的身體還年輕，但是心裡已經很成熟，以前因為身體還沒發育好，也沒有要孩子的想法，但身邊的熟人一個、兩個地陸續懷孕了，她也勾起了這個心思。

尤其看了田妞做的小衣裳這般可愛，這心思起了就有些收不住……

等兩人告辭的時候，何二又拿了好些東西，讓孫保財給他岳父、岳母帶去。

孫保財讓錢七坐到車廂裡，結果被錢七搖頭拒絕，只好拿出披風來讓她穿著才趕車。

錢七看了眼街景，轉頭看著孫保財道：「老公，咱們要個孩子吧？」

只見孫保財忽然拉住韁繩，停了車，皺眉看著她滿是希冀的目光。

「不行，再等一年吧。咱不是說好了，等妳滿十八再要孩子嗎？」

他明白錢七有這念頭，是因為田妞和葛望媳婦都有了孩子，勾起了她想做母親的心思。但他可不想讓老婆有危險，如果不是擔心她反對，其實他更想晚幾年再要孩子。

在這裡，即使這輩子沒有孩子，他也無所謂，只要錢七健康安好地陪在自己身邊即可。

孫保財刮了下她的鼻子，笑道：「好了，咱不差這一年。妳看葛望媳婦和田妞，人家懷孕時都多大了，等妳到她們的年歲，咱也要孩子啊。」

錢七聽完，白了孫保財一眼，逕自看著街景不說話。

她知道孫保財是為了自己好，只是莫名地心情低落。

孫保財見她情緒低落，拉過她的手，安慰道：「現在沒孩子，咱們能過二人世界，這要是有孩子了，妳哪還能顧得上我啊？妳得體諒一下妳老公的心情吧。」

這話倒是讓錢七笑了出來，道了句。「出息。」

孫保財看她心情轉好了，才重新趕車。

錢七對他道：「我要生兩個孩子。」

最好是一男一女。這般想著都開心。

孫保財笑著搖頭。「一個，多了沒有。」

兩人趕著騾車到了張家肉鋪，跟張屠戶定了半扇豬肉，約定三日後來取。

錢七看鋪子有羊肉，又讓孫保財買了十斤，也是三日後來取。這樣一來，家裡就不用買肉了，頂多在村裡的獵戶家再買些野味。

魚塘裡還有好多魚呢，本來打算賣的，後來一想，也賣不了多少錢就罷了，只想著到時給親朋好友送些也是番心意。

當然能有這底氣做事，還是因為現在不缺錢了。

兩人交了錢，趕著車往城外走，本打算直接回去，沒想到卻被邵平攔下。

「師爺好，大人知道孫師爺進城，特別派小的來請您過去一趟。」

孫保財愣了愣。肯定是誰看到他，通知了邵明修。既然他派了邵平來，勢必是要去一趟的。

他瞄了錢七一眼，看她高興的樣子，不由無奈一笑，便示意邵平帶路，自己駕車跟在邵平的馬車後面。

他寵溺地看著錢七。「怎麼就這麼高興？」

錢七笑得瞇起眼。「是啊，好久沒看到沐清月了，這會兒要去見她，自然高興了。」

因著彼此身分差異，她也不好去拜訪，這段時間就讓孫保財幫著捎了些西瓜給沐清月。這會兒能借著孫保財的光去拜會，怎能心情不好呢？

孫保財失笑地搖搖頭，一邊想著邵明修找他有啥事？

但不管有沒有事，一會兒還是把村長關於雪災的猜測跟他說一下吧，這會兒要是不說，等過幾天再來說也顯得不好看了。

到了縣衙，讓邵平去後院稟告一聲，等沐清月派人來接錢七後，孫保財才去見邵明修。

邵明修看他來了，不由調侃道：「我的師爺，這要是不派人去請，你還不來了是吧？」

真沒見過孫保財這麼有意思的人，拍賣會辦得這般漂亮，事後竟然玩起了失蹤，這要是別人，早到他面前邀功了。

孫保財嘿嘿笑。「哪能呢？就算邵平不去攔我，我也打算來見你了。」

邵明修聽了只是哈哈大笑。他就佩服這小子的臉皮厚。

「皇上對於東山石礦採礦權能拍賣出八十萬兩銀很滿意，還表彰了此事，特意提到你了。」

他把拍賣會的詳情都寫在奏摺裡，自然提到了孫保財。

不過皇上對東山石礦拍賣的事何止滿意，他猜想，應該是非常滿意。

東山石礦透過拍賣會的形式，拍出了八十萬兩的價格，那麼其他礦產當然也可以透過這樣的形式來公開拍賣。這樣能充盈國庫的事，皇上自然是多多益善。

可以說孫保財弄出來的拍賣會，可是開創了先河。

以前他也聽過拍賣的事，但大多數都是一些當鋪使用，用在這麼大型的礦產上，確實是頭一次。真是同樣的方法給不同的人用，產生的效果也不一樣！

加上稻田養魚、辦示範村的事，可以說孫保財的名字已經入了皇上的眼。

孫保財聽完，不由翻了個白眼。

對於邵明修把自己寫進去，他很感激，從此事就能看出邵明修人品如何。但皇上是不是也太摳了？光是書面表彰，不來點實際的也沒用啊！

不過，此時不是講這事的時候。

孫保財正色道：「我沒騙你，這兩天我本來就打算來找你的。今年的天冷得比往年早，而且看這架勢是會越來越冷。我們村的田村長說了，今年的冬天跟三十七年前發生雪災那年差不多，現在紅棗村已經開始去炭窯買木炭了。今天我來縣城，也是為了買些棉衣和吃食，反正我們村子的打算是先預備起來。沒有雪災更好，要是萬一有大雪，我們也有了準備。」

邵明修越聽臉色越嚴肅。

今年天冷，他也感覺到了，但是以前沒來過東石縣，還以為這裡本來就比臨安府冷呢，此時聽孫保財這麼一說才回過味兒——東石縣在臨安府的南面，怎麼會比臨安府還冷？

關於田村長的猜測，現在還不知道是不是真的，所以也不能貿然說有雪災。

他想了會兒，覺得這事還真得借鑑紅棗村的辦法。

想罷，便開始跟孫保財商量具體細節，最後定下的章程是，先跟商戶施壓，勒令年前不得隨意漲價，更不得私自囤貨。

然後派衙役拿著公告，挨村宣讀，告知今年冷得早，要大家做好防寒準備；因知縣大人愛民如子，特勒令縣城商戶年前不得隨意漲價，希望廣大民眾不要辜負知縣大人的一番美意，積極備好過冬的防寒物品等等。

邵明修看著公告上的內容，儘量忽視孫保財寫的一筆爛字。

「咱能不能不寫愛民如子啥的？」

孫保財搖頭笑道：「就這幾個字才是重點呢！要是不這麼說，大多數民眾才不會買帳。」

現代流行的是明星效應，在這裡麼，縣官也有這種號召力。

邵明修只得不再說此事，跟孫保財討論起鯽魚魚苗不夠的問題。得知紅棗村村長和孫保財的岳父家，還有村委會成員劉家都放棄稻田裡養鯽魚，選擇了養草魚和鯉魚。

這樣一來，少了將近一百五十畝稻田，這鯽魚苗也差不了多少了，因此對於紅棗村這幾家能為了村裡民眾，作出這樣有風險的決定是大大地讚賞。

於是邵明修決定為這幾家寫幾幅字，這樣的人和事要好好地表彰。

孫保財聞言，不由一樂。邵明修這才叫高明呢，用一點墨水和幾張宣紙，輕鬆把這幾家的心收了，佩服！

能得到縣令大人的墨寶，估計岳父和村長他們會笑得合不攏嘴吧？

「也給我寫幾張，我掛在家裡，也顯得我是個讀書人。」

邵明修點頭贊同，笑道：「這個好說，我平日寫畫了不少，一會兒給你挑一些。」

希望孫保財整日看著自己的字，能引起他的好勝心，多練練字！

等邵明修寫完字，紙上的墨跡乾了，他帶著孫保財去書房，平日閒時寫的字畫都放在那裡。

進了書房，他指著几案邊上的畫缸，對孫保財笑道：「那畫缸裡的字畫，你隨意挑選。」

孫保財當真上前去挑，隨手打開一張，是一幅山水圖。就算他不懂畫，也能看出這畫得很好，底下還有落款，便笑著捲起放到案上。

繼續打開下一幅觀看，看完繼續放在案上。

邵明修看他放到案上的字畫越來越多，一時真不知是該失落還是高興？

如果是別人能這般欣賞自己的字畫，那他自然是高興的，但孫保財這樣，他明白這跟欣賞無關，便有些後悔剛剛說的話了。

孫保財看畫缸裡沒剩幾幅了，笑道：「就這些吧。」全都拿走也不太好，還是留幾幅吧。

他承認自己是故意的，誰讓這小子設計他呢？一口一個師爺，那可是要發薪水的，所以他挑走這些字畫，權當是自己的工錢了。

反正他知道邵明修也不會介意，再說這些字畫拿回去還真是要掛的。到時東、西屋裡，還有孫老爹和劉氏那邊的堂屋裡都掛上兩幅字，才顯得文化氣息濃郁。

臨走時，錢七問了怎麼這麼多字畫？孫保財隨意回了句。「邵明修平日寫的字畫太多，放不下，所以給了我這些。」

錢七自然不懷疑，還想著回去怎麼掛這些字畫？

邵平聽了這話，回去說給邵明修聽。

邵明修哭笑不得，笑著罵了句。「無恥！」

第三十九章

後來，錢七聽葛望媳婦說要去娘家過冬，心裡鬆了一口氣。在娘家生孩子、坐月子，有人照顧，這對葛望媳婦來說最好不過。在她走之前，兩人去看了林氏。聽林氏說自從吃藥以後，疼的次數越來越少，兩人知道這是藥起作用了。

因葛望媳婦要走了，難免一番叮囑，三人一直聊到要做飯了才散。

在葛望媳婦回娘家的那天，借了她家的騾車，錢七便在車廂裡放了一籃雞蛋。葛望媳婦生孩子時，正是冷時，她去不了，所以這雞蛋先送了，留到她生孩子時吃也不會壞。

都說這裡的女人生孩子就跟走了回鬼門關一樣，不知為何，她目送遠去的騾車，心裡竟然起了擔憂。

直到看不到騾車，錢七才往回走。

這會兒，家裡沒人。劉氏是個閒不住的性子，茶寮不開就翻出一堆舊衣裳剪了，開始做鞋。只是因為錢七不做針線活，所以劉氏每天拿去聊得來的王嬸子家做，這樣活兒做了還能有個人說話。

至於孫保財和孫老爹被田村長找去，說是田來福和她哥哥們帶著木炭回來了，孫保財自己也買了不少，叫他去取。

她關了大門直接回屋。呼，還是屋裡暖和。

她看著堂屋中間牆上掛著的「積善之家」四個字，不由一笑。

沒想到孫保財會選這一幅掛在堂屋正中。

她看到了還問他，他們怎麼能算積善之家呢？誰想這傢伙直接來了句「這幾個字寫得最大氣，所以掛在堂屋最適合」，讓她笑了好一陣。

兩人笑鬧了會兒，她就把這事忘了，所以這幅字現在還掛在堂屋裡。

她暖和了一會兒，便去廚房準備晚飯。

孫保財跟孫老爹到了田村長家，看牛車陸續往外走，還有幾輛排隊等著卸貨，不由納悶。這是買了多少車木炭啊？

不少村民也都在外面看熱鬧。

兩人進了院子，看錢家人也來了，爺兒倆走過去跟他們站到一處說話。

聽錢老爹說了才知，這次一共在鄰縣拉回來十二車木炭，共計一萬兩千斤。木炭和車費算在一起，全部花了三十六兩銀子。

走之前他拿了十兩銀子，現在看來能分到三千三百多斤木炭，平均三文錢一斤。

縣城的賣炭鋪子，價格在四文錢到五文錢不等，這樣看來是省了不少。

其實他也用不了這麼多炭，不過是當初村長說要多帶些銀子、多買些木炭回來。村委會一共就這麼幾個人，所以他和錢老爹還有田村長，每家出了十兩銀子；劉長順家出了五兩銀子，葛望出了一兩銀子。

田村長的意思是，木炭可以全部拉回去，也可以拉走一部分，剩下的就留在這裡賣，到時賣出多少再分錢。

當然賣給村民的價格，都是按照成本價來計算。其實相當於他們這幾家先墊付了進木炭的銀子，等賣出去再收回成本。

他打算先拿走一千斤木炭，剩下的留在這裡賣。家裡本來就有木炭，這會兒拿走一千斤也夠用了。而且他還買了好多木柴，就算大雪封門，他家裡一樣能平安度過。

跟岳父說了自己的想法，錢老爹也點頭認同。孫保財家裡人少，冬日也就兩個屋子放炭盆；他家人多，兒子們加上他們老倆口的屋子，一共得要七個炭盆。就算白日裡都在堂屋活動，晚上也要用吧？所以他打算拉走兩千斤木炭，留下一千三百斤賣給同村的人，這樣也說得過去。

等木炭都卸完了，田村長過來詢問情況，招呼他們兩家人過去抬木炭。

田村長眼看少了三千斤木炭，地方空出來不少，他家也留一千斤木炭，讓兒子搬到後院，剩下這些除了劉家和葛望家的，都可以賣了。

這會兒有的村民看孫家和錢家都拉炭了，也進來詢問價格如何？一聽田村長說三文錢一斤炭時，紛紛表示要購買。

這有第一個問的，就有第二個。

羅斌一聽田村長家的木炭到了，連忙趕去，聽說才三文錢，也跟著排隊。

孫保財幫錢家搬完炭便要回去，剛剛把木炭卸到院子裡忽然想到一件事。這要是下雪，還不得全埋上了？

他趕回去把木炭放到倉房裡，留下兩袋木炭，搬了一袋放到劉氏和孫老爹這邊的廚房，把另一袋搬進自家廚房。

錢七剛把麵條擀好，放在案上留著等會兒吃，洗完手，就見孫保財進來，還提著一麻袋木炭。

「拿回來多少斤木炭啊？」

孫保財說了大致情況，回到堂屋。

自從劉氏關了茶寮，家裡就開始吃兩頓飯。

今天打算吃火鍋，於是錢七做了魚丸和雞丸。但現在天冷了，除了白菜之外也沒有其他蔬菜，她特意買了山菇，加上在葛家買的豆腐，勉強能吃一頓火鍋。

她把洗好的白菜和山菇，還有切好的豆腐先擺到堂屋的飯桌上，又把魚丸和雞丸拿出去，弄完這些才開始切肉，再把切好的羊肉放到蒸屜上，拿到外面先凍著。湯底則是她上午時用豬骨雞骨熬的。

孫保財看了眼桌上簡單的菜色，不禁挑了挑眉。

這可能是他吃過菜品最少的火鍋了，蔬菜只有白菜和山菇，要是沒有兩種丸子，就更沒啥東西了。

「要不明年咱研究下暖棚，到時冬天能多幾樣蔬菜。」

其實去年就有這想法。錢七喜歡吃蔬菜，但是那時要攢錢蓋房子，就沒說出來。今年不一樣了，家裡現在也有些家底，手裡有餘錢了，自然想做些能做的事。

錢七自然點頭。她剛剛也有這個想法，思考了下，笑道：「弄個小一點的暖棚，種些蔬菜夠吃就行了。」

這時兩人聽到有聲響，出去一看，孫老爹和錢老爹回來了，笑著招呼眾人入座。

等錢七把羊肉端上來之後，大家開始根據孫保財介紹的方法吃。

錢老爹吃了口羊肉，輕輕點頭道：「這東西好，冬天裡吃著暖和。」而且味道也好。

這個叫火鍋的東西他知道，以前七丫頭想做，他家老婆子聽了要那麼多羊肉就沒同意，沒想到這麼好吃！

劉氏吃著也說好吃，就是看著桌上放了幾大盤羊肉，感覺吃的不是羊肉，是一串串銅板。可她也說不出啥話，誰讓人家花的是自己的錢呢？

要說他們來了後，吃喝都是老三出的，他們本想給錢，奈何老三不要。

所以吃人嘴短，她和老頭子商量了，對於老三家的事，讓人家小倆口自己決定，他們絕不插手。

隨著天氣越來越冷，紅棗村迎來了第一場雪。

錢七往灶裡添了兩塊木頭。她家灶裡的火，白天一直熰著，這樣火牆才會一直熱乎。即便如此，屋裡也得放個火盆，可見今年到底有多冷。

她看了眼外面的鵝毛大雪，剛剛還跟孫保財開玩笑，說等雪停了堆雪人呢，現在看著已經沒了那時的輕鬆。再這麼下下去，可真要釀成雪災了……

回到屋裡，她看孫保財在練字，不由一笑。

自從家裡掛了邵明修的字畫後，這人閒時就開始練字，弄得她每天也跟著多練習，現在兩人的字還真比以前寫的好些了。

走到案前，她笑道：「雪又積了一層，一會兒掃了吧。」

孫保財聞言點頭。「行，我寫完這幾個字就去。」

錢七拿起墨條研磨。一會兒孫保財回來還會接著寫，這人現在每天要寫一個時辰的字。

這時見孫保財寫完了放下筆，她想了下，道：「你一會兒去爹娘那屋看看，要是他們那屋沒有咱這屋暖和，讓他們來這裡待著吧。」

她擔心老倆口覺得燒柴浪費，但要是不燒火牆，光是炭盆那也冷啊！

「行，我一會兒去看看，不行就跟他們說，讓他們來東屋住。這天氣越來越冷，到時也好有個照應。」

這般想著，孫保財披上披風，戴上老婆做的棉手套，跟錢七說了聲便開門出去。

他拿起放在門邊的木鍬，開始清理過道上的積雪。

一會兒先把爹娘勸到他們房子的東屋來住，到時他再用手推車往外清雪。

他一路清到南面房子門口，跺了跺腳上的雪，開門進入。
進到堂屋眼看沒人，看來應該在屋裡。
進了屋子，只見兩個老人穿著披風，圍著火盆坐著，孫保財莫名地一陣心酸。
「爹娘收拾一下，先去我們那裡的東屋，咱們住在一起，到時候也有個照應，等開春了你們再回來住。」
劉氏聽他這麼說，一想也是，聚在一起能省些木炭，便聽話地起身收拾衣物和被子。
孫老爹對於兒子的安排也不會說別的，拿過鐵鉤勾起炭盆，一會兒提到後房東屋去。又聽兒子說一會兒要清雪，便示意他跟著去。

第四十章

孫保財和孫老爹先去清前院的積雪，清出了一條路來，然後再用手推車往外清。

這些雪都要倒入後面的地裡，到時明年開春，雪融化了能積水利田。

以前不是有句話說「瑞雪兆豐年」嗎？所以明年肯定是個豐收年，估計很多人都會這麼想。

孫保財抬頭看了眼紫霞山，心底隱隱有股擔憂。

紫霞山脈有多大，他也不清楚，但是這雪太大，等到明年開春後積雪融化，他們村裡還有條小溪，要是發水，那可真是要命了！

到時剛躲過雪災又來個水災，恐怕會出些不好的謠言也說不定。

他這個稻田養魚倒是沒人盯著，畢竟對外也沒有宣揚，但是肯定會有人借著這事攻擊邵明修，說邵明修德行有虧，老天都發怒等等來煽動百姓。

想到這裡，他忍不住揉了揉眉心。希望是自己想多了吧！

清完前院的雪，他讓孫老爹進屋，自己去把後院過道清出來，後院的雪揚到菜地裡就行。

清完雪，他又說了去岳父和大哥、二哥家看看。

劉氏忍不住叮囑，讓孫保財看看孫子、孫女，還回屋拿了些堅果讓他給孩子們捎去。這大雪天的，說實話，就擔心幾個小的。
孫保財接過堅果，讓劉氏放心，又去拿了三個小布袋。兩個布袋裡各撿了二十條凍魚，這是給大哥、二哥家的；另一個布袋裡裝了四十條凍魚，這是給岳父家的。
把東西一起放到籮筐裡，他拽著籮筐先去大哥、二哥家裡。
今天是第一天下雪，看這架勢只會越下越大，今天給他們送點魚，給孩子吃點有營養的。
到了孫寶金、孫寶銀家，問明了知道一切都好，也看了眼孩子。看小傢伙們穿得厚實，臨走時又叮囑一番，孫保財繼續往錢家去。
到了錢家，看錢家兄弟也在清雪，他進院子打了聲招呼，逕自進了屋；他把魚給了王氏又說了幾句惦記的話，惹得王氏臉上滿是笑意。
哎喲，她閨女就是個有福氣的，看人家三娃子成親後，這邊顧家、那邊賺錢，村裡的人現在都說她閨女旺夫。
孫保財也沒有多留，看他岳父、岳母都好，家裡也沒啥事，說了幾句話就走了。
這場大雪一連下了五天，孫保財在清雪時忽然聽到羅斌的喊聲，不由放下木鍬，走到兩家的牆邊問怎麼了？一聽羅斌說葛望家房子倒了，忙從大門奔出去。
葛望家是老房子，院牆也是低矮的那種，站在牆外便看見房子被積雪壓塌。
他問羅斌可知房子是什麼時候塌的？見他搖頭表示不知道，還說他打算出來清雪時，往葛望家看了眼才發現房子塌了。

看樣子是夜裡被積雪壓塌了。孫保財有些慶幸葛望有先見之明，帶著媳婦去了岳家過冬。

葛望走前搬了好些木炭，還有糧食等物品，現在看來，裡面的桌椅、櫃子等等估計都壓壞不能用了。

見羅斌站在院子裡張望，孫保財向他招了招手，示意他過來。

「你家缺啥跟我說，要是有啥事你幹不了，去我家叫我，聽到沒？」

雖然寡婦門前是非多，但他到時跟錢七一起過來，能有什麼事？

羅斌看著葛望家倒塌的房子，愣愣地出神。

昨天晚上睡覺時，他好像聽到有動靜，但那時睡得迷迷糊糊，他以為是作夢就沒起身看。估計葛家的房子就是昨夜倒塌的吧？

因此聽到孫保財的話，羅斌心裡感動不已，又想著他娘親的身體，問道：「三哥，我能跟你買些魚嗎？我娘還在養身體，我想給她燉點魚湯，給她補補身子。」

大夫說讓他娘注意飲食，多吃點能補身子的溫和食物。

他買了幾隻山雞，想著吃魚也能補身體，才鼓起勇氣跟孫保財說的。

孫保財笑道：「這個沒問題，你現在跟我去拿吧，到時要多少你自己拿。」

他帶著羅斌來到放魚的地方，讓他自己拿。

送走羅斌之後，孫保財打算繼續清雪，但看到錢七把披風上的帽子戴上，又拿起圍脖，把臉上和脖子處圍上，只露出一雙眼睛，接著戴上手套後，往自己這裡過來。對於老婆武裝成這樣，他心裡是一百個贊同。

他知道錢七是想來幫他幹點活，順便出來透透氣，因此也沒勸她回去，只是叮囑道：「一會兒要是冷了就回屋。」

看錢七點頭答應，笑著揉了下她的頭。「乖」。

錢七問起羅斌過來是啥事？她有些擔心林氏，不知羅斌來她家是不是為了他娘？孫保財一邊說了一邊拿起木鍬剷雪，錢七聽完心裡一陣唏噓。

沒想到葛望家房子真的倒塌了，幸虧那房子裡沒人，不然真要出人命了。又對羅斌的孝心而為林氏高興。能有個這麼孝順的兒子是她的福氣。

眼看孫保財把手推車推走，她拿起一旁的掃把將散落在一旁的雪掃了。

兩人清完雪，錢七聽孫保財要去魚塘打魚，連忙表示自己也要跟著去。孫保財看她這麼想去，只能笑著點頭同意，於是兩人拿了東西往魚塘走去。

到了魚塘，因水面有積雪，兩人合力清理了一塊空地出來。

可能由於這是寬敞之處，因此積雪並不厚，應該是大風把這裡的雪颳走了些，才會這麼好清理。

孫保財拿起鐵錐，開始一下一下往冰面上扎，一刻鐘左右，冰面便被他弄出來一個直徑二十公分左右的窟窿。

錢七蹲下來，清楚看到裡面有魚，一時倒也覺得新鮮，眼底布滿笑意。

孫保財看錢七興致這般高，恐怕是連日大雪，在屋裡待得無聊了，於是笑道：「一會兒撈完魚，妳回去暖和下，換身衣裳，我陪妳出來堆雪人啊。」

一邊想著等到過年時，凍一些冰燈放到院子裡，到時也喜慶些，不過就是費幾根蠟燭的事。

錢七聞言高興地點頭，笑瞇著眼說道：「我要堆一隻小熊，還有兩隻小白兔。」

孫保財失笑道：「好，咱們做一窩小白兔。」

錢七以前就喜歡小熊。至於為何要做小白兔，因為他們前世是屬兔的。

孫保財一邊跟錢七聊天，一邊拿起網兜開始撈魚，又把撈出來的魚直接扔到旁邊的雪地裡，等一會兒就能凍起來了。

他撈了十幾次後便沒魚了，應該是魚都跑遠了，於是打算明天再來，便把撈出已經凍上的魚撿到籮筐裡，牽著錢七回家。

本來打算回屋暖和一下就出來堆雪人，沒想到剛到家門口，就見田村長和村委會的人往他們家走來。

除了葛望不在村裡，錢六、劉長順、田來福都來了。孫保財心裡知道這幾個人一起來，肯定有事。

唉，看來今天是堆不成雪人了。

孫保財招呼田村長等人進堂屋，給每人倒了杯熱水，坐下後才笑道：「你們一起過來是有什麼事嗎？」真是想不出，這幾人一起來能有什麼事？

原來是雪停了，葛家卻來人說，他家大兒媳婦失蹤了！

村委會幾個人挨家找了，人家都說沒見著，沒辦法之下，田村長說，來找孫保財問問看，所以他們這會兒才坐在這裡。

孫保財聽完忍不住皺眉。按照葛家人的說詞，昨晚睡覺時人還在，早晨起來就沒見過了。

這事弄不好關乎人命，他們這些人的身分都不適合插手，所以他建議報官。

田村長聽了，皺眉道：「現在雪剛停，牛車肯定不能走官路。」

孫保財想了想，嚴肅道：「那就走著去。現在走，天黑前肯定能到縣城。」

這話一說，幾人全看著他。

孫保財最後只能妥協，拉上錢六跟著。

他越想越覺得他這是給自己挖了個坑。但這趟縣城還真得自己跟著去，因為他去了才好辦事。要是別人去了，這大晚上的能不能被人理會都不好說，更別說見到知縣了。

第四十一章

孫保財回屋子跟錢七說了經過。

錢七聽完，皺眉道：「那你可得注意安全。你先把衣裳換了，多穿些，我去廚房熱飯，等會兒你和六哥吃過再走。」

這大冷天的，帶啥吃的都不如吃到肚子裡。

這事可能關乎人命，她也不能任性不讓孫保財去，只是忍不住擔心，這路上雪還未清理，還要一路走到縣城，這可是要走幾個時辰呢，想想都為他心疼。還好六哥跟著一起去，多少能有個照應。

孫保財看錢七出去了，輕嘆口氣。

他也不想走，本來還答應要給老婆做一窩小兔子的，誰承想葛家出了這事。雖然那葛家大媳婦是個潑婦，但人命關天，不管怎麼說也得對得起良心吧！

他換了身乾爽的厚棉襖，又準備了幾樣東西放在門外，等錢六來了，兩人一起吃了飯，起身穿戴好，跟爹娘說了聲，又看著錢七叮囑道：「一會兒我走後，妳就把大門閂好，今天無論誰敲門也不開，明天我回來會先吹哨再敲門的。」

說完才轉身開門出去。

孫保財遞給錢六兩根削好的細竹竿，又讓他穿上木鞋，自己也如此裝備。

這木鞋的功能有些類似現代的滑板，卻比滑板小很多。木鞋用繩子綁在腳下，一般冬天進山都要穿這個，可以防止行人陷入雪裡。

他看到這個東西後，特意把木鞋下面打磨得更光滑些，也算是改良過的滑板吧！今天之所以穿這個，主要是官道上有雪，平坦處或下坡路可以直接滑行，這樣還快些。

錢六以為孫保財是擔心雪大不好走，才讓他穿這個東西。至於那兩根竹竿，他以為是為了試探雪地深淺用的，所以啥也沒說，按孫保財的話去做。

錢七也披上披風，隨後跟了出去。看孫保財穿了木鞋，明白這人是想帶六哥滑著去，同情地看了眼錢六。

估計六哥一會兒要交點學費，這東西在這裡是當鞋用的，平時穿著木鞋上山也是走路用，也就孫保財拿兩根細竹竿當成滑板玩。

目送著兩人不見了人影，她才把門關上。

兩人上了官道，孫保財便開始跟錢六解說滑雪的原理，還示範了下。

錢六看著還能這樣，也起了興致，只不過滑不了多遠就會摔倒。

就這麼一路滑一路摔，錢六終於在摔倒幾十次後，掌握了竅門，能控制腳上的鞋。

孫保財看著滑到自己前面的錢六，就知道選錢六是對的。他年輕、腦子活，體力也比村委會其他人好，這不摔了幾十次就適應了？哈！

錢七回去往廚房灶裡添了柴，又倒了兩碗薑棗水，給孫老爹和劉氏端到東屋，讓他們趁熱喝了，又聊了幾句才回屋。

她拿了本書靠在床上看，思緒卻不由跑偏了，想那葛家大兒媳婦為什麼會失蹤？

當年葛望媳婦還在葛家時，經常被葛家大兒媳李氏和婆婆欺負，但就算這人不怎麼樣，還是希望她別出事為好。

想了一會兒卻沒有頭緒，索性不再想這事。總之等衙門來人，可能就有答案了。

孫保財和錢六一路邊走邊滑，經過的幾個村子已經開始清官道上的雪，路面較平坦，他們就把木板鞋脫下走路，遇到雪厚的地段還是滑行，終於在晚飯前趕到了縣城。

兩人早已是又餓又累，在城門口附近找了家麵館歇腳，吃了碗熱乎的麵才感覺好些。

錢六吃完麵本還想吃，被孫保財給阻止了，頓時瞪著眼道：「哥哥可是跟你走將近三個時辰呢，這一碗湯麵怎麼夠！」

就算去衙門也不差這一會兒，反正今天衙門也不可能派人去紅棗村，最早也得是明天。既然不急，當然要吃飽了才行，他早就餓了。

孫保財卻沒理會錢六，把錢付了，拽著錢六出來。

出了麵館，他挑眉道：「走，帶你去吃好吃的。剛剛吃麵是為了緩解餓勁，再吃的話，你肚子還能裝下別的吃食啊？」

錢六一聽要吃好的，當即不再多話。

本以為孫保財會帶他去大飯館，沒想到是把他帶到縣衙，還一路暢通地進去了。

孫保財帶錢六進了縣衙，遇到邵安便跟他介紹錢六，讓他幫著安頓，弄點吃的。

邵安聽了便應下。他還指望孫師爺多教他些東西呢，所以盡心給錢六弄了一桌吃食。

錢六看著一桌菜餚，明白孫保財說的意思了，笑著拉著邵安一起吃，兩人邊吃邊說話，倒也熟悉起來。

聊到高興處，錢六還請邵安有空去他家作客，到時帶他去打獵。

邵安知道這人是孫師爺的舅哥，起初是為了奉承師爺他才留下的，不過跟錢六聊上後，因著兩人年歲相當，能聊到一起去，倒也起了結交之心。

孫保財得知邵明修在書房，到書房外讓人通報，便被請了進去。

邵明修聽說孫保財來了，不由納悶，是什麼事讓他這位師爺在大雪剛停就來找他？官道上的雪應該還沒清完吧，孫保財該不會是走來的？

這般想著，等孫保財進來，看他一身的打扮和鞋子上的濕痕，不由道：「有事一會兒說，你先去換下鞋再吃點飯，別涼著了。」

孫保財聞言，低頭看了下鞋，也明白了，搖頭笑道：「不用換，裡面暖和著呢！等等烤一下就好，進城時也吃了碗麵，現在已經不餓了。」

這都是實話，他現在就想說完事，一會兒好好睡一覺，走了這麼久，確實累。

邵明修便不再多說。孫保財這傢伙是不會跟自己客氣的，既然他這麼說，應該就是沒事。

「說吧，你這時候來有什麼事？可別跟我說是練字太勤奮沒宣紙了。」

這小子上次拿走了他大半的宣紙，弄得自己只得給母親去信，讓母親再送些宣紙來。

孫保財微微一笑，跟邵明修說了來意，把自己知道的都說了一遍，包括葛家人的性格，還有跟他人的矛盾。

邵明修聽完思索了下，又問了幾個問題，才道：「明天讓王捕頭帶人跟你去紅棗村。」在他看來，人不見了，原因還是在葛家人身上。

說完這事，邵明修又說起這場大雪。因為提前做了準備，縣城裡並未出現凍死人的事。如今村鎮裡還不清楚具體情況，但目前看來，倒可以樂觀地想像。

孫保財聽他說完，便說了自己的顧慮——東石縣會不會因為大雪引發水患？

邵明修聽罷也不禁皺起眉頭。關於水患的事，他以前查過卷宗，此時回想了下因為融雪而發生水患案例的特點，明白孫保財擔心得有道理。

如果春天氣候正常，那一切沒事；如果春天氣溫偏低的話，是該擔心水患了。春天氣溫低，山上的雪肯定不會融化多少，要是直到夏天才大量融化，又趕上雨季，那時真的會發生水患。

不過這事現在還不能亂說，一切還是要看今年冬天的雪量，和明年開春後的氣溫如何。想罷，他搖頭道：「只要開春氣溫跟往年一樣就沒事。山上的積雪陸續融化，頂多就是水位上漲。」

說完這話，又把融雪性水患的特點跟孫保財說了一遍。

孫保財聽了只想著，不能啥事都趕得那麼巧吧？於是也不再糾結這事，兩人又聊了會兒，才起身跟邵明修告辭。

邵明修叫來邵平，讓他帶孫保財去客房休息，也讓孫保財有什麼要求只管跟邵平說。

孫保財一路跟邵平到客房，聽說邵安還在招待錢六，也沒去打擾，洗漱完直接躺床睡了。

翌日一早，孫保財和錢六用過早飯，得知王捕頭他們要騎馬走，因此選擇坐一段馬車，等馬車走不了了，他和錢六再步行回去。

騎馬肯定比他們快多了，所以等他們中午趕回紅棗村時，王捕頭已經找到了屍體，準備帶著人要往回走了。

孫保財聽了，不由心頭一跳。真死了?!

他跟錢六說了聲要先回家說一聲，一會兒去田村長家。反正事情如何，總會有個答案，再說他對這件事真不好奇，因此打算先回去跟錢七報個平安。

錢六聞言表示明白，對於孫保財對自己妹妹的在乎勁，他們家人都習慣了。

錢七在屋裡聽到吹哨聲，知道是孫保財回來了，披上披風出來開門。見到孫保財的那一刻，她忍不住上前抱住他。

她擔心了一晚上，越是胡思亂想越是睡不著，最後連會不會遇到雪崩都想出來了。

孫保財抱著錢七好一會兒，才牽著她的手回屋。

的。

進屋後，錢七讓他先去跟公婆打聲招呼，自己去廚房端飯。

孫保財笑著應了，這會兒他早把要去田村長家的事忘了。

直到吃飯時跟錢七說起了經過，這才想起要去田村長家，便把聽到的消息說了遍。

錢七一聽，人到底是沒了，心裡一陣唏噓，對這事也不想多言，於是跟孫保財聊起了別的。

孫保財吃過飯，又跟老婆黏糊了會兒，才去了田村長家，一看只有村委會的人，便問了事情的經過。

原來王捕頭來了後，先從葛家人嘴裡得知，李氏在失蹤前幾乎每天都跟婆婆爭吵，這事鬧得鄰居都知道。

原因麼，竟然是婆婆晚上不讓她燒木炭，白天時也只讓大家聚在堂屋裡取暖。

白天還好說，晚上可就難挨了，所以才會天天跟婆婆爭吵。

問出這話後，王捕頭又帶人搜查，最後竟然在葛望家倒塌的房子裡找到屍體。

反正現在是出了人命，葛家也被帶走了幾個人，結果如何，還要等知縣大人判定。

孫保財一聽屍體是在葛望家的房子裡找到，知道就算葛望不住這裡，但屍體是在他家找到的，也得被傳喚詢問，直到排除殺人的時間、動機等等，想想都替他委屈。

自己房子塌了，還在房子裡發現嫂子的屍體，不說別的，明年還在不在這裡蓋房子，就夠讓人糾結的了。

第四十二章

葛家大兒媳婦李氏身死的事，迅速傳遍紅棗村，一時間弄得村裡人心惶惶，各種猜測都有。

其中對於李氏的婆婆溫氏，更是一片譴責。

大家看葛家大兒子還有溫氏都被帶走了，以為李氏的死跟他們有關，而且衙門的人後來又來了一次，更加深了這種猜測。

沒想到過了幾日，葛家被抓走的人又放了回來，同時田村長召集村人去祠堂，也向大家宣讀了衙門判定的結果，李氏的死是意外。

田村長宣讀完，見大家一臉不信的樣子，嚴肅道：「縣令大人已經查明，大家就不要再亂猜測了；而且李氏是經過仵作驗過的，這事作不得假，李氏就是被葛望家倒塌的房子砸死的。至於她為何去葛望家的房子，這個就不得而知。」

話只能這麼說，但很多人都能想到原因。

村裡的人都知道葛望兩口子就是擔心房子會倒塌，加上葛望媳婦要生了，人家才搬去岳家過冬。

當時還聽了好些人議論葛望，都說葛望要是沒和葛家分家，也不至於要到媳婦的娘家生孩子。這是有失臉面的事，葛望這般選擇，實屬無奈。

因此大家知道，那房子裡沒人，李氏會去，肯定是想找些木炭啥的。根據仵作說的，李氏就是半夜死在房子裡的，手裡還拿著幾塊木炭，肯定是被凍得睡不著想弄點炭來燒，所以才會跑去葛望家。

偏偏那房上的雪幾天未清理，正巧那時候塌了，李氏就被埋在了裡面。

孫保財心裡都一陣唏噓，覺得這就是命，以前那麼欺負葛望媳婦，最後偏偏死在人家房子裡。

人啊，不管是做人還是做事，不能太過了，俗話說，人在做，天在看。

至於溫氏出了這事，以後也得不著好。他們老葛家的名聲是徹底完了，肯定會影響到孫輩的親事，這不是作孽嗎？

田村長示意大家散了，孫保財和錢七便退出來，手牽手往家裡走。

錢七這會兒心裡不太好受，想不通那溫氏為何這樣吝嗇，一斤三文錢的木炭都捨不得給家人用？

據說溫氏把小孩子都弄到自己屋裡，晚上只有她屋裡有炭盆。按她的說法，是她屋裡有孩子，所以得有炭盆，大人耐凍，沒事。

她對溫氏的想法簡直無語。

那屋子裡難道只住了個李氏嗎？不是還有她的親兒子嗎？要說葛家燒不起這木炭，她不信。

所以，人心這東西啊，有時候真讓人想不通……

對於李氏的死，只能說可恨之人也有可憐之處吧！

兩人回去之後也不再關注村裡的是非。

這個冬天，除了撈魚和掃雪之外，兩人偶爾興致來了，也會出去堆雪人。除此之外，基本不出院門，閒時便練練字、看看書，還會下五子棋。

錢七不時跟劉氏學做點針線活。勤奮果然能補拙，因此不管是字還是針線活，都進步不少。

起初孫保財還納悶，錢七怎麼突然對針線活感興趣了，他老婆可是一向不愛擺弄針線的。

可見到她做的小衣裳時便懂了，看她一連滿足地擺弄小衣裳，也知道錢七想要寶寶了。果然打從那天之後，她每天拿件小衣裳在他面前晃，晚上也特別積極。

後來連劉氏都看不下去，也加入了勸說的陣容，弄得孫保財最後只得妥協。反正這孩子啊，也不一定想要就能馬上有的，索性他也放開了，一切隨緣，大不了多做些準備。

開春後，氣溫回暖，孫保財看氣候跟往年差不多，不由鬆了口氣，但仍然特意到河邊看了眼——水位有點高，河水流速快了些，可總體來說還行。

如今每家每戶都在準備春耕，對於能平安度過這個寒冷的冬天，心裡對知縣大人和田村長、村委會都很感激。要是還跟往年那樣準備過冬用品的話，相信沒有幾家能好過。

老一輩的人心裡更是清楚，提前做了準備，他們村子便沒有出現凍死人的情況；房子被雪壓塌的人家，也得到了即時的安置。

這麼一對比，以前對於村委會的成員都是年輕後生有意見的人，也開始支持村委會了。這年輕些的後生，確實能做更多事。

經過這個冬天，村委會也在紅棗村村民心中得到了肯定和支持，讓今後行事方便很多不說，後來也讓村裡的年輕人以進入村委會為榮。

不過，今年冬天最倒楣的可能就數葛望家了。

人不在家，無緣無故地招惹了許多是非，因此葛望前幾天回來，便辭去了村委會成員的差事。

離開前，他來看了孫保財，知道葛望以後不準備回紅棗村了，打算在縣裡租間房子做豆腐賣。

讓他作下這個決定也是因為房子裡死了人，他擔心蓋了新房壓不住怨氣，而孩子還小，也擔心對孩子不好，更不想回來面對葛家眾人。所幸手裡還有點錢，乾脆在縣城租房做買賣。

對於葛望兩口子的決定，孫保財挺支持的。葛望家沒地，又是做營生的，去縣裡發展怎麼也比農村強。

於是跟他說了，要是去了縣城，有事去找何二幫忙別客氣。再說葛望剛去，哪兒都不熟悉，讓何二介紹些開飯館的鋪子，也能儘快在縣城站住腳。

回去之後，他把葛望兩口子的決定跟錢七說了。

錢七一聽葛望媳婦生了個胖小子，很為她高興，但也明白這裡的人都有些迷信，對於這樣橫死的更是忌諱，有橫死者不入祖墳的規矩，他們不如去縣裡做生意也挺好的，等忙完春耕後再去縣裡看看他們。

聽說田妞也生了個小子，到時正好一起探望。

到了春耕時，孫保財更是忙碌，常常是去完這家指點，又被那家叫走，還要聯絡邵明修接洽魚苗的事。

村委會的人事先已經登記好每家的情況，排好編號，到時按照編號發魚苗。

當初為了讓村裡的人感到公平，還特意讓每家以抓鬮的形式抽取編號，這樣一來，抽到前面的高興，後面的也沒怨言，誰教自己運氣不如人家。

這主意自然是孫保財出的。他看大家都想先放魚，整日吵鬧得不成樣子，索性就出了這個主意；看大家都積極參與的樣子，又覺得這些人有些可愛，也知道其實他們只是想要個公平而已。

魚苗運來後，便按照編號發放給每家。

孫保財也讓田村長問過，還有哪家願意在稻田裡放草魚和鯉魚魚苗的？結果沒有一家願意。

對此他也理解。這關乎一年生計的事，誰家也不願意冒險。

至於孫保財家的兩畝稻田，一畝稻田裡放了六百尾鯽魚苗。

比起去年放的三百尾，今年多放了一倍，主要是想實驗看看每畝稻田裡，到底能養多少鯽魚？

如果今年這一畝稻田裡養的六百尾鯽魚都能成功的話，那麼明年村民也開始這樣養，能實現收益翻倍的理想。

而另一畝稻田裡，他各放了兩百尾鯉魚和草魚魚苗，實驗混合養魚。

田村長家和錢家今年養的鯉魚和草魚是單養的，他要是混養成了，也是開了個先例，到時他就能徹底放手，以後能發展成什麼樣，就看他們了。

畢竟一個人的能力有限，他們憑藉著前世知道的一點淺薄知識，也只能做到這樣了。

最後剩下的一畝旱地，按照錢七的意思，還是種了玉米和黃豆。

自家留著夠吃的，剩下的給劉氏拿到茶寮販賣。

茶寮攤子已經開張，因為葛望家搬走了，沒有豆花可賣，錢七便開始自己琢磨做豆花。

在現代時她聽過，豆腐是用石膏或者滷水點的。滷水指的就是鹽滷，所以弄了些滷水，開始自己磨豆漿做實驗。

還別說，就這麼實驗了幾天，真被她把鹽滷和黃豆的比例找出來了。不過做出的豆花，比葛望家的豆花嫩一些，孫保財吃了覺得更像現代時吃過的豆腐腦。

也不知是心理作用還是其他，就是覺得錢七做的豆花比葛家做的好吃，所以建議劉氏直接賣這個；何況錢七以前教過的芡汁，就是豆腐腦的芡汁，現在兩樣一配，正好就是以前吃過的豆腐腦。

他的意見被劉氏採納了，錢七也把豆腐腦的配方比例都教給劉氏，據說現在賣得挺好。

魚苗都放入稻田裡之後，孫保財連續觀察了七天，看魚苗適應良好，沒有出現死亡的現象，提著的心放下了些。

田裡暫時沒啥事，一切按部就班就行，如果出現新的狀況再想法子解決，目前只能這樣。

更重要的是，他要帶錢七去一趟縣城。

他注意到錢七最近有些不對勁，打算帶她去縣裡的醫館看看。

從地裡回家，進了院子發現沒動靜，回屋裡一看，錢七又在睡覺。

他輕聲走到床邊，柔情地看著她的睡顏。

如果他沒猜錯，她應該是有了。

雖然他每天都忙，但還是發現錢七開始白天愛睡覺。起初他還以為是他晚上鬧得狠了，所以弄得她要補覺。後來他一是忙，二是也注意到了，錢七就算晚上早睡，白天還是想睡。

他又回想了下，似乎她的月事上個月沒來……這才意識到，自己可能要當爸爸了。

這些日子，心裡可以說是憂喜參半。

錢七醒來，看孫保財回來了，慵懶一笑，撒嬌地伸出雙手。

孫保財彎下身，讓她的手搭在自己的脖子上，順勢抱她起來，坐到床上把她擁在懷裡。

他蹭了蹭她的臉頰，道：「明天我們去縣城吧，先去醫館看看，再去看下葛望兩口子和何二他們。」

錢七這種狀態，兩人都心知肚明。

她笑著點頭。「行，明天去醫館看看。一會兒準備些東西，明天給他們帶過去。」

她自己的身體最清楚不過，這段時間除了做飯，她儘量不讓自己幹重活，就連地裡的事都是孫保財張羅的；不過他也沒有自己幹，而是找了幾個勞力幫著做。

這幾個勞力自然是她的幾個哥哥。

孫保財把手放到錢七的肚子上，皺眉道：「我以為不會來得這麼早，要是知道這東西命中率這麼高，我再拖一段好了。」

錢七忍不住拍了他一下。真不會說話，什麼叫這東西啊！

可臉上滿是笑意。反正她對這個結果很滿意，這孩子她盼了好久，是經歷了兩世才有的孩子，怎麼會早呢？

翌日一早，吃過早飯後，孫保財先去地裡看一圈。

錢七在家收拾完廚房，看他還未回來，先把昨天她讓孫保財去獵戶家買的山雞和野兔放到車廂裡。

孫保財往回走時碰到了田村長，本以為打過招呼就好，沒想到被攔下來說事。

田村長如今每天都來這地頭看幾遍，要不然不放心。

這次全村的稻田都養魚了，可是被知縣大人關注的，出不得差池。

還有就是今年村裡的集體用地，竟然沒有人來佃，因為都改成水田，是要一起參與稻田養魚的。現在，紅棗村每家每戶的稻田裡都在養魚。

稻田養魚這東西，雖然孫保財家成功了，但到底沒親自養過，心裡沒底。集體用地的宗旨，就是要優先佃給貧苦人家的，有鑑於此，這些人家更是沒膽量和閒錢來冒險。

因此今年這塊地由村委會種，村委會成員先行墊付糧種、魚苗和雇工等費用，到時秋收後賣了魚和稻米，扣除他們墊付的錢，剩下的所有收入都屬於紅棗村。

當然每筆帳肯定要記清楚，要是收成好，今年村裡就能蓋學堂了。

這時看孫保財也來了，田村長走過去說了幾句閒話，看著孫保財道：「葛望現在退出村委會，這村委會還少個人，你說誰進村委會適合？」

這些天，已經有好幾批人在他面前說這事，都是些村裡輩分高的推薦自家後輩。讓他為難的是，這些後生的能力都差不多，不論選誰都是得罪人，所以這會兒看到孫保財，才想問問他的意見。

孫保財也納悶。這事現在不用問他了吧？以前他插手，是因為要選年輕人進村委會，但經過這個冬天，村委會的所作所為已經得到村民的認可，也有了威望。既然村委會已經有了權威，他肯定不會再插手了。

所以把這想法說了，也表明自己的態度。

田村長聽了，知道孫保財誤會，把這幾天的事說了一遍，最後道：「叔這不是為難嗎？想讓你幫著出個主意。」

這事啊，可不單單那幾家找村長盯著，村人可是都看著呢！這人選肯定要比其他人出眾才行，就像他當初選的每個人都各有所長，在紅棗村年輕人裡都是佼佼者了，就算別人有意見，也是因為人選太年輕，但別的方面就說不出來啥了。

孫保財想了下，笑道：「既然不好選擇，您就別選了，讓他們自己選吧！」說完把民主選票那一套改了下，解釋給田村長聽。

剛成立村委會那時，並不適合讓村民自己選，因為那時他們心裡對於村委會要做什麼不瞭解；而且在他們根深柢固的想法裡，肯定要選德高望重的人來擔任。

這些人在他看來思想更僵化，要是進了村委會，紅棗村是別想發展了。

可如今不一樣，這個寒冷的冬天，讓他們認可了年輕人更能為村民做實事，那麼只要再規範進村委會的年齡，還有品行端正等要求，想來他們會選出心目中能做事的人。

田村長聽完琢磨了會兒，覺得這主意好，跟抽籤讓誰家先放魚苗的事有異曲同工之妙。

而孫保財看田村長滿意了，也擔心老婆等急了，忙跟他告辭。他趕回去看錢七已經在等著了，便說了下遇到田村長的事。

錢七聽他竟然跟村長說起選舉，不由一笑。

好吧，她倒要看看紅棗村有他的攪和，能變成什麼樣！

嗯，到時會不會弄個大景朝第一村啥的……

第四十三章

到了東石縣城，孫保財直接去了城裡最大的醫館。

把騾車拴好，他牽著錢七的手進去，找了相熟的莫大夫給錢七看診。

錢七坐下，莫大夫問了幾句，讓錢七伸出手。

說實話，在診脈時，她的心是提起來的，就擔心是空歡喜一場。

莫大夫確認是滑脈，捋著鬍鬚，笑著對孫保財道：「已經有喜近兩月，你娘子身體底子好，只要平時注意些，不要幹重活就行。」

錢七一聽懷孕快兩個月，提著的心終於放下，頓時笑容滿面，連謝了大夫幾次。

孫保財愣了下，但看老婆高興的樣子，不由寵溺地看著她。

他詳細問了注意事項，還讓莫大夫給他寫出來。

既然老婆懷孕了，平日要注意什麼，還有吃什麼對身體和孩子好、什麼東西不能吃等等，這些都要問清楚。

可不知為何，越問他心裡越焦躁。

錢七看孫保財都問了一刻鐘，好多問題都是反覆確認，莫大夫臉色都不對了，連忙對大夫不好意思地笑了笑，拽了拽老公的胳膊，示意他差不多就行了。

孫保財又問了幾個問題才作罷，最後揣著兩頁剛剛問出來的孕婦注意事項，牽著錢七從醫館出來。

錢七見他繃著臉，不由無奈一笑。「咱們以後有孩子了，你不高興嗎？」

知道他擔心自己，但生孩子這事而言，就算過兩年生，難道就沒危險了嗎？要她說，還是一切順其自然吧，孩子這時候來，是他們跟孩子的緣分到了。

想到這裡，她臉上揚起笑容，看著孫保財道：「我想生個像你的孩子。」

上輩子兩人熱戀時，她就有這想法，沒想到如今才要實現。

孫保財笑著揉了揉她的頭，道：「可是我想要個像妳的孩子。」

他們有孩子，他怎麼會不高興呢？只是不知為什麼，就是忍不住擔心，也不懂為何會這樣？他以前聽過有婚前焦慮症，沒聽說有當爹焦慮症啊！

錢七聞言，失笑道：「你別胡思亂想就不會這樣了。」

說完，她走到騾車前，逕自坐上前沿處，還朝孫保財招了招手，示意他過來趕車。

孫保財連忙過去，嘟囔道：「妳可慢點吧，現在可是雙身子的人，不能像以前一樣了。」

真是的，等回家好好給她說下，什麼事能做、什麼事不能做。

錢七回想剛剛的動作，覺得沒問題啊，就算有孩子了也不能不走路吧？但看孫保財這樣，只得乖乖表示下次注意。

兩人先去買了雞蛋，再去何二和葛望家。

到了何二家，孫保財同何二在堂屋裡聊些近況，錢七被田妞請到屋裡。

孫保財聽何二說有好些日子沒進帳，這段時間都在吃老底，打算找個正經營生幹，納悶不已。邵明修可沒朝市井這塊下手，這事他還是知道的。

何二聞言笑道：「我這不是有家了嗎？現在又有兒子了，所以我想幹些正經營生，不想像以前一樣。我要出事的話，他們老弱婦孺怎麼辦？」

其實成親後他就有這個想法，現在有了兒子更是下定決心了。

孫保財點頭贊同。何二能這麼想是對的，俗話說常在河邊走，哪有不濕鞋？

他問道：「那你打算做什麼營生？」

小來小去的，何二估計也不會幹；要是大一點的營生，人家都經營多年，不好插入不說，就算貿然幹了也競爭不過。

不過以何二的人脈，倒不至於做賠本買賣。

何二搖頭道：「看了幾樣都不太適合，你也幫我參謀下吧。」

這個確實有點難辦，他關注了好長時間，就是拿不定主意。

孫保財想了下。「今年我們村子在實行稻田養魚，如果成功了，那麼知縣大人的意思是，要在東石縣全縣推行，到時會有大量的魚上市。大人肯定不會讓這些魚賣不出去，讓農民的收入受損，你可以在這方面琢磨琢磨。」

他這麼說也是提前告知何二，今後東石縣的發展；至於他想不想做，還得看他自己。

何二聽了不禁皺眉。他知道紅棗村都在弄什麼稻田養魚，但不知道還要全縣推廣。這確實是個機會，畢竟這件事別人還不知道。

他笑著謝過孫保財，兩人又聊了會兒，孫保財問過葛望家的地址便起身告辭，和錢七往葛望家去。

到了葛望家，得知葛望沒在家，孫保財索性沒進去，讓錢七自己進去，他在車裡等著。

錢七聽後點頭應好。家裡沒有男人，孫保財進去也不太好。

她拿著東西進去，看葛望媳婦只是有點發福，笑著把東西遞給她。

兩人也好長時間沒見了，彼此聊了些近況。錢七看孩子在床上躺著，這會兒正睜著眼睛，心喜地逗了會兒。

知道葛望媳婦都挺好，她也就放心了，不想讓老公在外面久等，也沒有過多停留。

葛望媳婦知道孫保財在外面等著，也不便留錢七，只是叮囑道：「妳有空就來啊，我這有了孩子，出門不方便了。」

孩子小，不能離開人，現在天還涼，也不好抱出來，就是她家吃的菜，都要葛望買回來。

錢七看她要送，忙道：「我要來縣城就來看妳，快回去陪孩子吧。」

她出來看到孫保財，笑道：「走吧，咱們回家。」

孫保財點點頭，把老婆扶上車，等她坐好了才趕車回家。

此時的他現在還不知道，正有個重大消息在等著他——

兩人本想直接趕車回去，但路過賣吃食的鋪子，忍不住停下車，轉頭問錢七想吃啥？她卻說沒啥想吃的。遇到這麼個不配合的孕婦，只能多操心些了。

於是孫保財把騾車拴好，叮囑錢七讓她等會兒，他去買點吃的。

錢七笑道：「少買點，我真沒啥想吃的。」

現在可能是月分還小，除了睡得多些，還沒有其他症狀。

孫保財只是點點頭，進到點心鋪子。看這裡除了點心還賣堅果，便挑了幾樣錢七愛吃的，又買了很多核桃還有瓜子啥的，打算給她無聊時打發時間吃。

店家一看來了大主顧，又熱情介紹新推出的吃食。孫保財嚐了下味道還行，一樣買了些。

錢七見孫保財提著大包小包出來，一看就是買了不少，也知道這是老公的心意，所以並沒多說。

見他把東西放進車廂裡，本以為要回家了，沒想到經過肉鋪買肉，路過糧食鋪子又買了幾樣糧食，說回去想吃粥的話，可以換著花樣吃。

最後在她的制止下才停止這一路買吃的行程。

她無奈地看了眼車廂裡的東西。有些東西還能放，有些易壞的回去還得處理下。

想罷，她看著在趕車的孫保財道：「先聲明，這東西我想吃再吃，你不能逼著我吃。」

她可不想變成田妞那樣。

她以前有個閨密懷孕，本想自然產，但後來因為胎兒過大，導致必須剖腹。在現代還好，不論怎麼生，基本都能保障安全，出醫療事故的還是少數。但在這裡可不行。

她看孫保財不以為意的樣子，把話說明了，孫保財皺眉想了會兒，想起錢七說的是誰，又把懷孕的注意事項拿出來看一遍，還真沒有寫到這事，不由掉轉車頭回去找莫大夫，問了關於怎樣防止胎兒過大的事。

這才得知平日飲食跟以前一樣就行，等月分大些則是少量多餐。

這回錢七看他一路不再停車買東西，不由鬆了口氣。終於可以回家了。懷孕這股歡喜勁，都被孫保財弄得沒了！

不過看他皺眉的樣子，她不由握住他的手。

「你放開些，這樣我都緊張。我們的孩子會好好的，我也會好好的，真的。」

孫保財聞言，笑著點頭道：「好，我儘量。」

田村長回家之後，讓兒子田來福去把劉長順和錢六叫來。等人都來了，又把孫保財說的選舉的事跟他們說一遍。

「你們看可行不？行的話，咱們商量下規則。」

田來福對於他爹說的什麼選舉，還是頭一次聽說。

他也知道最近很多人來找他爹，都想讓自家小輩進村委會。這事讓他爹很為難，現在聽到這個選舉，正好解決難題，對此他肯定沒意見。

劉長順和錢六互相看了看，都覺得這事新鮮。按照這個做法，只要人選在德行上沒有缺失，那麼這樣做應該不會出現大問題才是。

好處也是讓村民真正參與，到時選出的人肯定是能讓村民信服的人。

因此幾人都沒意見，商量了一會兒後，準備了幾樣東西，約定下晌便去祠堂召集村民。

孫老爹聽到鐘聲，不由納悶。又有什麼事了？跟老婆子說了聲，便往祠堂的方向去。到了祠堂，看著村人來了大半，走到錢老爹身邊問他知道啥事不？聽錢老爹說了，覺得這事跟他家沒關係，但既然來了也不好現在就走，索性有一搭沒一搭地同錢老爹閒聊。

田村長眼看差不多了，示意他們先別說話，讓大家安靜，才開口道：「今天召集大家過來，是想說下村委會的事。大家都知道村委會成員有四人，葛望退出村委會後，現在村委會少了一人。經過我們幾人的商議，現在把這權力交給大家，大家認為誰能勝任、誰能為大家做事，就可以選誰。」

話落，又說了人選的要求。「只要身體無疾，年歲不超三十五，德行好的後生都可以選。大家先討論下人選，等會兒再進行投票，最後票數高的人就能進入村委會。」

下面頓時一片討論，但等大家說出人選時，田村長是徹底傻眼了。

沒想到大家出奇一致地提名孫保財。

但孫保財是縣太爺的師爺，這事又不能說。他本想引導大家提議其他人，沒想到被大家誤解，說他不想讓孫保財進村委會，一時竟有些難為。

這要是別人當選了，就算人不在，他也能作主；但是孫保財不行，他既是知縣大人的師爺，等過兩年大人要是調任了，孫保財還不得跟去？

劉長順知道大家為何一致同意選孫保財。

現在的紅棗村因每家都稻田養魚，幾乎都找過孫保財幫忙。這稻田養魚也是孫保財家弄出來的，現在他無私地教鄉親們怎樣稻田養魚，讓大家能多一份收入，試問村裡其他人，還有誰能做到這一點？

可以說透過稻田養魚，孫保財在村人的心中早就不一樣了。

但他們都知道孫保財的態度。他要是想進村委會早就進了，偏偏人家根本志不在此。

想罷，他看了眼有些激動的村民，不由有些暗樂。孫保財跟村長說起選舉這事時，肯定沒想到會有這種結果。

田村長揉了下額頭，看著大家道：「既然都選孫保財，但怎麼也得讓本人同意才行吧？我現在讓來福去村口等孫保財，讓他決定自己到底進不進村委會？」說完示意來福去找孫保財。

底下的人聽了這話，又開始七嘴八舌地議論。

田村長本想讓大家先回去，等會兒孫保財回來再召集大家，沒想到被大家拒絕。

錢老爹和孫老爹彼此看了眼，一時也不知該說啥？

孫保財趕著車剛進村子口，就看到田來福在村口站著。

他停車看著田來福上前，得知是在等他，不由納悶。啥事要特意等他啊？

等他聽了田來福的話，頓時哭笑不得。這是搬起石頭砸自己的腳了嗎？明明是給村長出主意，怎麼把自己繞進去了？

他是不會進村委會的，不說其他，就說現在錢七懷孕了，他啥也不想幹，只想每天守著她。

但也知道自己必須得走一趟，只好先把老婆送回家，又叮囑了幾句，才跟田來福去了祠堂。

錢七看著孫保財出去的背影，莫名有種不太好的預感。

她輕笑著搖頭。是自己想多了吧？

來到祠堂，孫保財聽田村長說了遍原由，便道：「先謝謝大家的抬愛。大家也知道我平日就喜歡往外跑，不喜歡被拘束，所以這村委會我是不會進的。」說完這話，看大家臉色不對，連忙接著道：「不過大家放心，只要是我能為村裡做的，我一定會去做。咱村裡成立村委會的目的，一是監督集體用地所得的款項是否用來建設村子；二是村委會成員要能為咱村做實事，所以才要選年輕人。基於這兩點，我這人總往外跑就不太適合了。」

又說了一些自己不適合的地方，才把這好意給推了。不過最後也承諾，就算不進村委會，還是會認真為大家做事。

村裡眾人見孫保財不願意就算了，也不能逼著人家。

田村長看村民不再糾結此事，重新問大家人選。

孫保財眼見沒自己的事了，跟田村長說了聲，連忙回家。

第四十四章

孫老爹回到茶寮，跟劉氏說了經過。

劉氏聽了直念叨可惜了。有機會進村委會，這渾小子竟然推辭了！

她雖然整天在茶寮忙活，但也是知道村裡事的。老大媳婦可是都說了，葛望走了後，村裡可是好些人盯著這位置。

她正唸著呢，抬頭一看，這渾小子來了。

接過食盒後，劉氏瞪著孫保財道：「你怎麼不進村委會呢?這多好的機會啊，你為村裡做了這麼多事，進村委會那不是應當的嗎？」

別人想進還進不了，他倒好，一點也不當回事。以他現在為村裡做的事，等到村長退了，那還能當上村長呢！孫家祖上還沒出過村長，要是三娃子當上村長，那可真是祖墳上冒青煙了。

她氣得又把這話嘟囔出來。

孫保財聽了劉氏的話，差點沒憋住笑。

這會兒他才意識到，好像兼職師爺的事，一直沒有跟爹娘說啊?這事遲早要讓他們知道的，與其到時從別人口中得知，還不如他自己說了。

想罷便讓劉氏和孫老爹坐過來，笑道：「娘，其實我不進村委會是因為我現在是縣太爺的師爺。這師爺可比進個村委會強多了吧？所以咱祖墳上已經冒青煙了。」

劉氏聽了壓根兒不信，只當這渾小子又逗她。孫保財看她不信，轉頭看孫老爹的表情，也知道老爹沒信他的話，忍不住道：「我可跟你們說了啊，你們不信可別怪我。」

看劉氏乾脆打開食盒吃飯，他無奈一笑。好吧，要不是他是當事人，他聽著也覺得假。他不再說這話題，轉而告訴劉氏錢七懷孕的事。

劉氏當即放下筷子，臉上堆滿笑容。謝天謝地，終於懷了！她拽著孫保財好一頓叮囑後，連忙趕他回去陪媳婦，食盒等晚上她帶回去。

孫老爹聽了也是滿臉笑意。雖然他們都有孫子、孫女了，但是三娃子始終沒有孩子，到底是擔心。現在好了，這心終於能放下了。

孫保財從茶寮出來也沒有回家，而是直接去了岳父家。錢七懷孕的事也得去通知一下。

王氏聽七丫頭終於懷了，高興得連忙去廚房撿了一籃子雞蛋，提著就去看閨女。

孫保財本想著報完信就回去陪老婆的，這會兒看岳母去了，只得在錢家繼續陪岳父說話。

錢七看王氏來了，接過雞蛋，笑道：「娘，您拿啥雞蛋啊，家裡啥也不缺。」

她知道一定是孫保財去錢家說了，娘才會在這時候過來。

王氏沒理會她的話，逕自道：「剛剛聽三娃子說妳懷上了，我這心啊是終於放下了。妳是不知道妳成親後肚子遲遲沒動靜，可把我急壞了。」

她這心裡急，但又不敢在七丫頭面前說，就擔心她瞎想啥的。還有一些人在她面前說閒話，氣得她有段時間總跟那幫亂嚼舌根的吵架。

想罷，忍不住又說道：「我就說妳不可能不懷嘛，我生養了你們七個，這在村裡可沒有幾人能比得上我。妳是我閨女，就算不像我，也不至於不能生啊……」又把當年生養他們幾個吃的苦說了一遍。

錢七聽王氏又開始說生養他們的辛酸過程，笑著抱著王氏的胳膊，邊點頭附和，不時說些討巧的話，倒是把王氏逗得開心不已。

王氏又說了些懷孕後要注意的事，看天色不早了，這才起身回家。

自從錢七懷孕之後，孫保財除了每天到地裡看看、指導村人稻田養魚遇到的問題，再幹點地裡的活兒，其他時間都圍著錢七轉，東西沒了便讓錢家兄弟捎回來，整整三個月沒出過紅棗村。

對此錢七倒是挺樂意的。有個愛你的人陪著，感覺時間都快了很多，若是孫保財有時候不要太緊張就更好了。

這段時間，兩人閒時除了練字、看書、做針線活、下棋之外，還會畫一些孩子的用品，比如手推車、學步車、嬰兒床等等，還有孩子玩的積木啊、益智類的玩具，只要是木頭能做出來的，他們都會畫出來，想著到時一起找人製作。

這些雖然暫時用不上，但不妨礙他們先把這些東西準備好。

兩人透過畫這些用品，想像將來孩子用到這些物品的情景，其中樂趣自不必多說。

孫保財也逐漸放開心結，越來越期待孩子的出生。

他把畫完的圖全部收好。明天要去東石縣城，到時找一家家具鋪子看看能不能訂製？如果行的話，順便把這些圖紙賣了，到時也是筆收入。

劉氏看他整天這麼在家待著，總是圍著錢七轉，所以勸說了好幾次，但不見成效，也就不再說這事。

她又想著三娃子家裡就三畝地，擔心老三手頭緊，孩子出生前後要花錢的地方多著呢，索性給他和錢七拿了二兩銀子，還跟他們說別擔心錢，茶寮賺的夠他們一家吃喝了。

這弄得孫保財和錢七哭笑不得，好一番推辭才讓劉氏把銀子拿回去。

要有孩子了，孫保財肯定要琢磨賺錢之道的。上次賺的一百兩銀子雖然沒怎麼花，但他現在父愛爆棚，想為孩子攢些家底。

他都想好了，要是生的是女兒，到時好好培養琴棋書畫這些才藝。倒不是為了高嫁啥的，只是這裡沒啥娛樂，女孩嫁人後大多在內宅中，讓她多學些技藝，到時總有個東西讓她打發時間，不至於無聊。

他沒打算把閨女培養成特立獨行的孩子。在這裡要是沒有相應的實力，女子太過特立獨行，大多會過得不如意，他不想讓孩子過著那麼坎坷的人生。

他和錢七聊過，她也是這意思。可能這就是父母對子女的心情吧，總希望孩子將來一路平順安康。

以前的他不理解，現在孩子還沒出生呢，他都把女兒今後的打算想好了。

至於兒子麼，他倒還沒想太多。

錢七正在縫小衣裳，給孩子做衣裳是她現在最愛做的事。她除了做這裡的小孩子衣服樣式，也做現代小孩子穿的半截袖、小褲子等等，反正能想到的，只要能先畫出個樣子，她就都能做出來。

以前覺得自己在針線上沒啥天賦，現在看著做出的成品，呵呵，原來她針線上的天賦是做童裝。

可能是心中對孩子的母愛吧，讓她做出的衣服連劉氏都誇做得好。

她做的小衣裳，大多是中性的，不管是男寶寶或是女寶寶都能穿。料子都是細棉布，小孩子穿著舒服。

孫保財希望第一個孩子是女兒，那天跟她說了一通為女兒的打算，但是當她問到兒子時，這人竟然來了句「還沒想呢」。

懷的是個女兒還好，要是生出來是個男孩，她都替兒子委屈。

按她的想法是只要生兩個寶寶，不管男女都行，他倆沒有重男輕女的想法，至於這裡人的觀念，跟他們沒有關係。

兩人從現代都混到這裡來了，還有什麼想不開的？

她抬頭看了眼正在寫字的孫保財，笑著繼續手上的針線活。

現在肚子已經有些顯懷了，除了嗜睡之外，還沒有其他症狀出現。

孫保財寫下最後一筆，滿意地笑了笑。如今的字越發能看了。

一抬頭，就看老婆在做針線，那瞇著眼睛的樣子也知道她這是又睏了。

他好笑地走過去，拿走她手中的針線，牽起她的手。「睏了就睡會兒，要是扎到手怎麼辦？」

兩人來到床邊，他給錢七脫了鞋，讓她上床睡覺。

錢七微微一笑，道了句一起睡。

看孫保財高興地脫了鞋上來，她靠在他懷裡，聽著有力的心跳聲，緩緩進入夢鄉。

翌日一早，孫保財吃過早飯，趕著騾車去縣城。

今天事多，要早些走才能早點回來。

由於他三個月沒出村，邵明修讓人捎信給他，讓他有空去一趟東石縣城時，到衙門找他。

也不知邵明修找自己什麼事？不過不管什麼事，到了縣城，他還是先去了家具鋪子。

掌櫃的一聽有人找，看來人有些面熟，想來也是以前的主顧，便露出笑容道：「不知客官找在下什麼事？」

孫保財以前和錢七來過這裡買家具，只是已經一年多沒來，估計這掌櫃早忘了。之所以選這家，是因為他們有自己的木工坊，而且口碑好。

「我這兒有一些新木活圖紙，想問下你們這裡能不能訂做？」

田掌櫃笑道：「只要有圖紙，就沒有我們做不出的。客官這邊說話。」說完迎著孫保財到裡間坐下。

孫保財坐下，拿出二十來張圖紙，抽出兩張放到桌上。「掌櫃的你看看，這兩張能不能做出來？要是能，咱們再談其他；如果你們這兒做不出，我再去別家就是。」說完也不再理會掌櫃，拿起茶水逕自喝起來。

田掌櫃聞言笑了笑，明白這話裡的意思，也不再多言，拿起圖紙看起來。

然而他越看越皺眉。他是做木匠出身，這圖自然是看懂了，東西也能做，就是沒明白這東西是做什麼用的？可心裡有預感，這東西是個商機，因為這些原理很少會運用到家具上。

想罷，他放下圖紙。「客官見諒，這東西我們這兒能做，就是不知有何用處？」

孫保財一聽知道生意來了，跟田掌櫃說了這學步車的用處，順便跟他說了下這東西適合給誰用等等。

田掌櫃聽得眼冒亮光，看著孫保財笑道：「客官，我知你的來意，你既然選擇了我們鋪子，肯定是相信我們鋪子的信譽。我想收了你手上的木活圖紙，只要是我沒見過的，你只要解說一番，我都收下。」

這些圖紙要是被別家家具鋪子收了去，對他家鋪子的生意肯定有衝擊。相反地，要是他們鋪子收了，運用得當的話，能讓他們鋪子生意更好不說，更是奠定了地位。

孫保財聽田掌櫃說得痛快，自然也不繞彎，索性把圖紙拿出來解說。最後經過一番商談，一共一百兩銀子，外加一整套圖紙上的成品。

約定了用什麼木料做，說完這些兩人才簽了契約。

孫保財把銀票放到懷裡，跟田掌櫃又聊了幾句，約定好還有新圖紙的話一定來他這兒賣，這才又趕著騾車去縣衙。

想著剛剛在鋪子賣圖紙的事，那田掌櫃也是個老狐狸，一直試探地跟他砍價。不過能賣一百兩銀子，他也知足了。那本來就是畫出來給孩子用的，現在不但孩子有得用了，還得了筆錢，還有啥不滿意的？

這筆錢，他打算在縣裡買處房子。

錢七生孩子正是天冷時，要是在紅棗村生產，他擔心有事了要找大夫都來不及。為了安全起見，還是在縣裡生產。

自從知道她懷孕，他就想過這事。那時還想著租一處乾淨院子，現在有了這一百兩，還是直接買了好，自己的房子可以隨意佈置，就當置辦產業了。

第四十五章

孫保財到了衙門，得知邵明修在見客，索性跟邵平說了一會兒再來，逕自出了縣衙，去了離這裡最近的牙行詢問有沒有在賣的小院子？

王六子認識孫保財，上前道：「這樣的小院有幾處，你跟何二哥也熟悉，我就跟你說實話，我手上有處急賣的院子，就在這條街上，要不我帶你去看看？」

孫保財點頭同意。

這條街叫府前街，這邊離衙門近，治安肯定不用說，而且住戶基本都是有點家底的，周邊也很齊全，不論是私塾或者醫館等都不缺，他要買房子也是傾向這邊。

因離牙行不遠，兩人步行過去。

到了後，孫保財觀察臨街是商鋪，看著有兩間房大小，院門就在旁邊。可能是要賣房，鋪子關著門，應該是沒有租出去。府前街兩邊都是商鋪，這裡人流多，鋪子肯定好租。

王六子打開門，笑道：「這處房主因家裡急用錢，所以處理這處多餘的房產。裡面的家具都帶著，要價一百五十兩銀子不講價。這個價格在周邊已經比同樣的房子低了不少。」

是低了大概三十兩左右，所以這房子買了合算。孫保財聞言點點頭。這個價格在這個地段是便宜。

院子乾淨整潔，地面上鋪了石板，院子中間是一張石桌、四個石凳，院子東邊廂房處有口水井，他猜測廚房應該在那裡；旁邊的屋子空的，應該是用來做雜物間。至於西廂房則是兩間房子，裡面都擺了家具。

房子看來保持得很新穎，房主對這處房子用了心。

正房三間帶東西廂房，臨街還有鋪子，標準的四合院。

孫保財推開正房的門進去。中間是堂屋，東邊是臥室，西邊佈置成了書房，裡面的家具也都是新的。

他看了一圈，挑眉道：「你小子跟我說實話，這房主到底怎麼回事？」這房子地理位置好，還附帶全新家具，價格這麼便宜說不通啊！

這房子比別人賣的至少便宜三十兩銀子。三十兩銀子可不是個小數，說實話，他想買，但要弄明白了。

王六子聞言笑道：「這房子是城南醫館劉大夫家的。他本打算把這處房子給他兒子以後用，你也看到了，這家具啥的都是新的；奈何他家那小子染上賭博的惡習，據說欠了賭坊好些錢，這不劉大夫無法，才要把這房子賣了給他兒子還債。」

劉大夫家就這麼一個小子，說啥都不能讓這唯一的香火出事。醫館是家裡的根本，最後只能把這邊的房子賣了。

想到這裡，他道：「劉大夫之所以定價便宜，就是要儘快出錢。你也知道欠賭坊的錢，那是按天翻的。」

話都說到這地步了，相信孫保財能明白。這房子要是他有錢，自己都想買了，到時再掛出來賣，怎麼說還不賺個二十多兩銀子啊？

孫保財眉頭一挑。沒想到是劉大夫家的房子啊，劉家那小子他知道，因是個獨苗，被慣得不成樣子。那小子性子已定，要改是難了，劉大夫若是不下狠手管管的話，以後他家那醫館都得被兒子敗了。

事情既然這樣，他也放心了，對王六子道：「那這房子我買了。你約一下劉大夫，看看下午能不能簽了契約？如果能的話，就帶著劉大夫去縣衙，直接把手續辦了。你們到縣衙直接找邵平，到時他會跟我說的。」

說完便跟王六子告辭。他還得跟邵明修先借點錢，銀子都放家裡了，他本來只想買個百兩以內的院子，沒想過買這麼貴的。但看了這房子確實滿意，還有兩間臨街商鋪，到時租出去也是份收入。

王六子笑著應了，心裡雖然納悶，孫保財啥時候跟縣衙的人熟了？不過這都不關他的事，他只需要把房子賣出去就有錢拿。

邵明修此時正看著表弟柳塵玉，等著他的答覆。

他特意給外祖父去信，跟外祖父說了自己打算在東石縣做的事，問他老人家是否感興趣？結果外祖父便派了表弟過來。

他也是沒辦法，眼看著過幾個月紅棗村稻田裡養的魚就要上市。一個村的魚還好說，但等到全縣推廣後，一整個縣的魚該如何賣出去？這真是個難題。

他也收集了不少製作魚的方子，但這東西怎麼做出來、怎麼販賣，總得有個牽頭的人吧？所以他把目光瞄向了外祖家。

柳臺玉皺眉想了會兒，道：「表哥，你看祖父派我來了，肯定是想幫你的。但你說的辦法也太籠統了，能不能再細化？哪管有個大概輪廓了，咱們詳談也行啊！」

只跟他說明年秋天有大批量魚上市，到時做出魚乾讓他銷售。他們柳家怎麼說也是大商賈，也不至於要賣魚乾獲利吧？表哥一看就不重視他，竟然連個具體辦法都沒準備。

來之前，祖父還叮囑他，能幫就儘量幫表哥，不要因為沒有啥利益就表現得沒興趣。可商人逐利啊，賣魚乾能賺幾個錢？他要是能有興趣就怪了。

但是怎麼說他也來了，表哥不能這麼敷衍他吧?!

邵明修看著柳臺玉。這小子這德行，真想收拾他！他要是對商業那一套在行，還會求助外祖父嗎？他東石縣有魚獲，誰有興趣誰拿出方案談，現在竟然跟他要辦法？

邵明修默默把這口氣忍下，對外喊了聲。「邵平。」見邵平進來，道：「你去紅棗村把孫師爺請來。」

孫保財自從他娘子有喜後，就沒來過縣城，因此一直沒有商量過這事。現在看來要應付臺玉，還得靠孫保財來糊弄。

邵平恭敬回道：「回大人，剛剛孫師爺來了，知道您在會客，說出去一趟，一會兒再來。」

得知人來了，他揮手讓邵平出去等著，等孫保財過來了，讓他直接進來。

柳塵玉聞言，眉心一跳。孫師爺啊……他很期待。

孫保財一回來便聽邵平說邵明修在等他，也沒多想，開門進去，卻沒注意到裡面還有人，回身關門時就開口道：「明修，剛剛我出去看了個房子，還少五十兩銀子，你先借我下，等我明天來還你。」

轉過身才看到還有別人在，一看是那個買瓜的公子。

邵明修笑道：「一會兒我讓人拿給你。你這麼一會兒就去買房了？」

對於孫保財在城裡買房子，他支持。最好以後搬到縣城來住，到時見面就方便了。

孫保財聞言點頭。「是啊，看你在忙著，就去附近的牙行看了間房子，感覺還不錯就打算買了。」

兩人又聊了幾句，邵明修才給兩人介紹，又跟孫保財說了柳塵玉的要求。

孫保財一聽便知，這是邵明修找的財神爺，倒沒想到兩人是親戚。能拿下東山石礦採礦權的，自然家底豐厚。

聽說柳塵玉要詳細辦法，知道他這是想要一份詳細計劃書。對於東石縣稻田養魚這事，他還真想過詳細方案，但這會兒有柳塵玉這個財主，那麼計劃書的內容還是要變化一下才行。

他想了下，笑道：「我先說下，你聽聽可行不？要是感興趣，我回去寫個詳細方案給你；要是你沒有興趣的話，到時我們東石縣縣衙會根據我做的計劃書對外招商。」

柳塵玉點點頭，等著孫保財說。他對於孫保財要說的還是很期待。

孫保財整理了下思緒，才開口說了自己對於東石縣將來的想法。

第一要先籌建一個魚產品研究小組，研究出獨特的魚製品，他的建議是先研究魚罐頭。只要弄出來保存期長的罐頭，那麼就可以開辦加工坊。

這裡雖然沒有現代魚罐頭的鐵盒或玻璃瓶，但有陶瓷罐，到時可以跟陶瓷作坊訂製大小不一的陶瓷罐子，直接走中高價路線，把價格定得高些。

這裡的冬天本來吃食就少，東西只要好吃，有錢人家不會在乎那幾個錢的。到時由加工坊收了農民手裡的魚，這樣一來，問題就都解決了。

農民手裡的魚賣給加工坊，坊裡做出的魚罐頭賣到大景朝其他地方。養殖、加工、銷售，這是一套完整的產業鏈，要是弄好了，能帶動整個東石縣的經濟，到時人人都能工作賺錢，生活想不好都難。

孫保財說完這番話，柳塵玉聽得兩眼冒光。雖然這說的是個大概，但絕對可行。至於可能會遇上的難題，在商人面前只要利益能讓他們心動，那些所謂的難題都不是事。

邵明修想得更是深遠些。這樣用不了多久，東石縣就變樣了……當然前提是自己還要留在這裡，要是他到任期調走了，那麼這些可能也止於此了。

這般想著，他心裡暗自下了決定。

可一抬頭看表弟的表情，就知他被孫保財說得動心了。

邵明修又看了眼孫保財，不由一笑。這腦子怎麼長的呢？

幾人又說了一會兒，才一起吃了飯，等下午王六子帶著劉大夫來找，孫保財才出去辦自己的事。

柳塵玉看著孫保財的背影，感嘆道：「表哥這等人才，在你這裡就是浪費。」

孫保財在商業這方面，簡直有翻手為雲，覆手為雨的能力，這樣的人竟然甘心當個小師爺？

邵明修聽了，微微一笑。塵玉還是不懂孫保財，所以就算他先遇到了，也得不到他。

他不由笑道：「其實我想想，還是孫保財說的那個招商，更能給東石縣帶來好處。」

柳塵玉一聽這話，連忙陪笑臉，對著表哥說了好一通道理，最後都把祖父搬出來了。

孫保財出來跟劉大夫聊了幾句，簽了契約後更名備案。這些辦妥之後，雙方當著王六子的面付清銀兩。

孫保財接過大門鑰匙，把房契放入懷中，送走他們二人，回去跟邵明修說了聲，才趕著騾車回家。

回去吃完飯，他跟錢七在院子裡納涼，說了今天去東石縣城的事。

錢七聽了，詫異地看著孫保財道：「你連房子都買了?!」

以前孫保財提過讓她去縣城生產，也說過想買個小院的事，但這也太效率了吧？

不過她是真沒想到，那些給孩子畫的玩具用品圖紙，竟然被孫保財賣了一百兩銀子，這錢是不是也太好賺了？

孫保財聞言一笑。「這不是正好看到個適合的嗎？所以直接出手買了。」他從懷裡掏出房契，描述了房子的樣子。

錢七聽了還真被勾起了心思，看了眼房契，得知他明天還要去縣城，表示也要跟著去。孫保財聞言哪有不同意的，拉過錢七的手，一邊擺弄她的手指，兩人一邊說著話。

等劉氏和孫老爹回來後，孫保財跟他們說了在縣城買房的事。

這事可不能瞞著他們，到時他們也要搬去住，等到那時才說，不如早說。雖然要解釋一下哪來的錢買房。

劉氏得知買房的錢是這段時間，老三兩口子給孫子畫的家具圖賣了所得的，心裡吃驚。這錢還能這麼賺？怪不得這兩口子說啥也不要她給的銀子。

能在縣城買房，這說明她家老三有本事，劉氏心裡為他們高興。

而孫老爹雖然沒說啥，但臉上的笑意也說明了一切。

錢七看他倆高興，開口道：「爹、娘，明天咱們一起去看看房子吧，茶寮攤子歇一天也沒事。」

兩位老人也有好長時間沒去過縣城了，到時正好逛逛鋪子，買些布給他們做兩身衣裳。孫保財也開始勸說。不能咱家在城裡的房子連門在哪兒開都不知道吧？劉氏聽了也是這個理，茶寮攤子一天不開也沒事，不過就是少賺一天錢罷了。

於是點頭同意道：「你去跟你岳父、岳母說聲，讓他們也去看看，咱們明天正好坐騾車一起去，人多熱鬧些。」

這樣一起去了，省得以後三娃子多跑一趟；再說有王氏陪著，兩人到時可以結伴在縣城逛逛。

這般想著便打算明天多帶些錢，給每人都買點東西。

可能是經營了茶寮攤子，或者跟老三兩口子過了之後，她現在也不像以前那麼死把著錢。

按照三娃子說的，錢賺來不就是要花的嗎？攢著不花還能變多嗎？

她當時聽了這話，生氣地回了句：不會變多也不會少。但慢慢地，她竟覺得這話說得有理。

她辛辛苦苦攢著幹麼？要給老三，人家都不要。

而且看這架勢，老三兩口子的孩子也不會用他們的錢。那他們還死攢著錢幹麼，還不如不時買些東西給孫子、孫女和家人呢！

孫保財自然應了，等劉氏和孫老爹回屋之後，他讓錢七先回屋，自己去錢家說一聲。

到了錢家，不免又留在那兒說了會兒話。

從錢家回來時，天色都黑了，看錢七又迷糊了，便讓她去床上休息。等她睡了才把油燈點上，開始寫起東石縣的企劃書。

這份企劃書是給邵明修的，裡面有他對東石縣將來的完整規劃。至於邵明修會不會去做、能不能把東石縣打造成理想中的樣子，就不是他能左右的事了。

只能說邵明修要是有這個心思，他幫著就是；如果沒有，他也樂得輕鬆，反正這東西就是他的一份心意——對這裡、對邵明修的一份心意。

當然他也不否認自己有些小心思，畢竟孩子快出生了，他現在想為孩子謀個出身。

寫完企劃書，等墨跡乾了，他又開始寫起稻田養魚產業鏈計劃書。

第四十六章

翌日一早吃過早飯，孫保財把騾車套好，等岳父、岳母來了，幾人鎖上門往縣城去。

一路就聽劉氏和王氏的說話聲，錢老爹和孫老爹的聲音被兩位婦女完全蓋住了。

錢七舉著傘，有一搭沒一搭地跟孫保財聊天，不時看看路過的風景，倒也愜意。

到了之後，孫保財把車停好，把騾子拴在門前的拴馬樁上，扶老婆下來，笑著說了聲：

「我們的房子。」

等自家爹娘和岳父、岳母下來後，他先去開了院門。

錢七看這條街還挺繁華，街道也乾淨整潔，房屋啥的都不錯，地段一看就比何二家住的南城強了不少。

劉氏和王氏也欣喜地看著這房子。王氏也知道，要是城裡人有這樣的房子，那都是家境不錯的人家。

幾人等孫保財把門開了，進到裡面又看了一遍。

錢老爹注意到這臨街鋪子是獨立的，沒有門和窗戶連著院子，說明以前這房主根本就沒打算做生意，所以才沒有開後門和後窗。

這樣挺好，鋪子租出去以後，院子裡也不會被人窺探。

他對孫老爹笑道：「這房子不錯，你這兒子有本事。」

這女婿是越發教人看不透了。他看了眼自家的ㄚ頭。果然兒孫自有兒孫福。

孫老爹聞言，哈哈一笑。「我兒子不也是你女婿嗎？不管怎麼樣，這兩孩子過得好就行。」

兩人相視一笑，又聊起了別的。

劉氏和王氏看過後，都挺滿意。家具啥的都是新的，拿些日常用品和被褥就能直接住進來了。

知道這房子是女婿給七ㄚ頭生產而準備的，王氏對孫保財能為女兒做到這樣，是一百個滿意，拉著劉氏的手道：「我家小七有福氣，能嫁給三娃子。」

她是真沒想到兩人能把日子過成這樣，在她心裡，三娃子就是那個……浪子啥的金不換。

劉氏聽了王氏的話，認真看著她道：「親家，能娶到妳家閨女，何嘗不是三娃子的福氣？三娃子以前啥樣妳也知道，自從娶了妳家閨女才變得顧家，幹些正經營生。」

村裡流傳錢七旺夫的話，她現在是真相信了。看看三娃子成親後，這日子過得有滋有味的，現在連縣城裡的房子都買了。

兩人又彼此說了會兒，大意都是說兩個孩子有緣，合該成為夫妻，八字肯定是天賜良緣。

錢七在不遠處，實在聽不下去兩位老太太的話了。還八字、天賜良緣，那東西好像他們就沒有合過。

雖然古代婚俗挺講究的，但那是大戶人家或城裡人講究這些，農村基本就是走個形式，像八字啥的根本不合。村裡的男娃能娶到媳婦就行了，要是都像城裡人合八字，那還要不要娶了？

知道孫保財一會兒要去縣衙，錢七走到他身邊道：「你把咱們在家裡拿的碗盤箱子拿過來，一會兒我洗洗，中午在附近的小飯館買幾個菜回來吃吧。」

孫保財點頭道：「行啊！一會兒我去縣衙時，先找間飯館把菜訂了，到時讓他們中午直接送過來。我要是沒回來，妳和爹娘他們先吃。」

其實外賣這東西自古就有，只要距離不太遠，給兩個銅板的跑腿費，飯館不是太缺人手的時候都會同意送上門。

他出去把箱子搬過來，和錢七一起把碗洗了。

他之所以買這院子，最大的一點是院子裡有水井，用水方便。要是沒有這口水井，就算再便宜他也不會考慮。

另外，他還聽說，縣城裡有專門收夜香的，到時晚上把夜香桶放到外面，自然會有人處理。如果一個月給收夜香的五個銅板，人家還給你刷桶子。

洗完了，他對錢七又是一陣叮囑，跟他爹娘說了聲才往外走。

劉氏和王氏也結伴出去逛；而錢老爹和孫老爹眼看也沒事，與其在這兒坐著說話，還不如也出去走走。

結果就是錢七眼睜睜地看著人都走了，不由無奈一笑。她這是有多不被待見啊，出去逛街竟然都不帶她。

虧著她還想帶她們買布做衣裳呢，罷了，她就收拾家務吧。

把院門關了後，打了盆水、找了塊抹布，開始擦拭家具。

孫保財去了附近的飯館，訂了六個菜和米飯，約定好中午送過去，付了錢便往縣衙去。

昨天他們約好了，估計這會兒柳塵玉都到了。

進了邵明修的書房，柳塵玉果然已經在裡面坐著喝茶了。

孫保財笑著打了聲招呼，把昨天借的那五十兩銀子還給邵明修。

邵明修看了便挑眉一笑。

「你是我的師爺，這個錢就當作是我給你的工錢，不用還了。」

孫保財一聽，還真把銀票收回來，對著邵明修微微一笑。

「那你可得多給點，我這工錢可貴了啊！」

說完把昨夜寫的東石縣企劃書，還有稻田養魚的產業鏈計劃書拍在桌上，示意邵明修看看，自己則回身坐到柳塵玉對面，也開始學著柳塵玉喝茶。

柳塵玉伸長脖子也想看看，奈何邵明修擺明了不讓他看。他暗自瞪了邵明修一眼。現在不給看，一會兒還不是也得給他瞧！

見邵明修不理他，他乾脆先跟孫保財聊天。

「你呀，就是不會找人，五十兩銀子就把你打發了，你要是把那東西賣給我，幾千兩銀子你開價，就算上萬兩銀子，我也不是出不起。」

說著說著就開始吹噓跟著他的待遇如何如何。

孫保財笑看著這個一心挖牆角的俊逸公子，也沒提醒他，邵明修剛剛黑著臉看了他好一會兒。

邵明修看完東石縣發展企劃書，閉上眼睛，平復內心的激動。

孫保財向他展示了一座州府的演變過程。為了這份企劃書，他也要給皇上上奏摺，稟明自己的決心——他邵明修如果不把東石縣發展成州府，那就一直在這兒當縣官吧！

心情平復了些，他沒有理會在那兒利誘孫保財的表弟，繼續拿起另一份計劃書。看著看著，他不由笑了。

見柳塵玉點了點桌上的紙張，邵明修笑道：「塵玉，別說表哥不顧念親情，這份計劃書，一萬兩銀子拿走。」

看著傻眼的柳塵玉，他接著道：「你要是嫌貴的話，我就按照孫保財說的招商。你要信我，只要他們看了這東西，別說一萬兩，就是再多也會出。」

正好他這兒以後要做的事缺錢呢，先讓這小子出點血。

柳塵玉氣得差點當場吐血，這會兒也反應過來。小心眼的表哥記仇呢！

真想搧自己一嘴巴，有啥事不能單獨找孫保財說，非要在表哥面前說！果然自己還是太年輕，太相信他們兄弟之情了。

邵明修沒理會柳塵玉，逕自跟孫保財說起來，大意就是等秋收後，希望他搬來縣城時，能到縣衙幫他；同時也給了他準確答覆，東石縣不變，他不走。

孫保財聽完邵明修的話，知道他是什麼意思。來縣衙幫他，就代表以後要正式走到臺前。

對於這點，他倒是沒有牴觸之心了。如今有了孩子，他要為錢七和孩子打造一個堅固的堡壘。

想罷，他對邵明修笑道：「幫你可以，但也就是出出主意、指點下該怎麼做，只要別讓我太忙碌就行。」

所有的事，都要排在家庭的後面。

柳塵玉看這兩人自顧自說話不理他，心裡明白，這錢他是花定了，除非他沒興趣，不想弄這東西。

但他昨天已經被孫保財說的魚產業鏈挑起了興趣，現在讓他放手？怎麼可能！

既然如此，他索性對邵明修道：「這一萬兩銀子我出，我現在能看了吧？」

唉，這件事要是被別人知道，還不得被笑話死！錢是一文沒賺到，先因為自己的自大愚蠢而損失了一大筆銀子。

邵明修和孫保財相視一笑，對柳塵玉點點頭，把稻田養魚產業鏈的計劃書往前推了推，示意柳塵玉自己過來拿。

反正表弟也不敢跟他耍滑，而且這計劃書上寫的，目前只有東石縣能做成，相信塵玉這點眼界還是有的。

孫保財對於邵明修堪比土匪的做法，也不覺得是搶，這是劫富濟貧呀！這些人手裡的錢散出來一些能做不少好事，也算積德。

因此對於邵明修轉手便拿著他寫的計劃書，坑了他自己表弟一萬兩銀子的事，他是一點都沒在意。

畢竟他寫出這東西，謀的不是錢。

至於邵明修這樣做，也是手有餘錢才好辦事。再說這可是塊大蛋糕，既然想吃，付錢不是應該的嗎？

不過對於東石縣將來的發展，他還是傾向於利用招商的方式好好發展。這樣能引進新血，對東石縣的提升有著莫大好處，不過這事還得慢慢來。

柳塵玉拿過紙張認真看了起來，也知道這東西不會讓自己帶走，所以看得特別認真。

孫保財眼看暫時沒自己啥事，爹娘和岳父、岳母都來了，打算先回去看看。於是跟邵明修說了原因，起身跟他告辭。

邵明修送走他，回來看表弟還在看，不由一笑。這是看進去了嗎？

塵玉如果能在這邊鍛鍊幾年，將來才能順理成章接管家業。

柳家的財富可是有很多人惦記的，塵玉雖然是外祖父欽定的繼承人，但如果能力不行，柳家的權也掌不了多久。

便想著回頭要跟外祖父說說，讓柳塵玉在東石縣磨練幾年。

想罷又坐下來拿起東石縣企劃書仔細看了一遍，沈思了會兒，開始提筆寫奏摺。

柳塵玉簡直是一字一句地看，每句話都能品出意思。

可以說這份計劃書當真是讓他開了眼界，也讓他意識到人外有人，讓他自傲的性格收斂了不少。

這紙上寫的跟他所知的有相似之處，卻又區隔很大。

魚在他看來是個非常平凡的東西，但按照孫保財寫的計劃書來做，這東西竟然能變成金元寶。

一個平凡的東西，便能形成一條完整的產業鏈。

看完，他輕輕呼出一口氣。看來自己要學的東西還很多啊……

孫保財回去時還沒到中午，進門一看，院裡沒人，而且靜悄悄的。不會是出去了吧？但怎麼沒鎖門呢？

可又看到所有房門都是開著的，也知道這應該是他老婆開的，為的是要通風。

這時，錢七端著水盆出來，看孫保財回來了，笑道：「回來挺早啊。爹娘他們出去逛街了。」

孫保財上前幫她，皺眉道：「妳怎麼沒跟著去，還在家幹活呢？現在又不過來住，急著收拾幹麼？」

自己一個人在這裡還幹活，幸虧他早回來了，要是他不回來，是不是一個人把院子裡也收拾了？還知不知道自己是個孕婦啊！

這麼想著，就把話說了出來。

錢七聞言眨了眨眼，非常無辜。這是她不跟著去嗎？是沒人帶她好不。

等飯館把訂的飯菜送來時，四位老人還沒回來。

孫保財跟送飯的小二說了，先把食盒留下，吃完再給他們飯館送回去。

因飯館就在附近，送飯的小二自然同意。人家買了這房子，以後可能會成為飯館的老主顧，掌櫃對這點也有吩咐。

錢七把食盒放到桌上。飯菜放在食盒裡還能保溫，等四位老人回來，也不至於吃涼食。

她看著孫保財道：「老公，你有空就買些木柴吧，再把一些日常缺的物品買了。」

過幾個月一家人就要過來住，置辦上也可以準備了。

孫保財點頭應了。雖然還有段時間，但先把東西買了，像今天這種情況，要是有柴的話，也能熱個飯啥的。

四位老人又過了好一會兒才回來。

錢七和孫保財看每人手上都拎了不少東西，兩人上前接過，問了經過才知，原來兩批人在路上碰到了，結果就是兩位老爹被叫著一起逛街。

嗯，但在錢七看來，就是去給兩位老娘拎東西去了。

幾人吃過飯，得知劉氏和王氏還要再去買些東西，索性大家一起去，正好錢七還要買些布料。

孫保財把食盒給飯館送回去，回來見大家都準備好了，趕緊關好窗、鎖上門，幾人趕著騾車去逛街。

因著幾人要買的東西不一樣，所以選擇分開行動，約定半個時辰之後再會合。

四位老人要逛街上的攤子，他們打算給孫子、孫女買些小玩意兒。

錢七和孫保財來到綢緞莊，給四位老人每人挑了半疋細棉布。

這裡的布是四丈為一疋，一疋布相當於不到十五公尺吧，半疋布能做兩到三身衣裳；而且她買的布料顏色不一樣，到時回去再讓婆婆和她娘自己分下，這樣做出來的衣裳，顏色上也有區分。

兩人的衣服還很多，所以沒打算購置，倒是給孩子挑了半疋布。反正距離生產還有好久，沒事時就給孩子做些小衣裳，不但有趣又能打發時間。

孫保財看錢七挑好了，付了錢，把布放到車廂裡。

眼見旁邊有間首飾鋪子，孫保財道：「走，老公給妳買個戒指去！成親時沒錢，現在趁著孩子還沒出生，咱們補回來。」

在這裡生活這麼久，都快忘了戒指的意義。懷裡放著邵明修給的那五十兩銀票，想來是夠買戒指了。

錢七聞言笑看著孫保財，提醒道：「咱們成親可都兩年了。」

所以跟孩子出生沒關係吧？這傢伙明顯是忘了這回事了。

嗯，可她承認自己也沒想起來。

不過現在手頭寬裕，買一對戒指，兩人戴著也不錯。

孫保財嘿嘿一笑，辯解道：「我這不是想攢錢給妳買個好點的嗎？」

病。

這裡又沒有鑽戒，怎麼也得買金戒指吧，總不能買個銀戒指戴，所以他這麼說也沒毛

錢七看著孫保財，挑眉笑了笑。得，給老公留點面子，就不戳穿他的話了。

第四十七章

兩人進了首飾鋪子，見裡面有幾人在挑首飾，看那些人穿著綢緞布料的衣裳，就知是有錢人家。

相比之下，兩人的穿著就顯得普通了。

店裡夥計一看有客上門，笑著過來詢問。「客官想買什麼首飾，小的可以拿給您看。」

雖然這兩人穿著普通，但他們店裡有規矩，上門都是客，要用心接待。

孫保財看了眼夥計，覺得這裡有點意思，跟夥計說想看看戒指。

錢七大致看了一下店裡的佈置，似乎是按照首飾樣式分類的，前面是櫃檯，後面是放首飾的櫃子，每個區域上方寫著首飾種類。要是有人來看，店裡的夥計會把後面放首飾的托盤端過來讓顧客挑選。

跟著夥計去擺放戒指的櫃檯，這裡正有兩位戴著面紗的女子在挑選。錢七看她們面前擺的戒指都是鑲了各樣寶石，看得出價格不便宜。

眼看其中一位女子抬頭看她一眼，錢七微微一笑便不再關注，專心看戒指。

因為彼此還隔了段距離，因此也沒啥忌諱。

孫保財看托盤裡有十來只戒指，一眼就看中其中一枚連理枝的女戒，拿過來對著錢七笑道：「這個怎麼樣？」

說著便把戒指戴在錢七的手上。很適合，也很好看。

店夥計看客官選了連理枝金戒指，自然是一通好話過去。「客官真會選，這是我們鋪子新推出的對戒，這個戒指還有男戒呢！寓意取自香山居士的名句，在天願作比翼鳥，在地願為連理枝。」

錢七聽了夥計的話只是一笑。這連理枝的寓意，他們自然更清楚。永不分離嗎？人總有一天會分離的，畢竟誰也逃不開最終的結局。

她微笑地對孫保財輕聲道了句。「只要生命還在……」就不分離。

剛剛店夥計說這連理枝是一對，但現在只看到一枚女戒，便示意他問問另一枚男戒還有嗎？畢竟這東西買成對的更有意義。

孫保財高興地一笑，連眼底也是笑意，問了夥計還有沒有男戒？

店夥計笑著點頭道：「客官，這戒指本來就是一對，我這就給你拿另一枚。」

這戒指確實是今年鋪子推出的新款式，這點他沒有說謊，就是這對連理枝的戒指寓意太明顯，因此始終賣不出去。

試問哪個男子會明晃晃地帶著這樣寓意的戒指出去？讀書人會擔心被嘲笑，商人家中哪個不是三妻四妾，這東西就算他們寵愛的小妾也不會戴，總要給正室留臉面；至於權貴人家也是這個道理。而女子礙於名聲，也是諸多顧慮。

所以真不知道誰做出這麼個樣式的戒指出來的，這對戒指的價格也是一降再降，還是沒人買。

沒法子了，掌櫃讓他單獨擺女戒，畢竟相對於男戒而言，女戒相對好賣一些。如今這會兒有人要買，他當然高興了。

孫保財戴上連理枝男戒，看得出還是跟女戒有所區別。比如女款戒指上突出的是葉片，而男款戒指突出的是枝，但兩人戴上戒指後，擺在一起，一看就是一對。

孫保財看了很滿意，跟店夥計問了價格，一聽這對連理枝戒指才五兩銀子。

這可是金戒指，這價格便宜！當即表示要買，並且立即付了銀子。

兩人就這麼戴著出去，沒發現坐在旁邊兩位女子暗暗打量的目光，眼中隱含羨慕。

孫保財和錢七從鋪子出來，一看時間差不多了，趕著騾車到了約定地點。他的爹娘和岳父、岳母已經在那兒等著了，趕緊把東西拿上車，等人都坐好了，便趕車回紅棗村。

他先把岳父岳母送回家，卸下買的東西之後，幾人才回了自己家。

劉氏和孫老爹把東西搬回屋裡，整理出要給各家的東西；兩人又拿著東西出來，把給老三家的放到他們堂屋裡，對孫保財道：「我和你爹今兒個在你大哥家吃，你媳婦也累了，讓她先休息會兒。」

這挺著五個多月的肚子坐了那麼久的車，肯定累了。

孫保財聞言表示知道了，等他們走了才回屋裡，只見他老婆已經躺在床上。

他走過去握著她的手，關心地道：「怎麼樣，有沒有哪裡不舒服？有的話一定要說出來。」

今天坐騾車的人多，錢七一直跟他坐在車前沿，肯定累著了。

錢七聞言，笑著搖搖頭。「沒事，就是有點累，今天白天沒睡覺，有些睏了。」

孫保財聽了，道：「那妳睡吧，想吃啥我做給妳吃，做好了一會兒我叫妳。」

說完又看了看兩人握著的手，怎麼看怎麼覺得這對連理枝戒指好看。

以前他是不戴金戒指的，現在戴了，竟也覺得還挺好看。原來人的品味，隨著環境的變化，也是會變的。

但錢七搖頭表示不想吃了，要是餓的話，吃些點心就是。

孫保財看她這樣，無奈地刮了下她的鼻子。就會跟他任性。

等她沈入睡眠、呼吸均勻之後，他便去廚房準備熬些粥。

這個東西他可是會做，這樣等錢七醒了，多少能吃點。

御書房內。

皇帝看過邵明修的奏摺，目中含笑，在奏摺上寫了個「准」字。

既然他有這決心，成全他又何妨？

太子景禹進來，看皇帝心情很好，不由問道：「何事讓父皇這般開心？」難道自己又要當哥哥了？

皇帝點了點邵明修的奏摺，笑道：「你自己看看吧。」

景禹看過，不由眉心一跳。這邵明修好大的自信啊！竟然敢給父皇上摺子表心志，不讓東石縣百姓過上好日子、縣不變府，就要一直在東石縣當縣令。

真是大膽，這樣的摺子，他敢說就是當朝宰相都不敢寫。

看皇帝已經批了，他不由笑道：「邵明修這般自信，要是他在那裡蹉跎個二十年，可如何是好？」

父皇對邵明修很是看重，確切地說，邵明修是父皇為他準備的純臣。但如今他這樣行事，倒還有些看不透了。

邵明修這人能被父皇看重，一身才學自不必多說，還有那辦事能力。就像那東山石礦採礦權拍出了八十萬兩銀子，這事可是讓父皇借機整頓了不少大景朝礦產，讓父皇高興了好一陣。

這樣看來，邵明修這摺子上寫的絕非空談。

想罷，他壓下心思。他倒要看看邵明修能做到什麼程度？

皇帝聽了，只道了句。「少年心性總需磨練的。」

他這裡還有關於邵明修和東石縣相關的密函。裡面的內容都表明了邵明修這摺子上寫的可不是空談，而這一切都有個叫孫保財的人參與。

這人現在是邵明修的師爺。

從密函上看來，這人可是出了不少主意，似乎挺有謀士之才。邵明修也提到過此人，稻田養魚的主意就是這人弄出來的。

想著不久就該秋收了，到時等邵明修上了關於秋收後稻田養魚的奏摺，看看這稻田養魚具體收成如何再定。

孫保財拿了個西瓜切開。如今家裡就兩個人，索性把西瓜切成小塊，放到盤中擺好。因著沒有牙籤，他拿了雙筷子，端著西瓜盤到屋裡，招呼錢七過來吃西瓜。

錢七放下書走過來，因肚子漸漸大了，走路時略顯笨拙。

孫保財拿起筷子，挾了一塊西瓜餵錢七。看她張嘴吃了，笑問：「怎麼樣，甜不甜？」

如今錢七懷孕已經七個月，肚子裡的小傢伙已經能跟他們打招呼了。他現在的一大樂趣就是把手放到老婆肚子上，感受小傢伙的朝氣。

因著現代有胎教這概念，所以他每日都給肚子裡的孩子講解三字經。

透過孩子的回應，他講解得也挺有勁的，就是錢七不太配合，每次都聽到睡著，弄得他以為自己在唱催眠曲。

錢七點頭道：「甜，就是不涼快。老公，我想吃泡在井水裡的西瓜。」

這大熱天吃涼快點的西瓜才舒服。

此時已經是八月，再過一個多月就秋收，這天熱得都不想出門。她現在每日出去，都選擇早晚不太熱的時候。

如今月分大了，每日都要多走動些，生產時才會順利。這些都是孫保財當初問了莫大夫的注意事項上寫的。

現在這人對她都是按照那張紙上寫的行事，按照人家的話說，不懂沒經驗，就要參考專業人士的話。

孫保財聞言，又挾了塊西瓜餵她，搖頭笑道：「不行，妳現在不能貪涼，所以還是吃這個吧，乖啊。」

錢七白了他一眼。得，就知道說不通。

雖然她覺得偶爾吃些沒事，但孫保財這樣謹慎，她也不想太反駁，知道他之所以這樣事事注意，是對這裡的醫療沒有信心。

當然她也沒啥信心，所以也就是偶爾說一下，撒撒嬌。

錢七示意孫保財也吃些，這一盤自己也吃不了，兩人邊吃西瓜邊聊些最近發生的事。主要是孫保財說而她聽著，不時說下自己的建議。

就聽孫保財說，柳塵玉已經研究出魚罐頭了，現在實驗的保存期是一個月，這期限還能延長。

他們能這麼短時間內研究出魚罐頭，確實很厲害。對此她深感佩服，古人的智慧真是不容小瞧。

不過她也給了些建議，比如怎麼做出來的魚罐頭才會好吃；比如燻製方法、能使保存時間延長的法子等等，也就是給個參考。

孫保財聽了錢七的話，也很贊同。

從這件事上能看出柳塵玉很有能力。這位少爺從看了計劃書之後，就開始招募研究魚製品的人。據說現在已有二十多人，這些人之中有高薪挖來的大廚，還有一些有醃製品技術的人，聽說還有藥鋪醫館之人。至於這些人每天的任務，就是研究魚製品。

孫保財聽了後都感嘆，有錢辦事就是容易。

如今，柳塵玉已經開始蓋加工坊了。

他跟邵明修買了地，在東石縣城西十里外，那裡的荒地有上百畝，全被柳塵玉買了。加工坊就蓋在那裡，孫保財還去看了下，聽了柳塵玉的話，知道那裡將來會成為東石縣最大的魚製品工廠。

這要是發展起來，能解決東石縣城大半的閒散勞動問題。

加工坊肯定不會只有柳塵玉一家，等別家也陸續加入之後，到時會帶來更多的工作機會。

屆時，他估計人手都不一定夠，一是本地農民會把精力放在稻田養魚上，頂多只是出來打短工。所以他才會覺得東石縣以後會缺長期工，到時估計會湧進很多外地人到東石縣工作。

人多了，各方面的需求也多了，經濟自然就繁榮了，那時商家看到商機，也會來東石縣發展。東山石和魚製品的名聲在外，如此反覆，東石縣想不繁榮都難。

想到這裡，他不由想起何二。

他看柳塵玉這陣仗，這先機人家是占定了。

本想把何二介紹給他，到時混熟了，弄個代理權啥的還是沒問題的。沒想到上次去找何二，得知他去了鏢局做管事，說是鏢局正好缺個管事，他師父介紹他去的。

他也不好對此說什麼，畢竟鏢局管事的職位在這裡人的眼裡是個好差事，就相當於白領階級吧！

錢七聽完忍不住笑了。孫保財明顯是目的不純。

他在這裡扮演什麼角色，她自然最清楚。有時候也會忍不住想，如果沒有她，孫保財是不是能在這裡開創一個商業帝國？他本身就能力出眾，好好運用現代知識的話，倒也不是不可能。

這樣看來反而是自己耽誤他了。

她笑著把這想法說了，招來孫保財白眼一枚，又挾起一塊西瓜，道：「所以妳要珍惜我。妳看看，我為了妳放棄那麼多東西。來，張嘴，乖乖把這塊西瓜吃了。」

如果沒有她，他就算真的擁有一個商業帝國又如何？心還是沒有地方安放。有她的地方才是心安之處。

再說錢七這人，別看現在是安於家裡坐看雲卷雲舒，如果沒有嫁給他，野心也不容小瞧，只不過在婚姻之中，注定要彼此謙讓包容，捨去一些不重要的東西。

這個道理，他們前世不懂，才把婚姻弄得一團亂；現在懂了，才會這樣幸福。

錢七聞言笑了，配合地點頭，表示一定會好好珍惜他。

孫保財看她吃了差不多半盤西瓜。還行，比往常吃得多些。於是把剩下的吃完，一邊想著要跟邵明修說下，跟他要些葡萄，給錢七換換口味。

這裡的水果太少了，要是家裡沒種西瓜，除了大棗還真沒啥別的水果。

兩人正說著話時，田村長忽然來了。

孫保財把他請到堂屋坐下，錢七裝了幾塊西瓜端去才回屋裡休息。

田村長坐下一看是西瓜，這東西目前就孫保財家才有。

拿起西瓜，他吃了一塊才道：「這眼瞅著就快秋收了，稻田裡的稻子長勢好，魚也長得大，你說這些魚可怎麼辦啊？」

他家今年稻田裡養的草魚和鯉魚，可是比別家養的鯽魚大多了，足足大了一倍，一家人心裡都高興。但看著魚大了，特別是站在稻田旁抬眼一看，全是稻田裡養魚的，這得有多少魚啊，到時他們怎麼賣呢？

難道都去集市上賣？那他們村裡的人家要是一家出一個攤子，集市上的半條街都是他們村子賣魚的。

田村長越想越覺得心裡沒底。

現在村委會的人都各忙各的，一時也找不齊人，索性來找孫保財商量下。

孫保財聽了他的話，也明白他為何有這樣的顧慮。這些魚要零散著賣，得賣到什麼時候？而且價格肯定便宜。

他知道柳塵玉會收這些魚，但村人不知道，就算貿然說了，先不說村人會不會信這事，萬一中間出了岔子，這個責任自己也擔不起。

想到這裡，他看著田村長道：「村長別急，找時間我去縣城一趟，問問知縣大人這事怎麼辦？」

不如明天去找邵明修。話說還真得把這事解決了，像柳塵玉這樣的魚商，最好要弄個辦法約定一下。倒不是為了要針對柳壐玉，而是將來這樣的魚商多了，早些把規矩立好了，省得以後麻煩。

這樣也能讓農民安心，大家有了保障，才能心無顧忌地用稻田養魚，對於以後全縣拓展稻田養魚的事業，有著莫大好處。

田村長聽孫保財這麼說，心放下一半了。這事要是沒想出解決之法，另一半的心還得提著。

兩人又說了會兒話，田村長讓孫保財明天回來再去田家一趟，知縣大人什麼意思也跟他說下。

孫保財笑著一一應了，看村長要走，又讓他等會兒，到廚房拿了個西瓜給他。

今年種的西瓜多，只靠劉氏擺攤賣也是賣不完的，所以他在縣城做了宣傳，讓那些大戶人家知道紅棗村有西瓜，這樣他們想吃的時候便會派人來買，大多數來一次都買了十多個。

他也沒少送給邵明修，而這傢伙也乖覺，把西瓜讓人送回臨安府，給他娘子和家人吃，再帶回些別的水果給他。他倆算是交換水果給各自懷孕的娘子吃。

田村長推辭了下，眼看推辭不過，只得接過西瓜。

第四十八章

吃過晚飯，孫保財拿著鋤頭，跟老婆一起往自家的地裡走。他去鋤草，錢七去散步。孫保財讓她在曬場走動，那裡地勢平坦，他放心些。

錢七在曬場走了兩圈，看曬場北面到崖壁下還有些地方，琢磨著能不能把溫室蓋在那裡？

她隨手拿起一根小木棍開始畫，畫到兩人商量的尺寸，看看占了曬場不到三分之一的地方，覺得這個距離還行，也不耽誤晾曬，又離自家後院近，照看起來也方便，打算一會兒跟孫保財說說看。

關於冬天種菜的事，孫保財問了不少人，也查閱了書籍。

大景朝要在冬天種菜有兩種方式，一種叫火室，以人工燒火提升室內溫度，達到蔬菜適合生長的條件。

有錢人家的火室多數是房子裡採用火炕升溫，這種的造價高。還有些溫室是用炕洞升溫，這個因為不用蓋屋子，造價低些；但因著長時間不見光，據說長出來的蔬菜沒有火室的好，這也是有錢人家比較喜歡用火室種菜的主因。

第二種是帛上塗一層油，使帛變得不透氣，原理就是能吸光而不容易散熱。但這種方法用在京城以南是適用，那邊冬天不太冷，可他們這邊就不太適用了。

孫保財得知邵明修家有火室，還特意去了人家莊子上看了看，回來之後把瞭解到的跟她說了，兩人商量著改進溫室。

如今打算把溫室蓋成土坯房，在南面開兩扇窗透光。至於火炕；則用火牆代替。

因孫保財回來說，火炕太占地方，畢竟他們只是想種些菜自己吃，地方本來就不大，要是被火炕占去太多地方也不太划算。所以兩人研究了幾天，最後決定用火牆，反正這東西只要原理行得通，能用就行。

孫保財遠遠就看到錢七拿了小木棍在地上比劃著，走到近前一看，笑道：「妳打算在這兒蓋溫室嗎？」

看錢七點頭，他打量了下，這裡的確是比魚塘那裡適合些。離自家近，容易看顧，在曬場這邊拿柴火啥的也方便；而且這邊東西側還有空地，可以往兩側蓋。

本來今年沒打算蓋溫室，只打算先打聽好了，等明年再蓋，畢竟今年冬天他們也不住在這邊。

但劉氏聽了他和錢七的計劃，說自己冬天閒著沒事幹，不如告訴她怎麼弄，她給他們看著。這麼一來，才打算趁今年把溫室蓋起來，能不能種出蔬菜也不重要，全當給劉氏實驗用了。

這般想著，孫保財便對錢七道：「我明天去縣城辦完事之後再找下老杜，跟他說說這活兒他能接不？要是能的話，在秋收前把溫室蓋好，到時跟娘說說，等咱們走了就讓她自己看著弄吧！」

錢七聞言笑道：「沒事，今年就種些韭菜啥的，讓娘主要看好溫度就行，其他跟種地差不多。」

要是啥也種不出來，劉氏還不得上火啊？所以還是先種韭菜吧，其他的等明年自己來種。

大景朝因開通海貿，有好些別國的蔬菜被引進大景朝，就像孫保財讓人幫他收集來的種子，有些就是其他國家的蔬菜種子。

只不過這些蔬菜只在局部地區種植，還沒遍及全國，但這不耽誤她種來自家吃。

孫保財牽著錢七的手，又遛達了一會兒才往回走。兩人手上的連理枝金戒，在夕陽的餘暉下閃閃發亮。

翌日一早吃過早飯，孫保財叮囑了錢七一通，這才趕著騾車往縣城走。

到了縣衙看到邵平，跟他說了騾車裡有西瓜是給他家大人的，孫保財才去找邵明修。

進去書房，孫保財自己坐下，看邵明修忙完了，先說了想要些葡萄的事。

邵明修聽了好笑，表示沒問題，昨天家裡派人正好送來不少，一會兒給他帶走一半就是。

說完，他笑道：「你不會是專門跑來要葡萄的吧？」

孫保財對娘子的重視，他是開了眼界了。

又看了眼他手上明晃晃的連理枝戒指。這事一般的男人幹不出來，反正他做不到像孫保財這樣一直戴著對戒，完全不顧及他人目光。

沒認識孫保財之前，他自問對娘子是情深義重，他為了清月，不納妾、不收通房。但要像孫保財這樣，他真做不到。孫保財簡直事事以娘子為先，他以前不太理解，後來這事看得多了，也明白孫保財比自己更坦蕩，用情也更深，倒是令人佩服。

孫保財聽一會兒後能直接把葡萄帶回去，心情都好了不少，看著邵明修笑道：「昨天田村長去找我，說了擔心魚賣不出的事，今兒個我來就是找你說這事，可不是專門為了葡萄來的。」

嗯，要是沒這事，他也會專門來的。

邵明修聞言一笑。這人是什麼樣的，他可是心裡有數。

秋收後，縣衙就要開始引領百姓稻田養魚，紅棗村既然是個示範村，辦法是越完善越好，於是示意孫保財說說自己的想法。

孫保財想了下道：「收魚這方面，可以讓柳公子去村裡簽訂收購契約，這個契約可以由縣衙擬出辦法，比如收購價格不得低於市價多少之類。簽了收購契約的農民只能把魚賣給契約的另一方，當然也要約束商家多久之內上門收購……」

這麼做對於在全縣推廣稻田養魚的初期有好處，主要還是安百姓的心、約束商家作業等等。以後，稻田養魚在全縣推廣完善，經營魚製品的商家多了，那麼市場自然就運作起來，那時也不用官府出面了。

兩人商定下具體細節，最後又加上簽契約的商家要支付百姓一成訂金等事項，商量完了，柳塵玉便來了。

柳塵玉一聽就皺眉。「你們確定這不是針對我?!」

說完這話，只見兩人笑看著自己，頓時一陣鬱悶。就知道這兩人是一夥的。

他逕自坐下，不再理會那兩隻狐狸，開始斟酌這件事的利弊。

這事看著感覺是他吃虧了，但是仔細琢磨，這樣做等於是保證了魚的貨源，他的魚製品加工坊就不缺原料。其實這樣對於那些本分做生意的還是挺好的。

想罷，他板著臉說道：「可以，我這兩天就派人去紅棗村簽收魚契約。」

不能給這兩人好臉色，要不這兩人說不上又挖什麼陷阱等著他呢！

孫保財別有深意地看了眼柳塵玉。

這個大財主可不能輕易放過了，東石縣將來的發展，得讓他多出些力才是。

柳塵玉莫名地感覺後背發涼，疑惑地看了看邵明修和孫保財，看兩人忙著說話，想著應該是自己想多了。

幾人又聊了會兒，確定好時間，孫保財這才起身告辭。

邵明修讓邵平給孫保財拿了一籃子葡萄，孫保財笑著謝過才往外走。

來時帶了些東西，是要放到這邊宅子裡的，所以他一會兒又去了府前街的房子一趟。

從縣衙離開之後，他便趕著騾車往府前街的宅子去。

王四貴正在算帳，這時店裡的夥計跑過來說那家來人了，連忙放下算盤往外走。

他家鋪子的租約快到期了，因房東要自用，以後不租了，他這些天一直在這條街上找店面；奈何除了他家茶葉鋪子斜對面那間關著門的鋪子之外，沒有閒鋪子要租。

因他在這條街上開茶葉鋪子好多年，老主顧都知道，所以不想搬到別處，這才讓夥計沒事時盯著這一家，有人開門了就喊他。

孫保財把東西搬進屋裡，正在東廂房收拾時，便聽到說話聲。走出來，只見院門處站著一位有些發福的中年男子。

他納悶地道：「請問有事嗎？」

王四貴一看是位年輕男子，笑道：「你好，叨擾了，我叫王四貴，也是住在這附近的。我在這條街上開了間茶葉鋪子，就在你家斜對面。」

孫保財知道他家斜對面有家王記茶葉鋪子，搖頭表示他不買茶葉。

他現在喝的茶葉都是邵明修給的，味道不錯，喝久了便有些喝不慣普通茶葉了。

王四貴聞言一愣。他不是上門賣茶葉的，於是搖頭笑道：「我來不是讓你買茶葉的，我是想租你家的鋪子。我開的茶葉鋪子也是租來的，現在那家不打算租了，要收回去自己用，雖然還有兩個月才到期，但這條街上我都看了，除了你家鋪子沒租出去之外，沒有空鋪子要租，所以我過來問問，你家的鋪子能租我嗎？」

他家的房子不是街面上的，所以沒有自家的鋪子，又擔心人家不想租，便加了句租金好談。

孫保財一聽，原來是這事啊，他這鋪子本打算明年再租出去的，到時他們回紅棗村，不住在這裡，鋪子租出去正好，倒是房子沒打算租出去。

看看這人，印象還行，他點頭表示可以談，便跟著王四貴去看了眼他家開著的茶葉鋪，又問了下他打算給多少租金？

也不知是不是擔心他不租，對方竟然跟他說十兩銀子一年租，而且還說一年一給。

孫保財自然同意這條件。聽他說這房子要一個月後起租，知道他們的租約還有兩個月，這人提前一個月租，一是擔心時間太久，怕他不租了，二也是想佈置下吧。於是也沒為難他，兩人當即簽了契約，約定好一個月後，他交鑰匙，王四貴付一年租金，外加一個月房租作為押金。

從茶葉鋪子出來，孫保財回去收拾完了，把門鎖好才往老杜家去。

見到老杜，他說了打算蓋的溫室的樣子。老杜聽完不覺得複雜，就是在屋裡牆邊加火牆，雖然孫保財的要求有點怪。

這火牆熱的地方要離地面一尺，這一點還做得到，只要底下砌了實心牆，一尺以上的地方砌火牆就行了。不過就是把灶臺提高些，煙囪砌高些，為了保溫不費柴火，在煙囪處安個插板就可以了。

於是把這話跟孫保財說了，詢問他這樣做是否可行？

孫保財聽了，點點頭，表示就是這意思。

見這活兒老杜能接，兩人又說了價格。老杜按照土坯房的價格收取，承諾幫著把室內的地翻出來。雖然屋子裡是空的，但加火牆也要費些功夫。

因著請過老杜蓋房，孫保財相信他的手藝，所以跟老杜約定時間，讓他直接帶人過去，到時在他家再簽契約。

從老杜家出來，孫保財也沒有直接回家，而是去了醫館找莫大夫，仔細詢問了孕婦在這個月分會有的反應、要注意的事項等等。

他發現如今到了晚上，錢七的腿會有些抽筋，雖然不是很嚴重，但終究心裡惦記著，所以過來問問莫大夫是怎麼回事？

莫大夫聽了，捋著鬍鬚道：「沒事，以後晚上睡覺前，用溫熱些的水洗腳，能有些緩解作用。」

看孫保財這麼細心，他也仔細把孕婦七個月到生產前可能出現的症狀說給他聽。

孫保財一一記下，謝過莫大夫後，因西瓜都給邵明修了，便回到車裡挑了一串葡萄送給莫大夫，以示感謝。

莫大夫以為孫保財走了，回身做自己的事，但聽到聲音，一抬頭，看他怎麼又回來了？剛要問還有什麼事沒說的，就看到他把一串葡萄放在桌上。

孫保財笑道：「莫大夫，這葡萄是我跟別人要的，不多，您別嫌棄啊，等我下次來，給您拿西瓜。」說完又揮揮手走了。

呵呵，禮尚往來是硬道理，他老婆還有不到三個月就要生了，到時候麻煩人家的地方還多著呢。

莫大夫笑看著孫保財離開的身影，失笑地搖搖頭，拿起桌上的葡萄往後院走。

這東西可是有錢都買不到，正好拿回去給夫人吃。

孫保財這樣倒是讓他想到了年輕時的自己。

當時的他是醫館的學徒，師父就一個女兒，他當時第一眼見到玉娘，就喜歡上她，於是努力學醫表現，最後終於娶了心愛之人。

回到後院，就見夫人正在擺弄藥草。

雖然玉娘頭髮也花白了，但在他眼裡，依然還是當初的樣子。

莫大夫笑道：「玉娘，剛剛一個後生給了一串葡萄，我給妳洗洗，妳嚐嚐甜不甜。」

老婦人從藥園中站起，看老頭子這樣，知道他欣賞那個送了葡萄的後生。因此好奇地問起這個後生，因何讓他另眼相待？

老頭子看著隨和，其實心裡可挑剔了。

莫大夫洗完葡萄端過來，餵玉娘吃了一顆葡萄，才笑著把孫保財對自己娘子有多重視說了一遍。

玉娘聽了，眼底含笑，拿起一顆葡萄餵給他，道：「他娘子生產時我跟你去，這葡萄不能白吃。」

莫大夫笑著應了。他夫人的醫術可不比他差，特別是跟女人有關的病症，醫術更是在他之上。雖然多年不給人看診了，但如今還是有些知道她名聲的來請。

婦人生產他不能進去，有他夫人在的話，是孫保財兩口子的福氣。

孫保財可不知自己這一串葡萄，換來一個婦科聖手幫著接生。

第四十九章

中午時，錢七做了些雞蛋羹吃。自從懷孕之後，劉氏就禁止他們給她和孫老爹做飯，如今兩個老人自己在茶寮做飯吃。

本來劉氏要給他們做飯，也被她拒絕了。茶寮攤子一整天就夠忙了，哪裡能讓劉氏給他們做飯呢？

肚子還沒這麼大的時候，她覺得做飯不費勁，後來才感受到挺著個大肚子幹活確實不方便。所以只要孫保財不在，她就儘量做些簡單又營養的吃食。

吃過雞蛋羹，她在屋子裡走了會兒，便躺在躺椅上休息，不知不覺又有些迷糊了。

王氏一進屋就看到她要睡覺的迷糊樣，不由好笑道：「睏了就去床上睡，在這兒躺著睡著了，摔了怎麼辦？三娃子呢？」

錢七睜開眼一看是王氏來了，笑道：「娘，您來了？過來坐。」

等王氏坐下後，她把桌上的堅果拼盤拿過來擺在王氏跟前，才說了孫保財去縣城的事。

王氏聽了，點頭道：「三娃子不在家，妳更應該注意些，還有沒事別總坐著，多走動走動……」絮絮叨叨地說了一通。

她今天沒事過來看看七丫頭，看孫保財不在，索性就在女兒這兒說會兒話。

錢七聽王氏開始跟她說些東家長西家短的，不時搭下話。透過王氏，倒也知道了村裡不少事。比如劉長順訂親了，定的是自家表妹。

錢七聽到這裡，還眨著眼睛問王氏。「他們不是親戚嗎？成親不太好吧……」

近親成親，生孩子時容易出問題。

王氏聽了，白了閨女一眼。「有啥不好的，這叫親上加親！」

錢七看她娘還挺認同，心下一抖。她還有好多姪子、姪女，可不能讓她娘有親上加親的心思。

雖然近親成親生下的孩子不一定都有問題，但出問題的機率可是要比沒有血緣關係的大。

貌似這裡的人，好像都挺願意親上加親的。錢家之所以沒有這種情況，是王氏娘家沒有女娃，而她因為年齡最小，等她長大了，那些表哥的孩子都好幾個了，所以家裡一直沒說過這事。

再加上她以前也不喜歡跟別人聊閒話，村裡有幾家親上加親的，都是事後才知道人家是表兄妹或表姊弟。

她娘有這想法，恐怕她嫂子們估計也有。畢竟錢家條件好，不管是娶了錢家的女娃還是嫁入錢家，對娘家都是一種幫襯。

看來只能把她娘勸通了，才能壓住嫂子們。

她本想舉例說明，但想了會兒，似乎村子裡是近親成親的，生的孩子除了憨厚些，還沒智商有問題的。

她皺著眉頭想了下，靈機一動，對王氏道：「娘，相公帶我去城裡醫館看診時，正好碰到個女子，抱著孩子在醫館裡哭泣。我好奇問了莫大夫怎麼回事，結果您猜是怎麼了？」

王氏鄙視地看了閨女一眼，道：「這有啥好猜的？左不過就是親人得了不治之症啥的，要不就是無力看病醫治，傷心之下才會在醫館哭。」

「這女子抱著孩子，說不上就是孩子生病了才傷心得哭了。

錢七雖然被娘親鄙視，但還得接著往下編，於是故作深沈，搖頭道：「莫大夫說這女子之所以在這裡哭，是因為接連生下三個兒子都是傻的，絕望了才會如此。」

看王氏嘴裡叨叨著作孽喲，這可讓人怎麼活之類的話，她趕緊接著道：「莫大夫說了，這女子的夫君是她的親表哥，之所以生的孩子是傻的，就是他們的血脈太近了，有的親上加親運氣好，孩子正常，但那運氣不好的，生下來的都是傻孩子。」

說完還看著王氏點頭，暗示她說的都是真的。

王氏聽了，心裡疑惑，可倒沒覺得七丫頭在騙自己，但這種事她還真是頭次聽說。認真想了下，她娘家大王村裡好像還真有一家生的孩子是傻的，這麼一想，那一家還真是親上加親的。

看來這事寧可信其有，要不然真的生了傻孩子，這不是作孽嗎？

錢七也沒指望王氏馬上相信，只是在她心裡播個種子，有人跟她提起這事時，她心裡有牴觸就行了。

王氏想罷，看著錢七道：「這話妳就跟我說說算了，可不能見個人就說。咱村裡親上加親的多了，妳要是把這話說出去，可是要得罪不少人。」

村裡可沒有生傻孩子的，七丫頭要是亂說，事情鬧大，可就難收拾了。

畢竟她在紅棗村待了這麼久，誰家啥樣她不知道啊？年輕人親上加親的還少些，這上了年紀的可就多了。人家生的孩子頂多是身體弱一些，還有幾個沒養活的，但可沒有傻的，這麼說誰會信？

錢七自然懂這道理，若是別的人，她也不能貿然去說。要改變別人的認知，真的很難。再者她也說了，這事禁不起考究，畢竟是她編的，騙騙她娘還行，要是別人去問，這謊話一下就能被揭穿。

只能先預防自家人不要近親結親，其他的等以後再說吧。

這事到時也跟孫保財說說，很多事由他出面會好些。

錢七如今還不知道，她沒跟王氏說到重點。

王氏又在這兒說了會兒話，看閨女也睏了，讓她去睡會兒，自己先回去忙了。

等孫保財回來時，錢七剛睡醒，一瞧見她睡眼矇矓的可愛樣子，不由走過去逗了她一會兒。

看錢七精神了，他牽著她的手坐到椅子上，給她倒了杯水，示意她先喝點水緩解下。

他拿起葡萄打算去廚房洗了，錢七看了，提醒道：「直接再洗一盤，給娘那屋端過去。」

自從她懷孕之後，送給老倆口的東西都捨不得吃，全都端回來，每次都要說好多話才會收下。最後還是孫保財想了個法子，勉強算是解決了。

孫保財笑著應了，拿出兩個盤子，把洗好的葡萄放到裡面。其中一個盤子裡的葡萄，他都摘成一粒一粒的，再把這盤葡萄放到爹娘的屋裡。

回來又把另一盤葡萄拿到屋裡，餵錢七吃了一粒，又抓了一把瓜子，一邊剝皮，一邊跟錢七說了去縣城的事。

錢七邊聽孫保財說話邊吃葡萄，不時也餵他吃一顆，也是挺恩愛享受的。

有時候想想也很無奈，在這裡吃葡萄都是一件奢侈的事。

又聽到過兩天要來人蓋溫室，她下定決心，明年要好好研究種植各種蔬菜，一定要讓餐桌菜色豐富起來。

閒聊中，錢七也跟孫保財說了她們母女的談話。

「劉長順這事，你會跟他說說嗎？」

孫保財皺起眉頭。這事比較難辦啊，人家都訂親了，你再去說，不是討人嫌嗎？況且這事不管怎麼說，他們都不占理。碰到好說話的沒事，要是碰到不好說話的還不得挨揍啊？

可是不說，心裡又有些不對勁，這萬一生出的孩子有問題，心裡也愧得慌。

說了吧，也沒啥用，還有可能毀了人家姑娘的名聲。

他一邊想著，一邊把眼前剝好的瓜子仁往錢七面前推了推，示意她吃了。

錢七看著桌上的瓜子仁只是笑。孫保財不喜歡吃瓜子，但為了她，每天都會剝一些給她吃。

有次被王氏看到了，說她是前世積福，才會嫁給對她這麼好的人。積沒積福她不知道，但兩人能有兩世牽絆，可見情緣深厚。

劉氏同孫老爹回到屋裡，就看到桌上擺著一盤葡萄粒，不由好笑。這兩個孩子……她對著孫老爹道：「孩子的孝心，咱們吃吧。」

吃了一粒葡萄，不但嘴裡甜，心裡也甜。

吃過晚飯，孫保財收拾好了，牽著錢七的手出去遛彎。

因著錢七不喜歡往村裡走，所以兩人還是到自家地頭轉了轉，順便看看地裡的情況。一路不時說些趣話，倒也愜意。

錢七一手托著肚子，另一隻手被孫保財牽著，這邊都有大路，走得還算順暢。

看著曬場那裡，她對孫保財笑道：「我有個想法，你聽聽可行不。」

看著孫保財點頭，她才繼續說道：「我想把溫室往東西兩邊拓寬，到時把中間隔出來當灶房燒火，兩邊砌牆成為東西兩個獨立的溫室，這樣灶房裡東西各砌一個灶臺，兩邊溫室的溫度能自由控制……」

蔬菜生長的溫度不同，這樣的話就能多種些不同種類的蔬菜。

孫保財聽完也明白錢七說的意思，覺得這法子好。反正要蓋溫室，肯定是越完善越好。

兩人又到準備蓋溫室的地方比劃了下。往東西延伸的話，應該還能各延長五公尺吧。又商量了下細節。到時等老杜來了跟他說說，看看這活兒能不能幹。

因著一會兒孫保財要去村長家，兩人也沒多停留，他把錢七送回屋交代一番，才往村長家走。

錢七等孫保財走了，開始拿起毛筆畫起剛剛說的溫室圖。

孫保財到了村長家，看田村長正在院子裡納涼，打了招呼便走過去坐下。

田村長給孫保財倒了杯茶水。「這茶特意給你沏的，現在涼了，喝看看。」

知道孫保財會過來說說魚怎麼辦的事，所以吃過晚飯，他就沏了壺茶等著。

孫保財笑道：「先謝過叔了，我正好有些口渴。」

喝了口茶水，才把他和邵明修商量的結果說給田村長聽。

話落，他看著田村長笑道：「過兩天會有人來村裡，跟願意賣魚的村民簽訂契約，到時他們會先付一成訂金給咱們，等秋收後，他們會在十日內來收魚。」

田村長聽完，激動地喊了句「好」。

他今天想了一天，作夢都沒想過孫保財會帶來這樣的好消息。這樣大家就能安心了，不用擔心魚賣不出去。

東石縣能有這樣一心為民的父母官，那可是修來的福氣。

孫保財聽田村長在那兒感謝邵明修，不由一笑。邵明修確實是個難得的好官，田村長這樣說沒錯。

兩人又說了會兒話，孫保財這才告辭回去。

回到家裡卻沒看到人，心裡一陣納悶。他老婆又去哪兒了？剛剛出去時還叮囑她，讓她在家待著，他一會兒就回來。

見案上放著宣紙，走過去看了，不由一樂。這麼會兒工夫就把溫室圖紙畫出來了？他放下圖紙，打算出門去找，但剛出門就看到錢七回來了。

孫保財故意板著臉看著她。「我出門時，妳怎麼答應我的？我回來可是沒見著人，妳就不能讓我省點心啊？」

這丫頭真是的，挺著一個大肚子亂跑，不是存心讓他擔心嗎？

錢七聽著這話的語氣，怎麼那麼像王氏呢？無辜地道：「我這不是看爹娘回來了，去他們那屋說會兒話，都沒離開這院子。」

說完，又調皮地笑道：「娘，別擔心了，女兒會照顧好自己的。」逕自咯咯笑了起來。

孫保財聽了，用手捏了下她的臉蛋，笑道：「嫌我嘮叨是不？」

錢七笑著搖頭表示不敢。

孫保財看她這會兒乖覺了，牽起她的手回屋，兩人又笑鬧了會兒，眼看天暗了，他又起身去廚房燒水。

莫大夫說每晚用溫熱的水泡腳，能緩解錢七睡覺時腿抽筋的狀況，還能解乏，預防腳部浮腫，所以他決定每日給錢七燒熱水泡腳。

以前用的洗腳水都是白天放在外面曬的溫水，沒想過泡腳的事，當然水溫也不行，畢竟大熱天的也沒誰家用熱水洗漱。

錢七想到剛剛婆婆跟自己說的話，婆婆說看她這懷相，一定是個男娃，還舉例說她懷孫保財他們兄弟時，就是這樣的懷相。

嗯，這話她娘也說過，但她當時就當笑話聽，以為是娘是在寬慰她，畢竟這裡又沒有超音波啥的，怎麼可能看得出是男是女？

但一個、兩個這樣說，她心裡不由開始犯嘀咕。

孫保財似乎只想了女兒的名字……她不由起身到几案旁，提起筆開始想男孩的名字。這不管生男生女，總要先把名字想好了才是。

孫保財回來見錢七在寫東西，走過去一看，原來在想孩子名字呢。

他走到錢七身後抱著她，雙手輕輕放在她的肚子上，等著寶寶跟他打招呼。

「怎麼想起來要給孩子取名字了？」

忽然感受到肚子裡的孩子踢了他的手一下，孫保財眼底全是笑意，手指輕輕動了下，算是給寶寶的回應。

錢七放下毛筆，感受著老公和孩子的互動。她往孫保財身上靠了靠，減輕些身體的負擔，又把婆婆和她娘說的話，跟孫保財說了一遍。

孫保財笑道：「誰說我沒想兒子的名字了？要是生兒子，名字就叫一。」

現在每日都跟孩子這麼互動，早就不想男孩、女孩的事了，只要這個孩子平安降生，兒子、女兒他都高興。
錢七靠在他懷裡，仰著頭詫異道：「一二三四的一嗎？」
看孫保財點頭，不由一陣頭疼。要不要這麼敷衍啊，誰家孩子取名字叫一?!
孫保財笑著解釋。「一，有純正、專注的意思，往大了說，表示萬物的根源，嘿嘿，也代表我對妳各種專一。」
一字挺好，簡單好寫，孩子一定會喜歡。
錢七聽了只覺得好笑。你要表示專一，也不能用孩子的名字表示吧？一的意思是挺好，就是太簡單了，顯得有些隨便。
孫保財看她還是不同意，不由自言自語問起肚子裡的孩子，喜不喜歡一這個名字，沒想到孩子踢了兩下。
孫保財得意地道：「怎麼樣，咱寶寶同意了，所以妳反對無效，咱們要尊重寶寶的意見。」
錢七聞言白了孫保財一眼。在她看來，這是孩子在抗議。
但也知道說不過孫保財，索性等孩子生下來再說，要是生了個女兒，孫保財總不能讓女兒叫一吧？
我的天，孫一？這名字想一想，腦殼都疼了。
兩日後，老杜帶人過來，孫保財帶著他們去了要蓋溫室的地方，指著崖壁前面，對老杜道：「就在那裡蓋，你看看這塊地方能往東西側蓋多長？」

本來打算要蓋三間土坯房大小的溫室，但這兩天改了主意，還是決定將溫室往東西再延長些，這樣室內更大一點，能多種些蔬菜。

錢七可是把圖紙都畫好了，溫室中間要設置灶房，兩面用牆隔開，單獨開門，這樣就相當於兩個獨立的溫室。室溫可以按照農作物的需求控制，東面的溫室可以集中種一些對溫度要求較高的蔬菜，西面的溫室可以種些常溫蔬菜。

按照錢七說的，這樣一來能種的蔬菜品種便多一些。

他也覺得這樣很好，而且燒火都在灶房燒，這樣也乾淨多了。

老杜來回走了走，回道：「能蓋七十尺左右，但這麼長的火牆不好燒吧？」這麼長的火牆怕是抽力不夠，會搶煙。

孫保財把他們對溫室的想法說了。老杜聽完，點頭道：「這個主意好，這樣的話就都解決了。」

既然老杜表示能幹，兩人開始商量細節。因著要蓋的面積大了不少，所以這個價格自然要重新算，最後老杜算了個友情價，全部包含在內，一共收了六兩銀子。

這溫室房子的造價，他和錢七無聊時算過，不算人工，成本價是四兩左右吧，畢竟是土坯房，土坯都是他們自己取土做的，門窗還有房梁、木料、瓦片等等費一些錢，剩下的就是人工了。

五個人幹二十天活兒，一天按照二十文計算，還要二兩銀子呢，所以他才說老杜是給了個友情價。

兩人商量好便簽了契約，孫保財先付了四兩銀子，剩下的二兩銀子完工驗收後再結算。倒不是他大方，而是人家都給個友情價了，他自然不能讓老杜先墊付材料錢吧。

他們商談的價格還是不提供吃食，索性有劉氏的茶寮攤子在，現在吃飯也方便些。又跟老杜說了茶寮攤子的方向，還有魚塘那邊有水井，交代完了這些，孫保財才往回走。

等柳塵玉派的人來了，他還要跟著去忙活呢。

第五十章

田村長把村委會的人叫到他家，說了今兒個會來人，商談簽收魚契約的事。

這兩天他把這事跟村人說了，大家一聽有這好事，哪有不同意的道理？現在大家都在議論這事，就盼著這人快些來呢！

田村長看時候不早了，讓來福去村口等著，吩咐一旁無事的劉長順去找孫保財過來。

還在家裡的孫保財聽到外面有人說話，出來一看，原來是劉長順，說村長讓他過去。他回屋跟錢七說了聲，才跟著劉長順出門。

兩人一路往村長家走，孫保財看了眼劉長順，隨口問了句。「聽說你訂親了？恭喜啊。」

劉長順聞言一笑。「是啊，是我舅舅家的表妹。」

這親事是他娘作主定的，蓮表妹他也見過，沒啥不好的。

孫保財又聊了幾句別的，才開始說起自己聽說的事，大意就是誰家結表親，但生下的孩子體弱啥的之類。說完，看著劉長順道：「你在藥鋪那麼久，有這事嗎？別不是那些人騙我的吧？」

接著又呵呵乾笑兩聲。好尷尬，這話他聽著都好假，才問起人家訂親的事，就開始說這些。

劉長順疑惑地看了孫保財一眼。

他知道孫保財的意思，雖然這言詞有些問題，但這會兒這麼說，應該是想好心提醒他，雖然不知道這是聽誰說的？

劉長順笑道：「你說的這事我沒聽過，不過我雖然結的是表親，但表妹是我舅母帶過來的。」

他頭一個舅母得病走了，舅舅當了幾年鰥夫，後來才又娶了現在的舅母。舅母是個寡婦，當初帶了個女娃嫁給他舅舅的，所以他們不會發生孫保財聽說的事。

孫保財也明白了，原來兩人沒有血緣關係。這樣就放心了，剛剛都沒敢提會不會生出傻孩子的事。

他也不再提這事，而是說起了別的，直至到了田村長家，便見人已經來了。

邵安正在同錢六說話。兩人好久不見，自然話多。

他看孫保財進來，忙起身問安，又給孫保財介紹跟自己一起過來的兩名管事，這兩人都是柳塵玉派來的人。

孫保財笑著打招呼，示意大家坐下，一起說下這事。

等他聽完兩位管事的話，看過他們拿來的契約，跟他和邵明修商議的差不多，便問了田村長可還有其他問題？

看田村長搖搖頭，其他人也沒意見，孫保財笑著讓他召集村民到祠堂外簽契約。

孫保財在祠堂外看了會兒，看到村民臉上滿足高興的笑容時，心裡竟隱隱有一股淡淡的喜悅。

能為別人做些事，這感覺還真不錯。

眼見一切都被田村長安排得井然有序，也沒他什麼事，孫保財索性回家去顧錢七。

九月初，官府派衙役到各村張貼布告，宣讀稻田養魚之事，又把紅棗村全村稻田養魚的情況作為示例，進行宣傳，並讓每個村子派出五名代表前往紅棗村實地觀看。

所謂耳聽為虛、眼見為實，這些人看過實際情況後，回到村裡跟大家如實告知，引起了不小的轟動。

知縣大人同時下發公文，讓各村村長統計明年打算稻田養魚的人家。等到具體報名戶數和多少畝稻田全都統計好，只要在九月中旬之前上報，秋收過後，官府便會派人前來村裡指導大家如何稻田養魚。

自從縣衙發布這項政令後，這些天可把田村長和村委會的人忙壞了。其他村子的代表陸續來紅棗村實地察看，人是從上午到晚上一直不間斷。

知縣大人下了命令，讓他們村好好接待，不用管來人吃喝，只要把來的人帶到稻田裡轉一圈，用心講解一番即可。

這事按說是個輕省活，但架不住來的人絡繹不絕，送走一撥來一撥；而且人家都是遠道而來，自然要更用心才行，對於這些人的問題更是詳細回答。

錢六剛喝了口水，眼看又來人了，只得認命地上前接待。

他現在是徹底明白這村委會的意思了。在他看來，就是為村人打白工的，雖然會給點稻米，但現在可是連個影兒都沒看到。忙了大半年，力出了、苦吃了，無形中還搭了不少錢財。

有時候忙了，就不能和五哥出去收貨，自然是少賺了不少錢，心裡不平衡時只能自己安慰自己，這樣多少得了點好名聲。

不過這段時間可把劉氏樂壞了。先是三娃子蓋了啥溫室，來幹活的瓦匠師傅們天天中午都來茶寮攤子吃飯，因而每天有固定的食客，收入自然高了不少。

這幫人剛走不久，茶寮攤子又迎來了新的食客。因著好些人都是遠道而來，大多都會吃過再往回趕路，所以這茶寮攤子每天的客人也是絡繹不絕。

夫婦兩人忙不過來，乾脆雇了老大媳婦和老二媳婦來幫忙，給她們每天三十文錢，要是有人買烤魚了，她們還可以賣烤魚。這工錢可比自己男人打一天短工賺的都多，因此她們做得特別有勁。

其實兩人心裡也知道，公公和婆婆是幫襯他們兩家，要不然雇用別人可不會給這麼多工錢。

兩人現在非常知足，寶金和寶銀兩兄弟合夥弄營生後，家裡收入多了；而她們妯娌賣烤魚，每天也能多賺些，這日子是越過越紅火了。

這股人流直到秋收時才斷了。畢竟都是莊稼人，人家也要收地、打糧、交田稅的。

紅棗村則開始忙碌起來，大家在田裡忙著收稻子，可一抬頭又會看到一些陌生人在田間來回走動。

這些是縣衙派來的人，負責記錄稻田養魚收穫的詳情，據說那些是要呈給皇上看的。這讓大家幹活時都是滿臉笑容。呈給皇上看？這可是莫大的榮耀，他們紅棗村可是要被皇上知道的村子了！

至於孫保財這些天也非常忙碌，忙著自家地的收割及晾曬。

他家比村裡其他人家早幾天收的地，反正莊稼已經成熟，早些收了也好早點去縣城。錢七這個月分還是去城裡待產才讓他安心。

他已經聯絡了柳塵玉，讓他派人過來收魚，等自己忙完地裡的事，他就帶著錢七搬去縣城。

孫保財用木鍁翻了翻正在晾曬的稻子，看著晾曬得差不多，拿過袋子把袋口捲了下，開始把曬場上的稻子裝袋。

孫老爹看攤子沒事，打算去幫幫老三。這地裡的事不是一個人能幹的，有時就得有個人搭把手。如今老三媳婦懷著孩子也不能幫忙，所以這兩天他沒事就過去看看老三的狀況。

跟老婆子說了聲便往曬場走，只見三娃子正往袋子裡裝糧食。

孫保財看他來了，笑道：「爹，等會兒裝完稻子，我要秤一下重量，一會兒幫我看下秤桿。」

孫老爹點頭應好，看著裝好的稻子道：「今年收成好，看你家這兩畝地出產的稻子，最少也得再六石啊！」

這個數目可不少了。他以前種的麥子收成最好時也沒到三石，都是兩石五斗左右。

孫保財聞言一笑。「具體出產了多少斤，一會兒秤過就知道了。」

他看著可不止六石，這裡每石為一百斤，十斗為一石。

他爹說的六石，就是六百斤。

大景朝的賦稅，是按照每畝地的畝產兩成收取。官府派人調查地方畝產多少，取中得出要交的兩成糧食是多少。這個標準在每個地方也不一樣，東石縣是按照每畝兩石算的。因為交的賦稅是按照田地收取，所以百姓們習慣稱呼為田稅或糧稅。

裝完稻子、秤過重量，接近七石，爺兒倆臉上露出笑容。

孫老爹沒想到能產出這麼多，看來這稻田養魚是有些門道啊！

孫保財笑著算了算，今年稻子的收成比去年好一些，比照往年增收一成半左右。他覺得能有這個收成，還是跟今年的稻田裡多養了魚有些關係。

畢竟稻田能養魚的原理，有一部分也是魚的排泄物可以當肥料用，能夠促使水稻生長。營養足了，長得自然好了，收成好也是正常。

這個數字相信朝廷會滿意的。一畝地就算增產一成的話，畝數多了會增產多少糧食，朝廷自然會算這個帳，況且還有魚的收入呢！稻子收成增加一成的話，再加上魚的收益，便讓農民收入翻了一倍。

他估計，今年邵明修把紅棗村稻田養魚的奏摺呈上之後，朝廷就會讓適合稻田養魚的地方仿效紅棗村。

今年家裡的兩畝稻田，收了將近七百斤稻子。扣除要繳納的兩成田稅，還剩下五百多斤，這些夠今年他們家吃的了，畢竟劉氏和孫老爹喜歡吃麵食。

至於錢七在旱田裡種植的玉米和豆子等物，他們拿走一部分玉米，剩下的都給劉氏了。

邵明修看過各村繳交的稻田養魚數值，眼底全是笑意。

現在看來孫保財的主意是好，各村看到實際情況之後，報名很是積極。

等到秋收後，再把紅棗村的稻子增產情況和魚的收益，用布告張貼出去，到時更能振奮人心。

他的目光望向外面。等紅棗村的糧食產量和魚獲的收益出來，他會給孫保財上請功奏摺。

孫保財鎖上院門，扶著錢七坐到車廂裡，裡面鋪得厚，顛簸能輕些。

錢七被孫保財攙扶著，踩著圓凳進了車廂，安穩坐下後，呼出了一口氣，用手帕擦了擦汗。

現在在平地上活動還行，但要是登高彎腰時特別費勁。

她把手放在肚子上，感覺肚子裡的孩子在動，不由一笑，念叨了句。「寶寶乖，咱們去城裡的家住一段時間，等你大一點，咱們就回來了。」

現在她和孫保財每天都會像模像樣地跟小傢伙說會兒話。不知道這小傢伙感受如何，反正她和孫保財樂在其中。

孫保財把簾子掀起來綁好，讓車廂裡的通風好些，省得太悶熱了。

他趕著騾車先到了茶寮，跟劉氏和孫老爹說了聲。

得知他們沒帶鑰匙，便把自己的鑰匙給他們，雙方各自叮囑一番，孫保財才趕著騾車上路。

一路上，兩人閒聊著，孫保財不時詢問錢七的身體狀況。

到了府前街屋子的大門前，錢七被孫保財扶下來才鬆了口氣。坐這麼久的車，肚子真有些不舒服，現在站在地上終於感覺好多了。

孫保財開了院門，牽著錢七的手進去。本想讓她進屋休息會兒，但錢七搖頭表示想站一站。

坐在車廂裡一直窩著果然不舒服。孫保財不放心地又詢問一遍，看她沒事，才到車廂裡把兩人的被褥拿出來。

其他東西已經事先拿過來，所以今天只要帶了被褥，他們就能直接入住。

鋪好床出來，孫保財看著錢七。「是不是餓了？一會兒咱們去飯館吃。」

眼看快中午了，估計她早餓了。

住城裡就是方便，在村子裡，想吃什麼都得自己做，在城裡就可以上飯館吃飯，或者買回來也行，錢七也不用總是挺著一個大肚子在廚房轉悠。

這裡的飯館不像現代那樣，要是一家飯館的飯菜好吃，大多數是靠廚師手藝、火候啥的，當然還有些秘方，總體來說沒有化學成分的調味，能夠放心吃。

錢七聞言笑道：「好啊，一會兒再去吧，我想活動下。」

可能是坐在車廂裡晃悠的，現在一點都沒感到餓，所以想多走會兒順順氣。

孫保財笑著走過去，牽起她的手，陪她一起散步。

中午時，兩人牽著手出來，孫保財把門鎖好，看了眼放在門前的騾車，打算晚一些再把騾車弄進院子裡。反正今天也不打算出遠門，就算要買些東西，這附近就有各種鋪子，也用不上騾車。

王四貴一出來便看到孫保財，笑著打了招呼。看他帶著婦人，也沒多打擾。如今茶鋪已經陸續往這邊搬了，所以這段時間也比較忙。

孫保財看王四貴走了，跟錢七說了這人是租他們鋪子的店家。

錢七聽了也只是點點頭，看著街上來往的行人，竟有些不太習慣。難道是她在村子裡待太久了嗎？

孫保財聽了，笑道：「有可能，妳沒發現妳現在連在村裡都不愛走動嗎？」

錢七皺眉反駁道：「我是懶得聽是非好嗎？」

只要在村裡婦人的聚集處，大多都是說閒話的，她聽著沒意思，自然不想多出去了。

以前因為跟葛望媳婦交好，葛望媳婦也說些閒話，但總體來說人家不會說得過分。

孫保財只是笑。在他看來，錢七這樣也挺好——嗯，應該說這才是她吧，不喜歡就不接觸，就像在現代時，寧願選擇在家工作，喜歡在自己的小空間裡做著喜歡的事。反正有他在呢，錢七只要過自己喜歡的生活就好，不用壓抑自己遷就誰。

兩人找了一家看著還不錯的飯館，點了幾道喜歡吃的菜，邊吃飯邊聽著隔壁桌客人說話。

不是他們想聽，是那桌人說話也沒放低聲音，而且兩桌離得近，想不聽都不行。

那一桌坐著三名男子，看他們的穿著打扮和說話語氣，還有桌上的兩個素菜，孫保財心裡閃過對幾人的評價：讀書人、沒錢、不得志、自大，至於品行如何，聽他們說的話就知道了。

聽其中一個秀才說，今天跟兩位同窗去了縣衙，本想求見知縣大人自薦，誰知連知縣大人的面都未見到。

他們聽說大人一直沒有師爺，才想走這條路試試，奈何見不到大人，一身才學無人識。但幾人並不氣餒，打算下午再去試試，所以這會兒才在這裡用飯。

本來幾人說些心中抱負，但說著說著，另外兩人竟然說起一個姑娘來，聽得秀才一臉自得。

能被一位良家女子如此癡纏，自然是他才學過人，才能被如此對待。但想到那姑娘最近逼著自己迎娶她，不由暗笑。

他怎麼可能娶她。等他娶了員外家的小姐之後，看她真心愛慕自己的情況下，納她為妾還是可以的。

孫保財同錢七吃完飯，起身時忍不住多看了那幾人一眼，才牽著錢七的手往回走。

錢七出來之後，只道了句。「原來讀書人還有這德行的啊！」

來這裡這麼久，也沒見過幾個讀書人，這次她算是開了眼界。這普通人還要些臉面呢，這幾個讀書人簡直把噁心當有趣！這麼公然評論人家姑娘，且不管這姑娘品行如何，反正這幾人的德行是一目了然。

孫保財搖頭道：「也不都是這樣，林子大了什麼鳥都有。妳看看人家邵明修，一心為民，那才是讀書人的榜樣。」

至於剛剛那幾個，估計這輩子也就這樣了，想想也挺可悲的。

第五十一章

皇帝看過邵明修呈上的奏摺，龍心大悅，在朝堂上讓太子當眾宣讀奏摺內容，頓時引起一片譁然。

這稻田養魚能讓農民多一倍收入，說明了什麼，他們自然清楚。

還有那些明白皇上心思的官員，心裡也感嘆，這邵明修的運道也太好了吧，這樣的事都能讓他趕上。

大家心裡清楚，邵明修要青雲直上了。

從東山石礦採礦權拍出八十萬兩銀子的高價，到現在能讓農民收入翻倍的稻田養魚，這事是一件比一件得君心。

當皇帝問了司農官對此事的看法時，沒想到司農官當眾說出，自己在古籍上看過稻田中能養魚之事，惹得皇帝當眾發怒，斥責道：「枉你身為司農官，既然知道如此為民好事，卻不早專研如何做！如今被一個百姓專研出來，取得如此成果，你身在其位，不盡其職，朝廷要你這樣的官何用？」當即罷免了司農官的官位。

他對這些農官忍了很久，多次召見他們詢問可有法子讓農民增收，也清楚表達了要興農的意思。畢竟這些年開放海貿，導致商農之間貧富差距加劇，長此以往，必然會釀成隱患。

因此他才會頻繁召見司農官，每次他們說得好聽，可一點成果都拿不出來。

司農官聞言一愣，目光呆滯。怎麼會這樣……

皇帝看著底下的朝臣，眼底寒光閃現，當即下旨封賞紅棗村專研稻田養魚成功之人孫保財。

孫保財搬到縣城之後，因著以前答應過邵明修來了縣城便要過去幫他，但又不放心錢七一人在家，所以只當自己沒說過。

後來被邵明修叫過去商量事情時調侃了兩次，又被他厚臉皮地扛過去了。

不過隨著錢七的月分漸大，孫保財也感到自己照顧不過來。有時候他出去買些東西都要立即趕回去；再說要生產時得去找產婆、大夫啥的，不能把錢七一個人扔在家裡吧？

雖然岳母說要過來，但總是擔心在那之前照顧不到，索性雇了個婦人，讓她平時他不在時能陪著錢七在家做些雜事啥的。

這婦人姓馬，住在這附近，孫保財給她一個月六百文的工錢，跟馬嬸說好幹到年前，到時錢七也出月子了，他們正好回紅棗村過年。

這天，孫保財陪著錢七在院中散步。距離預產期還有半月左右，莫大夫說這月分是說生就生，讓他一定要注意些。

他已把產婆找好，也跟莫大夫說了，在錢七生產那天要請他過來坐鎮。

自從來了縣城後，他不時會給莫大夫送些西瓜啥的，就是為了確保錢七生產時能夠萬無一失。

錢七也感受到孫保財越來越緊張的情緒，握著他的手安撫道：「沒事，我一定會平安把孩子生下來的。我還想陪著你再過六十個春秋呢！」

孫保財聞言笑道：「好，別忘了妳說的話。」

說完本想抱會兒老婆恩愛，沒想到被一陣敲門聲打斷。

孫保財把錢七扶到石凳坐好，才起身去開門。

開門一看，來的是邵安，孫保財挑眉。「你家大人有事找我？」

邵明修有事找他就會派邵安或邵平來，這次也不知是何事？

邵安揚起笑容。「恭喜孫師爺！封賞的聖旨來了，大人讓我來告訴您，讓您回紅棗村接聖旨。大人正在接待京城來人，讓您先行回去準備。」

孫保財聞言，皺起了眉頭。

他知道邵明修給他上請功奏摺了，但也知道邵明修為何這麼說。既然是給他的聖旨，必須回紅棗村祠堂準備案桌、香爐等等接旨，以示對皇權的尊重。

他回頭看了眼錢七。真不想去，怎麼辦？

孫保財嘆了口氣，讓邵安先回去通知邵明修，說他知道了。

錢七也聽到了。院子不大又開著門，邵安說話那麼大聲，想聽不到都難。

她看著老公眉頭深鎖的樣子，不由一笑。「你不用擔心我，這還有半個月才到日子，再說還有馬嬸在呢，放心吧。」

她現在沒有任何不適，孫保財才離開一天能有什麼事？

看他還是板著臉，她伸手揉了揉他的臉，笑道：「好了，我和孩子在家等你，給我們帶著皇上給的賞賜。」

嗯，在這裡能被皇上下旨封賞，可是莫大的恩典，就是不知皇上能獎賞孫保財什麼？

孫保財微微一笑。他謀的不就是今天的賞賜嗎？只不過這份心思在錢七面臨生產風險時，顯得多麼微不足道。

他整理好心緒，道：「好，那妳在家乖乖的，等老公把賞賜給妳帶回來。」

細心叮囑了一通，又把馬嬸叫出來叮囑一番。

錢七一聽，連雇的產婆是哪家的，還有去找哪家醫館的大夫，他都一一跟馬嬸說了，心裡好笑。他就出去一天能出什麼事？他不在，自己也會特別注意的。

孫保財叮囑完才出去，把門關好之後便趕著騾車回紅棗村。

因為心裡想快些回來，當然也怕誤事，畢竟來宣讀聖旨的宦官肯定是坐馬車來的。馬車可比騾車快多了，所以出了城他就把騾車趕到最快。

回到紅棗村，他一路直接去了田村長家，跟他說一會兒會有聖旨到，讓他先幫著去祠堂準備香案。

他又去找劉氏和孫老爹，還有他大哥、二哥。記得以前看電視上演的，接聖旨好像要全家人到場。

這事也沒先問過邵明修，田村長也不太懂，只能按照印象中的做了，對不對等人來了再問，反正邵明修會跟著來。

田村長聽了，心裡這個激動，馬上點頭應了。雖然那是給孫保財的封賞旨意，但也是他們紅棗村的莫大榮耀，畢竟作為村長，他也要到場的。

現在的紅棗村跟以前真的不一樣了。自從秋收後，他組織村委會的人把村集體用地出產的稻子和魚賣了，交完田稅，得了百餘兩銀子。除去給了衙門一部分欠的地錢，今年他們先把村裡的路修了，又在祠堂不遠處蓋了間學堂。

學堂現在還未完工，等完工了，他們再聘請一位夫子，到時村裡的娃娃們都能讀書識字。

如今皇上又給孫保財封賞聖旨，他們紅棗村儼然跟其他村子不同了！要是給孫保財賞賜個牌坊啥的，到時建在村口，那不等於也是他們整個村的殊榮嗎？他越想越是這個理，也越壓不住內心的激動，立刻吩咐來福去找村委會的其他人，讓他們到祠堂集合。

田村長一看除了錢六，其他人都來了。知道錢六是出去收山貨了，便對著幾人說了大概，緊接著又是一通吩咐，讓來福去村口等著，看見車馬來了趕緊回來通報。又吩咐劉長順挨家挨戶說一聲，讓村路兩旁的人家趕緊清掃一下，之後暫時都別出來，免得驚擾了貴人。

孫保財趕到茶寮時，看張氏和小劉氏都在，正好跟她們一起說了。又問起孫寶金、孫寶銀在家嗎？得知沒在家，心想那也不用去了。

劉氏聽到三娃子要他們跟著接聖旨，細問才知是皇上要獎賞他，當即臉上笑開了花，謝了一圈神佛。

沒想到三娃子弄的稻田養魚還能得到皇上的獎賞！她高興地拽著老頭子回家，打算換一身新衣裳去接聖旨。她作夢都沒想過，這輩子還能接到聖旨！

張氏和小劉氏聽了也激動不已，這可是老孫家的榮耀！

孫保財看爹娘走了，跟嫂子說了聲便往祠堂走去。

接到了宣讀聖旨的宦官，還有跟來的同行官員，孫保財等人聽了宦官的話，跪下接旨。

王公公看了眼跪著之人，打開聖旨唸道：「奉天承運，皇帝詔曰：東石縣紅棗村村民孫保財，稻田養魚，惠及鄉里，積善淳樸，德惠廣濟，功在當下，利在千秋，朕念其藹，大義可嘉，特准予立『利在千秋』牌坊，封正七品員外郎以示嘉獎，欽此。」

孫保財聽了前面的話，知道是在誇獎自己，雖然覺得有些言過其實，但做了好事被人肯定還是很高興的。等聽到後面的封賞，心裡只有一個感受：皇上也太摳門了吧?!就不能來點實際的？

准予立牌坊！好吧，他承認這個表彰古人都認，他也明白有這個牌坊在，相當於他多了個庇護。可以說有生之年，自己只要不犯大惡，有了這個牌坊，就沒人敢動他。

至於那個七品員外郎，在他看來沒用啊，還不如賞些金銀田地。況且電視上不是都這麼演的嗎？皇上動不動就賞賜黃金千兩、良田百頃，怎麼到他這兒就不按牌理出牌呢？

員外郎在大景朝就是個閒職，沒有俸祿、沒有權力，唯一好處算是個官身，見到自身等級以下的官不用行跪拜之禮。
對了，還有一點好處，就是按照大景朝律，有品級的官員、獲得舉人功名及以上的人，似乎可以享有一定畝數的田地免除稅賦。至於能免除多少畝地，還要問過邵明修才知道。員外郎再是閒職也是個正七品。
王公公看孫保財遲遲不領旨謝恩，出聲提醒了下。
孫保財聽到了，回過神，立刻高聲喊道：「草民孫保財領旨謝恩，吾皇萬歲萬歲萬萬歲！」
又上前接過聖旨，謝過王公公。
至於慣例賞錢啥的，抱歉他沒有，倒不是他摳門，而是出來得匆忙，沒帶錢。
這還是剛剛見到邵明修，被他提醒才想起有這件事。
邵明修瞪了孫保財一眼，示意邵平拿出錢袋給王公公。這倒不是賄賂或是怕王公公回去說什麼小話，而是皇上默許的慣例。
能被皇上派出來的都是親信，這些人是想收買也收買不到。皇上默許親信收些跑腿錢也在情理之中，只不過這些人回去要如實稟明，還不能收得過多。
邵明修因著家族的關係，對這種事很清楚。
王公公笑納了，拒絕了邵明修的挽留之意，言明自己要回去覆旨。邵明修等官員自然要送一程。
等眾人送走王公公和跟來的官員，孫保財言明擔心錢七，也婉拒了田村長等人慶祝之意，只是交代了縣衙來人商量立牌坊的話，讓田村長接待即可。

田村長等人只能眼睜睜地看著孫保財帶著聖旨走了。

不過回頭看了眼孫家人還在，這事還是要好好合計一番。

紅棗村發生了這麼大的好事，怎麼能不慶祝一番？最後召集村裡的人，公布了皇上封賞孫保財的內容。

大家聽了都是高興不已。以後村子的地位可不一樣了！

大家商議，村裡出錢舉辦三天的流水席以示慶賀。

孫保財可不知道自己走了之後村裡作的決定，他心裡惦記著錢七，只想快點回去。

下午，錢七睡了一覺，睜開眼睛又躺了一會兒才起身，感覺一切還好。

她現在睡覺只能側身躺著，不然平躺時肚子難受。

出來看馬嬸在廚房忙活，她索性在院子裡遛達了會兒。看時辰，估計孫保財也快回來了。

忽然感覺孩子踢了一下，她臉上露出慈愛的笑容。她能感覺到這小傢伙想要出來了，因為最近動得特別勤快。

孫保財趕著騾車回來，進了院子看錢七好好的，提著的心這才放下。

「這天早晚涼了，別總在外面待著。」說完，牽起她的手回房。

錢七笑著跟他進屋，才問：「說說得了什麼賞賜，說出來讓我也高興高興。」

看孫保財手上就一個小盒子。難道這就是賞賜嗎？可這麼小的盒子，能裝什麼呢？

孫保財把裝聖旨的盒子放到桌上，皺著眉頭說了遍。

等她聽完孫保財的話，看著他的表情，忍不住哈哈笑起來。這古代的皇帝辦事也太有意思了！

孫保財看著錢七，無奈一笑，提醒道：「輕點笑，別動了胎氣。」

錢七忽然收起笑容，皺眉看著老公。「我肚子有點不對勁。」

感覺肚子有些往下墜，心裡有種不好的預感。不是吧，只是笑了幾聲，不會就要生了吧？

孫保財反應過來，緊張問道：「什麼意思？怎麼不對勁，是要生了嗎？剛剛不是還好好的？」連忙把錢七扶到床上坐下。

錢七聞言苦笑。「感覺肚子往下墜，剛剛還疼了下，應該是要生了。」

來縣城以後，她去醫館檢查時結識了莫大夫的夫人。莫夫人送了兩本跟女人病症有關的醫書給她，這症狀她在書裡看過，確定這是要生產的症狀。

應該是她剛剛笑的時候起伏太大，孩子受了影響才急著要出來的。

孫保財立刻叮囑她乖乖坐會兒，他出去一下就回來，說完就往外跑，把馬嬸喊了出來，讓她去叫產婆，再去醫館請莫大夫過來。

吩咐完這些，他又急忙回屋，一臉緊張地問錢七現在怎麼樣？

錢七等孫保財出去之後，雙手抱著肚子，心裡也開始有些緊張了。

她的人生經歷了很多，從現代到古代，從都市到農村，生死都經歷了，就是還沒生過孩子。

孫保財又進來關心她，她勉強一笑，搖頭示意自己沒事。

孫保財看看錢七的狀態，暫時應該沒事，便強迫自己冷靜下來，想著他該做些什麼？不能只在這裡乾著急，那樣對錢七生孩子一點幫助都沒有。

他腦子裡開始回顧莫大夫跟他說的生產事項，又蹲下身，臉貼著錢七的肚子，喃喃道：「小傢伙，你乖乖的，先別著急出來，等產婆和大夫來了你再出來喔。要是不聽話，等你出來後，我可是要打你屁屁的。」

錢七一聽，即使肚子不舒服也被逗笑了。哪有這樣的？

孫保財跟孩子說完話，抬頭看著錢七叮囑道：「我先去準備一下，妳先在這裡待會兒，有事就叫我，知道嗎？」

錢七點頭應好，知道他要去準備生產事宜。

孫保財把錢七往裡面扶了下，又拿了枕頭墊在她腰後，讓她靠著舒服些，親了下她的臉頰才出去。

他先去把西廂房的產室鋪好，隨後去了廚房生火燒水，做完這些又回屋裡陪著錢七，一邊說話，分散她的心思。

錢七也配合著，感覺這會兒沒有剛剛那麼痛了，知道這是暫時的，估計距離生產還有些時候。

第五十二章

莫大夫聽完馬嬸的話，讓她回去跟孫保財通知一聲，他即刻過去。

等來人走了，莫大夫回到後院跟夫人說了這事。

玉娘知道這孕婦剛發動，還得等好一陣才能生，道了句。「我跟你去。」說完回去準備東西。

馬嬸帶著產婆一起回來，跟孫保財說了莫大夫的話。

孫保財點點頭表示知道了，讓產婆看看錢七的狀況。

產婆看過錢七，笑道：「離生產還有些時候呢，先去給她做碗麵吃，你再帶她來回多走動走動。」

這家人給的銀錢多，只要產婦平安生產，她還能得些賞錢。

做她們這一行結的是善緣，能多得些賞錢，她自然高興；不能得也要盡心。做產婆要是良心壞了，那是要遭報應的。

孫保財安心不少，讓馬嬸去給錢七煮麵，他在屋裡扶著錢七來回走動。

莫大夫夫婦來時，錢七正在吃麵。孫保財看他們都來了，請他們到堂屋內先坐下。

錢七來了縣城，去過幾次醫館，跟莫夫人也熟悉。可能是投緣吧，有時莫夫人會跟她說些醫理。

錢七覺得在古代生活，多些醫學知識非常有必要，所以每次對於莫夫人說的都會用心記下，還會主動詢問孩子容易出現的症狀等等。

莫夫人看她聰慧，也樂得跟她說明，還送了兩本醫書給她。

玉娘看錢七要起來，示意她不用拘禮，讓她先吃完。

她挺喜歡錢七，自己每次說的醫理，錢七都能很快理解並記住。讓她驚喜的是，往往這丫頭也有些不同的看法，而她細想過後，竟然覺得很有道理。

跟這丫頭聊天，自己也會受益匪淺，所以看她對醫理有興趣，便送了她兩本醫書，言明這兩本醫書看完，她問的若是錢七能答上來，會再送她醫書看。

莫大夫打眼一看，知道離生產還早，所以坐了會兒就告辭，先回醫館。反正玉娘會留在這裡照看，他在這裡也沒啥用，索性先回去忙了。

孫保財起身送走了莫大夫。他也知道莫夫人的名聲，只要莫夫人在這兒，有沒有莫大夫都沒關係。

錢七吃過麵，感覺好多了，肚子這會兒也不像剛剛那樣一陣陣地疼了。

她坐到椅子上跟莫夫人說話，雙手擱在肚子上。這樣說些話能轉移下心思。

玉娘正好借機考校了下她給錢七的那兩本醫書的內容，沒想到這丫頭都說上了。她滿意地笑道：「等我回去再讓人給妳送兩本書來。」

她要是早些年遇到錢七，肯定會收她為徒；現在雖然不能收了當徒弟，但也是有意地教導她。知道她不可能成為一名女醫，但憑著錢七對醫理領悟的悟性，如果不教導的話豈不可惜？這般出於愛才之心，決定她能學多少自己就教多少。

錢七倒沒覺得自己聰明，而是那兩本醫書太薄了，兩天看完一本，她都翻看了幾遍，能記不住嗎？再說她和莫夫人聊醫理時，也會說些現代知道的病理，所以兩人都有很大的收穫。

孫保財看她暫時沒事，女人間說的話他也不好搭話，索性退出堂屋。

看錢七這架勢，一時半會兒也生不了，於是拿了錢給馬嬸，讓她去附近餐館買些飯菜。今天不做飯了，廚房灶上要一直燒熱水，等馬嬸買回飯菜讓大家先吃些。

錢七直到晚上才發動，孫保財把她送進產房就被趕出來，心裡急得只能在外面走動。聽到錢七的叫喊，他心疼地趴在窗前安慰，等看到馬嬸把一盆盆血水端出來，頓覺腿都軟了。

孫保財眼底閃過心疼，心裡下了決定，再也不讓老婆受這苦了，他們有一個孩子就夠了。

錢七也沒想到生孩子這麼痛，疼得她忍不住喊出來。

雖然聽到孫保財在外面安慰自己的話，但現在她已經沒心思理他了。耳邊聽著產婆和莫夫人的吩咐，按照她們說的，開始有意識地配合，但隨著時間越來越久，她只剩下本能的配合。

她覺得耳邊的聲音很遠，心思也開始渙散。

產婆看錢七連喊叫都弱了下來，心道不好，急得直冒汗。

莫夫人看錢七狀況不對，趕緊拿出銀針在她身上施了兩針，待錢七有了神智，才示意產婆繼續。

錢七按照產婆的話用力，也不知過了多久，忽然感覺身下一鬆，接著便聽到孩子響亮的哭聲。

她虛弱無力地看了眼孩子，含著笑意閉上了眼睛。

太累了，她只想要睡會兒。

莫夫人看錢七睡過去了，微微一笑，拿著銀針在她的氣海穴附近施了幾針，確保她沒有血崩症狀後，才示意旁邊的婦人給錢七收拾下。

她看產婆給孩子清理好，裹著被子抱了出去，知道這是報喜去了，也跟著在後面出去。

孫保財聽到孩子的哭聲，心裡一鬆，忙問錢七怎樣？聽到馬嬸說母子平安，才緩緩靠坐在牆邊，緩和了會兒才露出笑容。平安就好。

產婆抱著孩子出來，看到這家男主人靠在牆邊坐著，笑道：「恭喜孫公子喜得麟兒，夫人生了個小公子，母子平安。」

孫保財聞言站了起來，笑著謝過產婆，拿出一兩銀子給她，才把她懷中的孩子接過來。

他抱著孩子進到屋裡，看錢七睡著了，上前靠在她耳邊輕聲道：「老婆，辛苦了。」又親了下她的臉頰，抱著孩子坐到床邊，心滿意足地陪著她。

馬嬸收拾好了，看主家這樣，也沒出聲打擾，逕自走了出去。

莫大夫等醫館忙完才過來，見到夫人，聽她說了母子均安，笑道：「既然平安，咱們也回去吧。」

玉娘點點頭。現在年紀大了，身體是不如以前，這會兒竟然也感到累了。也沒打擾孫保財，而是跟馬嬸說了聲，兩人便坐著馬車回去。

孫保財等孩子哭了兩聲才回過神，看孩子不哭了，又看了眼錢七，傻傻地露出笑容。這才想起還沒謝過莫夫人呢，把孩子裹得嚴實些，起身抱著孩子出去，見到馬嬸一問才知，莫大夫剛剛把他夫人接走了。

得知產婆也走了，點點頭表示知道了。他對於產後怎麼照顧錢七，早就打聽得妥妥的。

「馬嬸今天辛苦了，妳也回去休息吧。」

又謝了一回馬嬸，拿了事先準備好的紅封給她，才回屋把孩子放下。鋪好床鋪，又到產房把錢七包裹好，抱回自己屋裡。

做好這些，他也沒有睡意，索性坐在床邊看著母子倆，再也壓抑不住心中的喜悅，直到油燈熄滅，臉上還在傻笑著。

半夜，錢七聽到孩子的哭聲，睜開眼睛看孫保財正抱著孩子哄，瞧那眉頭緊皺的樣子，不由好笑。

「把孩子給我吧！」看孩子哭得委屈，知道這是餓了。

孫保財看她醒了，忙把孩子放到錢七懷裡。

這小祖宗把他哭得冒汗了，不管怎麼哄都不好使，就知道在那兒扯著嗓子哭。

放下孩子，他坐到床邊，笑著親了下錢七，問她有沒有不適的地方？

錢七笑著搖頭示意沒事，解開衣襟餵孩子吃奶。

因著現在還沒奶水，乳頭被他吸吮得有些痛，但是看這孩子仍舊努力吸吮的樣子，不由失笑。真可愛。

孫保財看錢七就顧著孩子，心中忍不住泛起一絲醋意。暗自瞥了眼沒奶還在那兒吸吮的傻小子，跟錢七說了聲，轉身出去給她端飯。

到了廚房，只見馬嬸已經把雞湯熬好了，他拿過食盒盛了一碗雞湯和一碗粟米粥，放進食盒裡蓋好，提著回到屋裡。

錢七看小傢伙吸不出奶，哭兩聲又接著吸吮，被他逗得笑了好一陣。

終於被他吸出奶水，看他吃得急切，心裡陣陣暖意襲來。

她低下頭親了兒子一下。原來這就是做母親的感覺嗎？有了他，彷彿擁有了一切。

抬頭看孫保財提著食盒進來，眼底全是笑意。嗯，更正一下，有了他們，彷彿擁有了一切。

孫保財看錢七終於注意到自己，笑道：「餓了吧？我讓馬嬸燉了雞湯，還煮了粟米粥。」一邊把食盒放到桌上。

錢七看他要打開食盒，微笑道：「還不餓，等小傢伙吃完了我再吃。你過來看看他吃奶的樣子，太可愛了。」

可能是頭一次做父母，不管孩子做什麼動作都覺得可愛、有意思。

孫保財聞言，走過去看了小傢伙。嗯，老婆說得沒錯，是比哭的時候可愛多了。

小傢伙吃飽就睡了，錢七把他放好，蓋上小被子，這才開始吃飯。昨天生孩子消耗了不少體力，現在是感到餓了。

等錢七吃過飯，孫保財收拾好。「一會兒我出去一下。妳生孩子的事還沒給家裡的人報信呢！還要去醫館謝謝莫夫人。馬嬸在家，妳有事叫她做，我儘快回來。」

他跟馬嬸打聽了生產時的情況，得知錢七生孩子的危急時刻，是莫夫人施針救了回來，心裡對她特別感激。昨天都沒當面道謝，今天是一定要去的，要不就顯得太沒誠意了。

錢七點頭應了，叮囑他幫她跟莫夫人問好。

昨天的事她還有印象，等她出了月子，也要親自上門道謝。

孫保財先去了趟縣衙，得知邵明修在忙，找到邵平，讓他找個人幫忙去紅棗村捎個信。

邵平得知孫保財喜得麟兒，自然是一番恭賀。

孫保財含笑挑眉。「一會兒等你家大人忙完了，別忘了跟他說聲我有兒子了，讓他準備好禮物。」

看邵平應了，這才笑著往外走。

孫保財從縣衙出來，又買了些禮品，趕著騾車往醫館的方向去。

邵明修聽了孫保財讓邵平轉達的話，想了下，眼底泛起笑意。

他看著邵平道：「你準備下，回一趟臨安府。等下我寫封信，你交給少夫人。」

清月生產的日子算的是過年那段時間，那時他能回臨安府待幾天，陪陪她。

他揮手讓邵平下去準備，提筆寫起家書，除了傾訴思念之情，還交代了讓清月把書房裡他整理的書籍箱子交給邵平，讓他拿過來。

孫保財不是跟他要禮物嗎？索性把他幼時的書籍送給他兒子當禮物。這些書要考上個秀才也夠用了。

他的意思很明顯，讓他兒子多讀書，不能像他爹一樣沒學問。

他和孫保財閒聊時，聽他說要是生兒子便叫孫一，都把他弄愣了。起初是覺得這也太敷衍了吧，雖然後來聽孫保財解釋得還那麼有點意思，但這名字給人的感覺仍是取名的人沒有學問。

他也跟孫保財說了，不過看他的表情，就知道他也沒有聽進去。

錢七等孫保財出去了，感覺沒有睏意，索性就看著小傢伙睡覺的樣子。應該是剛出生吧，皮膚顯得皺巴巴的，但小嘴不時動一動，特別可愛。她看了會兒孩子，想到孫保財要給兒子取名孫一，不禁又一陣頭疼。她的兒子絕不能叫一！只得當下琢磨起兒子的名字。

要說服孫保財很簡單，因為只要她真的不同意，孫保財也不會執意去做。但就是這樣才更要顧到他的感受才行，因為愛是互相的。

劉氏一聽錢七生了個男娃，高興得又謝了一圈神佛。

三娃子昨天下午剛接了聖旨，得了賞賜、成了員外郎，還要在村裡立牌坊，村人現在看到她都熱情著呢！又聽說孩子在昨晚就生了，這可不是雙喜臨門嗎？這孩子一看就是有大福氣的。

索性茶寮攤子也不開了，他們得去縣城看小孫子去。

劉氏讓老頭子趕緊收拾，她先去錢家報個信，看看親家去不去，正好他們結伴一起。

一路上碰到村人跟她說話，劉氏忍不住把錢七生了男娃的事說了，自然又聽了不少好話。

村裡的婦人看劉氏走了，心裡感嘆。這真是命啊，誰承想她家三娃子能有這造化呢？特別是有些人家裡孩子跟孫保財年齡相仿的，心裡更是懊悔。

當初看不上人家，要是她們閨女嫁給孫保財的話，那現在不也是員外郎的岳母了？

有這樣想法的人不少，還有一些人覺得是人家錢七旺夫，要不怎麼自從孫保財娶了錢七，不是買地就是蓋房，那小日子過得誰不眼熱？如今更是被皇上封賞成了官身，這還要立牌坊，那不是要留傳後世了嗎？

當然眼熱歸眼熱，他們誰家沒弄稻田養魚，承了人家孫保財的情、受了人家的恩惠，所以也就是說說，倒不至於嫉妒啥的。

劉氏可不知別人的想法，到了錢家見到王氏就是一通報喜。

王氏聽了，這顆心可落下了。女人終歸是要有兒子才能不被人說。

她看著劉氏，高興地笑道：「這生了我就放心了。妹子，跟妳說實話吧，這兩孩子成親，我就惦記今天了，這生了我的心總算放下了。」

這誰家不是今年成親、明年抱娃娃，誰像她家七丫頭這樣，成親快兩年的時候還沒動靜呢，她當娘的能不急嗎？

劉氏一聽，可不是嘛，她也急，但她知道是她家三娃子的事，所以聽王氏這麼說，心裡還有些不好意思。

兩人又說了會兒話，王氏表示也要去看七丫頭和小外孫。

今天老五、老六的牛車在家，正好可以坐牛車去，讓劉氏先回去，約好等會兒去找她。

劉氏聽到有牛車坐，回去收拾了不少東西，還在別人家買了幾隻母雞。

這月子裡多吃些好的，奶水也好，到時她小孫子才能長得胖。

王氏跟錢老爹說完，看老頭子眼底含笑，也知道他盼著今天呢，又拿了兩籃子雞蛋，還讓錢五去獵戶家買了兩隻山雞，也把家裡的母雞抓了幾隻，找了個籮筐扔進去。

想了下也沒啥好帶的了，又回屋收拾了幾件衣服用布包好，拿了些碎銀，打算到城裡看看七丫頭缺啥再買，反正她打算在那兒住些日子。

錢六回來知道七妹生了，也正好田村長讓他問問孫保財怎麼立牌坊，於是接過趕車的活兒，送老人家去東石縣城探望錢七。

第五十三章

孫保財到了醫館便被莫大夫請到後院，對莫夫人好一通感謝。沒有她，可能錢七就危險了。

莫大夫夫婦從醫幾十年，懸壺濟世醫治的人有多少，估計自己都不知道。這樣看慣生死、早已領悟人生百態的人，知道這恩惠不能拿錢表示，所以決定以後多來看看，把他們當成親戚走動。

莫大夫夫婦很喜歡這後生，因著莫大夫人脈廣，也聽說了孫保財的事，對他的所作所為，說了一番勉勵的話。

莫夫人更是給了他兩本醫書，讓他交給錢七，讓錢七有空時看看。

孫保財從醫館回來後，把醫書給了錢七。

錢七見了，眉頭一挑。這兩本醫書可真厚實。但自己經歷過生產的危險之後，她決定以後好好研究下醫術，不為別的，就為了家人、鄉親有啥病症時，能給他們看看。

孫保財陪著錢七說了會兒話，等她睡了才去把西廂房收拾出來。

他估計下午爹娘和岳母他們就要到了，他娘不知道會不會留在這兒，但岳母肯定要在這裡住些日子的。

他把生產時的東西全部撤走，換上了新的被褥。

西廂房一共兩間，單單是岳母留宿的話，可以睡另一間房，要是他爹娘也打算住下的話，這間房就得住人了。

過了晌午，劉氏等人就到了。孫保財看牛車上還帶了好多活物，讓他們先進堂屋，他跟錢六把東西搬下來；又到廚房沏了壺茶水端到堂屋，看他娘和岳母不在，知道她們是去裡屋看錢七和孩子了。

他笑著給他爹和岳父還有錢六倒上茶水，陪著他們說話。

錢老爹確實沒想到稻田養魚會驚動皇上。當初只想著，既然這事縣衙這麼重視，肯定會給表彰。秋收時，縣衙派人現場查看，雖然有人說這是要上報給朝廷，但他當時也就是聽聽，畢竟他知道這個確實是要一級一級往上報備的，但有可能頂多就報到府衙，現在看來，他還是太短視了。

錢老爹同孫保財說了幾句，知道錢六要跟孫保財說事，索性跟孫老爹一起閒聊。

錢六乘機把田村長要問的怎麼立牌坊的事說了。

田村長的意思是讓他問詳細些，還把昨天大家要辦流水席的事一併說了。

孫保財昨天跟田村長說了，讓他跟縣衙來的人商議，但這會兒聽了錢六的話，想了下便明白田村長為何這樣了。

雖然牌坊是立在村裡，但終歸是給他的牌坊，他要是不管不問，確實不好，搞不好還會被人非議，到時弄個藐視皇權啥的，可就不是鬧著玩的了。

想罷，他感嘆還是本土人想得周到，這些細節自己極易忽略，畢竟他大多時候還是按照現代思維去想事情。

孫保財看著錢六道：「你回去跟田村長說，我會跟著衙門的人一起回村的。至於流水席，你們商量哪天辦，提前跟我說一聲，到時第一天我會回去，跟村人一起慶賀。」

「田村長的意思是，流水席在建好牌坊的當天辦，到時連辦三天，以示慶賀。」

田村長也說，那天村裡的學堂也要對村人宣佈成立，跟牌坊同祝，更有意義。因此笑著把這話同孫保財說了。

孫保財聞言也笑了。「這樣確實更有意義。」

這樣學堂就有了出處，如果以後村裡的孩子有人考上秀才、舉人啥的，他們紅棗村會更有名望。

錢七看王氏和劉氏進來，笑著打招呼。兩位老人家看她好好的，說了兩句話就開始看孩子。

劉氏小心翼翼抱過孩子，和王氏說，這孩子一看就像三娃子，三娃子小時候就長這樣。

王氏自然是高興地附和了，看小外孫的眉眼也像三娃子，兩人妳一言、我一語，完全沒搭理錢七。

錢七無奈地看著婆婆和自己的親娘，只顧著孩子，理都不理她，心裡默默為自己這待遇憂傷了三秒鐘。

看婆婆要把孩子抱出去，讓公公和她爹看看，便一臉笑意地目送她們出去。

劉氏抱著孩子出來，笑道：「老頭子，快來看看咱們的小孫子！親家也來看看，這孩子真像三娃子小時候。」

孫老爹和錢老爹起身過去看孩子，又是你一言、他一語的，倒也熱鬧。

孫保財看他們都圍著孩子，跟錢六說了聲，進屋看看錢七。

「有沒有發現，有了這小子後，咱倆的地位在老人家心裡急劇下降。」

錢七非常認同地點頭，從剛剛遭遇到的足以說明一切。

她心裡惦記孩子名字的事，擔心晚了，孫保財已經去衙門給孩子上了戶籍，索性現在就說，也省得心裡惦記。

「咱兒子的名字，我不想叫孫一。」

他們倆有事還是直說的好，畢竟都老夫老妻了，拐彎抹角不適合他們。

孫保財聞言看著錢七。「那妳說要叫什麼？」

錢七已經明白告訴他這名字不行，他當然不會為了這小傢伙得罪自己老婆了。

錢七聞言一笑，就知道孫保財會顧慮她的想法。她順勢親了他臉頰一下，看著他道：「叫孫屹怎麼樣？」

孫保財聞言挑眉。他老婆有意思啊，從一聲改到四聲，也知道錢七還是顧及自己的感受，不喜歡一，就找了個折衷的方法。

他笑著捏了下她的臉頰。錢七就是這麼招人愛。

孫保財想了下。「屹立不倒的屹嗎？」

看錢七點頭，自己想想覺得也挺好。

就這樣，小傢伙的名字終於從孫一變成孫屹。

劉氏和王氏準備留在這裡住幾天，其他人則是晚些回去。

劉氏跟孫老爹說了，她回去前先不開茶寮攤子了，等她回去再開。

因為孫老爹和錢老爹還有錢六要趕回去，所以晚飯提前吃了。

大家熱熱鬧鬧地吃過飯，又說了會兒話，眼看天色不早了才往回走。

等送走錢六等人，家裡有劉氏和王氏在，孫保財看馬嬸都收拾完了，也讓她先回去。

他把門閂好回屋，就看他娘和岳母在堂屋裡坐著聊天，笑道：「怎麼沒在屋裡啊？」

剛剛不是還在屋裡看孩子嗎？雖然小傢伙一直在睡覺。

劉氏聞言道：「你媳婦睡著了，我和親家出來說話，讓她好好睡一覺。」

打從她們來了，老三媳婦就沒休息，這會兒睡著再醒過來，估計就是被孩子哭醒了。

「娘，西廂房有兩間屋子，妳和岳母一人挑一間吧。」

正房他們住一間，中間是堂屋，東面那間屋子被原主人佈置成了書房，他買下之後也沒更動這裡的格局。

王氏只笑道：「挑啥挑，我和你娘住一間就行，晚上我們還能說會兒話。」

劉氏聽了點頭應好，兩人說話還有意思些。

孫保財看兩人都同意，自然也不反對，跟她們說了西廂房南面的那間。王氏知道那是放包裹的那間屋子，想著昨天三娃子接完聖旨匆忙走了，都沒和家人好好說會兒話。兒子有了大出息，相信劉氏有好些話要說，於是起身笑道：「你們母子先聊會兒，我去整理下包裹去。」

孫保財送走岳母，到劉氏跟前的椅子坐下，對劉氏道：「娘，您和爹的茶寮攤子給大嫂、二嫂經營吧！你倆年紀大了，也不能太勞累，以後我每月給你們錢花。」

雖然他這員外郎沒有俸祿，但不是還有個師爺的差事嗎？邵明修是不會虧著他的。再說他以後還會琢磨著幹些營生，不會缺了錢的。

劉氏聞言，皺眉看著兒子道：「怎麼，你現在是員外老爺，我們還不能開茶寮攤子了？」

做人可不能忘本，就算他們現在是員外老爺的爹娘，不也是種地出身的嗎？她都想過了，就算讓他們天天吃香的、喝辣的，這福氣她和老頭子也享不了。吃了一輩子粗茶淡飯，要是突然換了東西，哪裡能習慣呢？

福氣這東西可不能亂用，弄不好可是要折壽的。三娃子能成為官身，還能立牌坊，她和老頭子高興，但他們並不打算改變自己的生活。

孫保財看劉氏誤會了，忙笑著解釋。「娘，我怎麼會有這意思呢？我這不是擔心您和爹的身體嗎？你倆弄茶寮攤子，客人少的時候還好，要是來吃飯歇腳的人多了，根本忙不過來，您要是實在捨不得，就拉著大嫂、二嫂一起幹。」

現在藉著聖旨的事說，也是希望能說服他們，最少同意大嫂、二嫂跟著幹，這樣他們不是能輕省不少了嗎？

起初想著開個茶寮，也是想著比種地輕鬆些，誰承想後來這生意越來越好，弄得兩個老人起早貪黑地忙活。

錢七都看不過眼，讓他找個機會說說。家裡又不缺錢花，年紀都那麼大了，這麼勞累幹麼？

劉氏聽了，認真想著三娃子的話。現在茶寮攤子要是來的人多，他們確實忙不過來，有時候老大媳婦和老二媳婦也幫著忙活，順便跟人介紹一下烤魚啥的，一天也能賺些貼補家用。

如今看三娃子以後會越來越好，老三靠自己的能耐，用不上他們，他們也不用惦記他了。

現在看老大、老二也就這樣了，他們當爹娘的也沒本事，能幫他們的地方不多，手上就一個茶寮攤子還能賺些錢，讓他們媳婦跟著幹，也能多些收入吧！

手心手背都是肉，這一個兒子過得好了，總希望其他兩個過得也別太差。三娃子幫襯他們的夠多了，也對得起這兩個哥哥了。

想到這裡，她竟有幾分感傷。當初要分家時，他們老倆口可是連塊地都沒要……

想罷，她看著孫保財道：「娘不是捨不得茶寮攤子，而是我和你爹總得有些事忙吧？讓我們待著，我們也待不住，回去後，我跟你大嫂、二嫂說說吧。」

說完這話又嘆了口氣，不是因為以後賺得少了，而是為老二兩口子發愁。

老大家有祥子、福子兩個男娃娃，老三也有後了，現在就老二家只有一個大丫，大丫眼瞅著都快五歲，老二媳婦這肚子怎麼還沒動靜呢？

一開始她也沒當回事，生大丫時，那接生的產婆也沒說老二媳婦傷了身子，以後要將養啥的，她就把心思都放到老三兩口子身上。

老三媳婦懷孕之後，她才察覺，老二媳婦這好幾年沒動靜了，想著回去還是說說吧。現在手裡有餘錢了，不行就看看大夫去，接生的產婆總歸不是大夫不是？

她記得老二兩口子可是頭一年成親，第二年就生了大丫，這四、五年沒懷上明顯是出問題了。

劉氏越想越是這麼回事，孫保財聽了也是這個理。兩老都勞作了大半輩子，閒下來也不能習慣，還是有些事忙著好些。

反正以後有大嫂、二嫂幫忙，兩人也不會太累。

這樣一想也不再繼續勸說，又說了會兒話，送走劉氏才回屋。

孫保財回屋看錢七睡得香甜，小傢伙也沒有要醒的意思，便給油燈添滿了油。孩子還小，要是晚上醒了，也有個光亮照看他。

做完這些才出去洗漱。昨天晚上太興奮了，一直坐到天亮才睡了會兒，今晚倒是沒一會兒就睡著了。

錢七半夜醒了一次，發現自己睡在孫保財懷裡，不由一笑。

忽然感覺孩子在那兒吭哧吭哧的，伸手摸了下，溫溫的，明白這是尿了，小傢伙這樣是睡得不舒服了。

她起來給兒子換了塊乾爽的尿布。可能是動了他，看那小嘴做著吸吮動作，不由覺得好可愛，又碰了碰他的臉蛋，知道這是要吃奶了，這才笑著抱起他餵奶。

等小傢伙吃飽後，她抱著他立了起來，輕輕拍著他的後背，等他打了嗝，才把孩子輕輕放下，給小傢伙蓋好被子，才回到孫保財懷裡繼續睡覺。

隔天早上，孫保財是被小傢伙的哭聲吵醒的。

他抬眼看外面，天剛亮，兒子在那兒扯著嗓子哭呢，那小模樣看了莫名想笑。

錢七睜開眼看到這一幕，不由白了孫保財一眼，抱過兒子查看不是尿了？隨後便解開衣襟餵他。

孫保財摸著頭呵呵一笑，起身穿戴好出去，打算先去給錢七熬湯。可到了廚房，看劉氏和王氏已經在忙著做飯了，本想幫著忙活，結果被趕了出來，索性回屋裡陪錢七說話。

吃過早飯，縣衙忽然來人，說知縣大人叫他過去商量事情。孫保財知道這是要說立牌坊的事，跟錢七她們說了聲便往縣衙走。

到了縣衙，他和邵明修先商量了立牌坊的事。牌坊的尺寸、規格都是有規定的，工匠也是長期接衙門的活兒，怎麼幹都知道，因此很快約定明日起早，他帶著工匠們去紅棗村。

因為現在家裡有兩位母親在，他出來的時間長一些，也不會像以前那樣擔心。

兩人說完牌坊的事，孫保財乘機問，他這個員外郎能免除多少畝田地的賦稅？這個福利得問清楚了，要是免除得多，到時他再買些田地，佃出去也能多份收入。

邵明修聞言，道：「正七品免除田地賦稅一百畝，但是不得把別人的田地掛到你的名下免除賦稅，這一經查出是要重罰的。」

輕者是罰些銀子，嚴重的話會剝奪功名。他之所以跟孫保財說，是擔心他不知道這事，到時受了牽連。

孫保財點頭表示知道了。他知道這回事，畢竟以前在市井混跡，消息還是比較靈通的。不過無論在哪兒，這東西都是上有政策、下有對策，就他所知這樣操作的不在少數。

邵明修看他明白了，忽然別有深意地一笑，調侃道：「你現在是七品官身，做師爺是有點委屈了。」

孫保財同他是同品級，這般說也是試探他的意思吧？要是這小子以後想去享清閒了，他也沒奈何。

孫保財聞言一笑，看著他道：「那你要努力升官了，要不然都對不起我這個師爺。」

他自然懂邵明修的意思。邵明修給他謀了這些好處，他怎麼也不能在這時候撂挑子。

兩人相視一笑，不再提這話，轉而說起稻田養魚的推廣情況。

現在按照各村報上來的畝數來看，基本上各村原有的水田都表明明年要稻田養魚，還有些旱田正在改水田。反正從調查的結果而言，沒報名的都是些貧苦人家，還有少部分人家估計是有顧慮。

因著數量也不小，所以縣衙也不可能像對待紅棗村那樣，給村民掏錢改水田，縣衙可拿不出這個錢。就算找到願意出這筆錢的商賈，別的人不會有意見嗎？到時要鬧起來，可就得不償失了。至於紅棗村是實驗村，本身就擔著風險，所以別人也挑不出理。

兩人正說著話呢，柳塵玉帶著一堆魚罐頭來了。

柳塵玉一看孫保財也在，笑著打過招呼，讓人把帶來的魚罐頭放到桌上，道：「這是我加工坊裡做出來的，都嚐嚐。我今兒個帶過來，就是讓你們出出主意，看有那些需要改進的地方？」話落，又有些自得地道：「這東西要是密封好了，能放百日不壞。」

他就說有錢能使鬼推磨嘛，他花了重金聘請了各行人才，最後終於找出了用一味藥材能使魚罐頭長時間放置。

不說別的，就這法子，他現在已經讓人研製放在其他加工過的吃食中，測試能不能長時間放置？要是能的話，他就可以陸續弄出其他食物，這想想都激動，他彷彿看到銀子向自己飛來。

他這次拿來三種口味，都是他覺得做出來最好吃的幾種。

現在東西做出來了，但賣得沒有想像的多，今兒個孫保財在這兒，正好問問他可有好意見？

孫保財看看柳塵玉，又看看眼前灰撲撲的罈子，不由挑眉，拿起筷子挾了點嚐了下。

味道還不錯，這罈子裡的魚肉有股煙燻香氣，就是味道有點怪怪的。

等他吃過另外兩樣之後，確定這裡面添加了某種東西，可味道被其他香料沖淡，嚐不出來是什麼，但心裡猜測，估計就是這東西能使食物保持長時間不壞。
知道這算是商業秘密，他也不會問出來招人嫌。
但總體來說還不錯，這東西在冬日裡肯定受歡迎，就是三伏天吃些也行。
邵明修吃過這三種口味，那個煙燻和甜酸口味的他覺得不錯，但最喜歡吃的還是這個有些辣的，於是對表弟說了聲挺好。
柳塵玉聞言，白了表哥一眼。是讓你們提意見！這味道如何，他當然清楚了。於是便沒理會邵明修，只對孫保財笑道：「孫師爺，可有改進的意見？」
話落又說了遇到的問題，詢問怎麼才能賣得好？
孫保財聞言一笑，點頭道：「那我說說拙見，不對的地方請多包涵。」
他又想了下才道：「先說這包裝吧。這罈子有些大，也不是不行，這種大罈子的魚罐頭可以賣給酒樓，還有一些大戶人家；畢竟這東西開封後放置不了多久，所以這種罈子的魚罐頭比較適合人多、能很快吃完的人買。你可以弄些小罈子的魚罐頭，價格可以略高些。」
說完包裝上的問題，見柳塵玉認真聽著，又說了怎樣推廣，不外乎就是現代的幾種促銷方法。

第五十四章

翌日一早，孫保財到了縣衙，邵明修派邵安跟著去，讓他去安排這些工匠的事宜。

孫保財趕著騾車在前面帶路，工匠師傅們坐著縣衙雇的騾車，在後面跟著。

他一路跟邵安閒聊，到了紅棗村，讓邵安跟師傅們在村口等會兒，他先去找田村長，一起來到村口商議牌坊要立在哪裡？

因秋收過後，村裡修過路，當時村委會決定把村口周邊的空地全部鋪得平整，修成了一個小廣場。

工匠看過之後，在距離官道不遠處選了地址，問他們立在這裡可行嗎？

孫保財看此處離官道有些近，明白工匠師傅為何選在那裡，這樣過往的車馬都能看到牌坊。於是在離村口最近的地方比劃了下，問：「這裡如何？」

牌坊立在這裡，把整個小廣場空出來，這樣要是外村來的車馬啥的都可以停在這裡，不用進村。

以後村裡有學堂後，外村的孩子估計也會來，畢竟鄉里鄉親的，每家基本上都有外村的親戚，定會跟村裡人說說。單一家找田村長還能頂得住，要是找的人多了就不好拒絕，不能因為這個結怨。

當然對於外村來學堂讀書的孩子，也是要收取費用的，畢竟沒有拿自己村裡的錢去養別村孩子的事。

到時定個規矩，外來的車馬沒有特殊原因，或者沒有本村人同行，不能隨意進村，有事就步行，車馬留在外面，這樣也便於管理。

他大致把這個想法說了，田村長聽完也覺得這法子好，要是有路過停下來看牌坊的，也可以有個停放車馬的地方，要不都堵在官道上哪能行？牌坊立在這裡，官道上也能看得清楚。

工匠師傅聽了點頭，覺得這樣也好，他們只是給個意見，最後立在哪裡還是要聽他們的。

大家商量好之後，這裡留給工匠師傅們幹活。如今天有些涼了，師傅們也要趕工，打算在半月內完工。

修建牌坊主要是在牌坊上雕刻費功夫，半個月能完工，還是因為工匠師傅人手多，才敢說半個月。

至於邵安留在這裡的任務，就是工匠師傅們缺少什麼，他就去弄什麼。

但田村長不由皺眉。那時有些冷了，這在外面擺流水席，不大可行啊！又想了下，看了眼村口的廣場，想著要不在這裡搭棚子？

想罷，他看著孫保財笑道：「先去我那兒待會兒，我有事跟你說。」

見孫保財點頭，兩人才一起走往他家。

孫保財想著一會兒跟田村長說完事，要回去看下孫老爹。

劉氏還要在縣城住一段時間，交代他跟孫老爹說說，讓他大嫂、二嫂把茶寮攤子開了，要不茶寮攤子不開，錢也賺不到，可惜了。

這是他娘打算跟大嫂、二嫂合夥做營生，才會這樣說的。

田村長請孫保財到堂屋坐下，開口道：「咱村裡的學堂現在也快蓋完了，這筆墨紙硯還有啟蒙的書，錢六說可以到臨安府去大量買，會便宜不少。就是這夫子還沒有找到，想問問你可有適合的人選？」

他們村裡的學堂，當初商量的是由村裡出錢請夫子，娃娃們來唸書，不用交束脩錢。後來孫保財說一本書能用好久，建議啟蒙的書籍，如《三字經》、《百家姓》、《千字文》乾脆也由村裡買了，發給啟蒙的娃娃讀。畢竟村裡的娃娃一共才多少人，這個買書錢還是有數的。

再說可以規定到學堂啟蒙的孩子，每人只給一本，如果不好好珍惜，弄壞了還想要，就要自己花錢購買。如此能避免浪費，還能讓孩子們珍惜書籍，當然也能彰顯村裡的仁義。

他們村委會算了下，集體用地的出產足夠出這筆錢，所以就把這一點加上了。

至於筆墨紙硯等物，就要自家負擔了。不過村委會會統一購買，到時賣給學堂的娃娃們都是最低的價格；要是頭一年負擔不起的，也可以先賒欠。

這些已經都跟村民說過，得到了大家的支持。

孫保財一聽是這事，想了下，看著田村長道：「請夫子，村裡打算給人家多少銀子？」

這事還真得由他來辦，畢竟田村長接觸的人有限，幾乎沒有人選，萬一聘了德行不好的，豈不是耽誤孩子們？

想到這裡他便想起，那天和錢七在飯館吃飯時碰到的那桌讀書人。就那樣的德行要是當先生，豈不是誤人子弟？

後來他看那幾人來縣衙，問了邵安才知道竟然是來自薦當師爺的，便讓邵安把這幾個人處理下，不要總到縣衙來晃悠。

邵安還以為他擔心有人搶了師爺的差事，還安慰了他一會兒。

田村長笑道：「今年只能給一年十兩銀，明年的話可以往上加些。」

他也知道這個價錢有些低，但今年集體用地的出產已經沒多少了，畢竟蓋了學堂，也考慮到夫子可能要在村裡住下的情況，便在學堂後面蓋了小院給夫子住，還要買啟蒙書籍等等，所以今年能給的最多也就十兩銀子。

孫保財笑了笑。這數字可不高，平均下來，每月還不到一兩銀子。

能當夫子的人，最少也要有秀才功名才行，現在就是打短工，要是幹滿一個月也能賺六百文呢。秀才也是有功名的人，賺得是有些少。

他想了下，道：「這樣吧，我來找夫子，可我出個主意，村長你看行不？第一年給十兩銀子，如果第二年他還留在學堂繼續教書的話，那麼就給十二兩銀子，以後也是這個價錢，錢就不漲了。」喝了口水，孫保財繼續道：「但是可以制定個獎勵政策，只要村裡的娃娃在學堂讀書之後考上秀才，可獎勵夫子十兩銀子。這個獎勵政策上不封頂，村長你看如何？」

如此能讓夫子認真教書，而且考上十個秀才才一百兩銀子，這個價錢村裡還出得起。

其實只要孩子們之中有一人考上秀才，就能為夫子帶來口碑聲望，想來讀書人更看重這些。

田村長也覺得這樣好，如此便能讓夫子用心。要是娃娃們能考中秀才功名，甚至舉人功名，那他們紅棗村可就有名望了。所以村裡要是能多出幾個秀才，再多給些也行啊！

當即讓來福去找村委會其他人來家裡一趟。這事還要跟大家說一聲才行。

兩人又商量了下細節，等人都來了說一說，大家都同意，孫保財才起身告辭。

他回去看了看他爹，然後就回城裡了。

孫保財走了之後，劉氏和王氏就到屋裡，一邊閒聊一邊看孩子，偶爾跟錢七說些月子裡的注意事項。

錢七也不時搭個話，顯示一下自己的存在。

這般說著話，忽然聽到敲門聲，劉氏拉著王氏出去看看是誰來了。

不可能是三娃子，這會兒他還沒到紅棗村呢。要是真有啥事，她先應對，再讓王氏進屋給老三媳婦傳個話就行。

劉氏開門一看是幾個小廝打扮的人，納悶道：「你們找誰啊？」

王氏也好奇地看著。這幾人身後還有兩輛馬車，看幾人笑得和善，應該跟女婿認識吧？

柳喜上前一步笑道：「我家公子讓在下給孫員外送些禮物，知道孫員外這會兒不在家，我們幫著拿進去，請問把東西放在哪裡？」

塵玉公子特意交代了，這東西一定要送進院子裡。

雖然他不知公子為何要給這家人送這等厚禮，但主子派他過來就是要協助塵玉公子的，他也不會多言，頂多報告塵玉公子在這邊的情況。

劉氏聽了這話，同王氏互相看了看。這事她們可作不了主，誰知道這啥家的公子，為何給三娃子送禮啊？

她皺眉道：「你家公子叫什麼，我幫你問問看。我們都是鄉下婆子，可不能作主收禮。」

她家三娃子雖然沒跟她交代啥，但也懂這禮不能亂收。

柳喜聞言一笑，報了自家公子姓氏。

劉氏示意王氏回屋，問問老三媳婦怎麼辦？

王氏同七丫頭說了外面的事，錢七對王氏道：「娘，您去跟婆婆說聲，相公只收邵公子和柳公子送的禮，除了這兩人送的，其他一概不收，就說等相公回來問過才行。」

孫保財跟她交代過，他們這次雙喜臨門，肯定有那消息靈通的來送禮、套近乎，因此特意交代了要是他不在，只收邵明修和柳塵玉送的禮，其他都推掉，等他回來處理。

這會兒遇到了，正好跟她們說說，畢竟以後來人送禮，要是孫保財不在的話，還得由兩位母親擋著。

王氏笑著出去了。這人說姓柳，那就是能收了，於是出來跟劉氏一陣耳語。

劉氏聞言，看著柳喜道：「你把東西放到院中吧，一會兒我們再收拾。」

也不知道送的啥東西，到時她們整理一下再放起來。

可是一看到那幾個人從兩輛馬車上各搬下一塊大石頭，她和王氏都愣了。等人走了才關上門，走到大石頭旁轉圈看了看。這石頭除了光滑一些，也沒啥啊！

劉氏眨巴了下眼睛，道：「這城裡人送禮，送得可真稀奇。」她還是頭一次聽說，有人送禮是送石頭的。

王氏也沒看出名堂，索性招呼劉氏進屋。反正又不是送給她們的，等三娃子回來處理吧。

兩人回屋把剛剛的事說了一遍，又繼續聊起出去前的話題。

錢七點頭表示知道了，看兩位娘又開始閒聊，索性躺下眯一會兒。

柳壐玉送的那兩塊大石頭，她雖然沒看到，但也知道那可值不少銀子。

現在東石縣的東山石礦都在柳家手裡，如果她所料不差的話，那兩塊大石頭應該是東山石的原石。

那麼大塊的原石，估計有錢都不一定買得到。

等孫保財趕著騾車回來，打開門最先入眼的，就是院中放著的兩塊大石頭。

不用說他都知道這是誰送的。

在東石縣的地界，除了柳壐玉之外，誰還能弄到這麼大的東山石原石？知道這小子會借機感謝他，但還真沒想到他會送這個，這東西都能做鎮家之寶了！

鎮家之寶在他眼裡，就是在家裡放著，不能隨意變賣、只能看著的東西。

東石縣出產的東山石，在他看來跟現代的壽山石很相似。

他以前有個同事喜好田黃，有時候會跟他說說最近又收集了什麼樣的田黃，所以他被這位同事時不時地解說，對壽山石多少瞭解些。等來到這裡瞭解了東山石後，他就有這種想法，只是畢竟不專業，所以也不敢肯定。

孫保財蹲下看了下石頭表面露出的地方，猜測這兩塊石頭應該是黃色東山石或者白色東山石。

他當初往臨安府倒賣的東山石料都是些小料，這麼大塊的原石還是第一次看到。可看了會兒也沒看明白。反正這東西也不能拿出去換錢，到時用騾車拉回去，放在院子裡當個裝飾品吧！

這裡的人對於友人贈送的貴重或有紀念性的物品，如果不是因著特殊原因的話，都會放在家裡收藏，用來彰顯對這段友情的珍重。

劉氏和王氏兩人這會兒正在廚房做飯，聽到聲音出來，一看是三娃子回來了，便大致把今天來人送禮的情況說了下，又轉身回廚房繼續做飯。

孫保財聽完，回身把大門關上，才回屋去看錢七。

屋裡的錢七等孩子吃完，正把孩子立起來拍嗝，他笑著走過去坐在床邊，詢問錢七今天如何？

她笑著把孫保財走了之後發生的事說一遍，不外乎就是孩子醒了幾次，還有吃了多少等等這些家常話。

孫保財倒是聽得津津有味，等錢七說完了，摸摸小傢伙的手，把紅棗村的事說了一遍。

錢七給兒子拍完嗝，把他放下後才道：「給學堂找夫子？你有人選了嗎？」

孫保財搖頭一笑。「還沒有，明天我打算去找何二問問。」

這事沒必要找邵明修，畢竟紅棗村給的錢不高，找邵明修也不好辦。邵明修認識的人或者知道的人，估計價碼不會低，所以還是找找何二，他的消息靈通，看看有沒有那種家境貧寒、品行端正的秀才，願意去紅棗村當夫子？

在他想來，這事應該不難才是，今年正逢鄉試，東石縣參加的秀才有五十二人，好像就出了兩個舉人，剩下那五十名落榜的秀才。總能找到一個願意去紅棗村當夫子的吧？

東石縣有秀才功名的多了，有好些都放棄鄉試，再不濟在這些人裡也能扒拉出來一個吧？

錢七聽了也不再說這事，知道他只要應承了，肯定心裡有成算，只是望著他，皺眉道：「你能不能跟娘說說，不用每頓都吃雞啊魚啊，我擔心再這樣下去，等到出月子時，我這體重還不知道得重多少呢！」

她婆婆和她娘說，她現在給孩子餵奶，吃得一定要清淡，所以她們做的魚湯、雞湯啥的，簡直沒吃到一點鹽味，而且特別油膩，弄得她每頓都是勉強喝下。

她打算再休養幾天，就開始在床上做些簡單的瑜伽動作，鍛鍊一下。現在肚子鬆弛的樣子真的有些受不了。

孫保財看著錢七擔憂的小模樣，不由好笑，可知道她奶水足，覺得她擔心得也有道理。如果錢七變胖的話，他倒是不在意，就怕到時候她為了減肥不吃飯，把身體弄壞了，這事她還真能幹得出來。

他笑著握住錢七的手，安撫道：「行，等會兒我就去說，就算娘和岳母不同意，大不了讓她們再添兩樣素菜，到時候妳每樣吃點唄。」

這整天吃雞魚啥的也膩，特別是錢七喝的湯他也喝過，簡直就跟沒放鹽一樣。

他娘和岳母的說法是這樣吃對孩子好，可他每次看老婆皺著眉頭吃飯，心裡也不好受。

錢七覺得加一點素菜也行，總能解些油膩，也就笑開了。

看老婆笑了，孫保財忍不住刮了下她的鼻子，兩人又說起了其他話題。

孫保財到廚房，找劉氏和王氏說了錢七的伙食問題。經過一番協商，結果是她們再給錢七加兩道素菜。

翌日吃過早飯，孫保財洗完孩子的尿布，眼看暫時沒啥事，跟錢七說了聲，便趕著騾車去鏢局找何二。

王氏看到女婿在洗尿布，本想接過去，卻被拒絕了，回到屋裡跟劉氏好一通誇三娃子。這女人坐月子時，村裡的男人免不了要洗尿布，因為男人不洗的話，難道讓娘、嫂子和弟妹洗嗎？

但這會兒可不一樣，她和劉氏都在，家裡還雇了個人，沒想到三娃子還要自己洗！

劉氏聽王氏在那兒誇兒子，心裡不由好笑。這洗個尿布不稀奇，她以前還看到過三娃子給他媳婦洗衣裳呢，當時都不知該說啥了，最後只能當作沒看到地走了，就怕說了之後被三娃子聽到，索性不管這閒事。

第五十五章

孫保財到了鏢局門口，跟門房說找何管事。等門房進去通報，他在外面等著，看門前冷清，想著鏢局是不是都這樣？

東石縣現在就兩家鏢局，一家是何二在的城東程家鏢局，另一家是城西的威遠鏢局。

他以前跟鏢局也沒營生往來，除了他成親前走的那趟鏢之外，也不清楚鏢局平時是個什麼樣子？但他理解的鏢局是現代物流的前身。古代的鏢局押鏢也是運貨，只不過鏢局的貨物都是些貴重物品，因為貴重物品能收到高額的押鏢費。

因有一定風險，所以押鏢的鏢師們多少都要會些功夫；而現代的物流因著沒有了古代這種被劫鏢的風險，所以只要招聘司機就行了。

這般想著，覺得古代的鏢局好像也是現代貨運公司和保全的前身……

何二聽一個姓孫的來找，猜測應是孫保財，於是放下手中的事，出來一看果然是他。

何二上前拍了下他的肩膀，笑道：「你小子怎麼想起我來了？你的事我可是聽說了，兄弟們還等著你請客呢！」

自從他來鏢局當管事，兩人見面機會也少了不少。

最主要是孫保財住在紅棗村，他們平時聚會，他也來不了，不過孫保財做的事，他們都聽說了。能得到皇上的封賞，大家都挺替他高興的。他們也知道孫保財是怎樣的人，不會因為如今是員外老爺就不理會他們，因此他才這麼說。

孫保財聞言一笑。「來找你當然是有事。你跟兄弟們說下，等我娘子出了月子，到時候我一定請他們吃頓好的。」

便跟何二說了，他也升級當父親了。何二笑著恭喜，把孫保財請到裡面坐下，讓人沏了茶水才道：「說吧，你找我什麼事？」

這小子要不是有事，估計還得過一段時間才會來找他。他看著孫保財不由感嘆，這人的境遇可真是說不準，誰能想到孫保財有這境遇。幾天前，大家還都是白身，轉眼這小子成了正七品員外郎了。

他們東石縣就有幾個員外郎，都是花錢捐的官，而孫保財這員外郎可是當今皇上親封的。在他看來，孫保財這個員外郎的官職是鑲了金的，豈是那些捐官的能比的？

孫保財笑著道出來意。「我們紅棗村蓋了間學堂，現在還沒找到夫子，我今兒個是來跟你打探下，有沒有那家境不好但品行端正的秀才，我想請一位到紅棗村做夫子。」

又把村裡能給的價碼說了，也表示能提供住宿等。

何二聽一年的銀子才十兩，知道為何孫保財要找那家境貧寒的了。這樣人家的秀才因家境不好，開辦不起私塾，收入不高，才不會嫌棄十兩銀子太少。

他想了下，看著孫保財道：「城南有個呂秀才，你可以去問問看。」又把自己知道的呂秀才之事詳細說了一遍。

孫保財一聽，心裡詫異。這呂秀才是不是掃把星下凡？也太沒運道了吧！

按照何二的說法，這人十八歲考中秀才，讀書上的天賦不用說了。但考完秀才，運氣好像也用完了，接著就是連續六年的孝期。

等到孝期過了，趕上今年鄉試，何二說，大家都猜測呂秀才今年必能高中。沒想到參加今年的鄉試時，呂秀才竟然在考前昏倒在客棧中，就這樣又錯過了鄉試。如今家中就剩他和他娘子，兩人至今沒有孩子。

何二說，這呂秀才家中簡直一貧如洗，如今靠給書鋪抄書度日。

孫保財想著，這人他要去見見，主要是要跟他聊聊。

這人經歷了連番打擊，得看有沒有負面情緒？要是情緒太重，那麼這人也不適合當夫子。可如果呂秀才經歷了這些事，依然保持住本心，那麼他一定會說服他去紅棗村。

於是問了呂秀才的住址，打算一會兒過去看看。

說完這事，又跟何二閒聊，問起在鏢局幹得如何？

何二說起自己現在的處境。因著以前是混市井的，來鏢局之後也沒有受到排擠。前段時間，蔡鏢頭押鏢時受了重傷，雖然鏢沒有失，但總鏢頭受了傷不能走鏢，因而這段時間鏢局的生意受了很大影響，被威遠鏢局搶了不少生意，原來鏢局的好些鏢師也都被威遠鏢局高價聘去，再這樣下去遲早要關門。

現在大家人心惶惶的，他知道好些人都在謀出路了。

孫保財聽了，詢問何二有何打算？

何二只是無奈一笑。「先看看，實在不行就回去吧。」

雖然不想走回頭路，但實在沒辦法的話，還是得像以前一樣。

如今他娘的身體也不太好，他作主把餛飩攤子停了，所以不管怎樣，他都要先保證有收入養家才行。

孫保財自然明白何二的回去是什麼意思。好不容易從市井出來，要是再回去，豈不是可惜了？

他剛剛忽然有個想法，回去要好好琢磨一下。

兩人又說了會兒話，孫保財才起身告辭，從鏢局出來往南走。

到了城南，他找到呂秀才的家，只見門上的漆都掉了。

呂梁回來，看到有個男子在敲自家院門，走到近前問道：「請問兄臺有何事？在下呂梁，是這家的主人。」

他岳母最近身體不適，娘子回娘家，現在人不在，他去書鋪還書才回來。這人以前他沒見過，也不知有何事？

孫保財轉過身觀察說話之人。這人自稱呂梁，應該就是那呂秀才，看來身形略瘦，但眼神正氣清明，於是施禮道：「在下紅棗村孫保財，是來拜訪呂秀才的。」

呂梁一聽是找自己的，雖然不認識，但出於禮貌，還是把來人請進堂屋。

孫保財看大門沒鎖，還以為家裡有人呢，進來看了也明白，這家就算沒人也不用鎖門。院子裡乾乾淨淨，堂屋裡除了一套破舊的桌椅，啥都沒有。

坐下後，他主動跟呂秀才寒暄了會兒，看呂秀才雖然不明所以，但還是有禮地配合著他的話。

孫保財對呂秀才很滿意，笑道：「在下今天是特來請您去我們村裡的學堂當夫子的。」接著便把他們村的情形，還有給的條件說了一遍。說完看著呂秀才，等著他的答覆。

呂梁聽完孫保財的話，很是疑惑。這人說的可是真？村裡開設的學堂能讓村裡孩子不花錢來讀書，請夫子，還有啟蒙書籍的銀錢都由村子出？難道村裡出的這錢是村民籌集的？這般想著倒是可能。

十兩銀子別人可能覺得很少，但對他來說已經很多了。因著守孝太久，家裡也沒個穩定收入，早就把能賣的賣了。現在岳母身體不好，他們家以前在岳家借了幾兩銀子，雖然岳家沒人讓他還錢，但這會兒岳母有病沒錢醫治，他心裡確實難過。

想罷，呂秀才嘆了口氣，看著孫保財道：「我可以去你們紅棗村當夫子，但要先付我一半的銀子。」

孫保財自然點頭同意，兩人約好明天到紅棗村簽訂契約。

孫保財本想往後推下時間，但呂秀才表示想早些拿到錢。他想，能讓一位秀才這樣，肯定是遇到難事，也就答應了。

如此解決一事，孫保財回到家正好趕上午飯，看錢七正準備用飯，乾脆把飯端到屋裡同她一起吃，省得她一個人吃飯無聊。

劉氏對兒子的某些行為也已經無動於衷，倒是對王氏笑道：「咱們娘兒倆吃，清靜。」

錢七看了眼自己面前的飯菜，又看了看孫保財面前的，暗自嘀咕。還不如讓她自己一個人吃呢，最少眼不見為淨。

孫保財看她時不時地拋給他個幽怨的小眼神，弄得他吃飯都有些不好意思。本想把菜挾給她，但她又搖頭表示不要，只能儘量說些話題轉移她的心思。

孫保財想到上午去鏢局的事，便說出來，兩人商量一下。

「今兒個我去找何二，看到鏢局突然有個想法。妳說在這裡開個物流公司怎麼樣？」

大景朝運輸的主要途徑，陸地有鏢局、商隊、驛站、車馬行等等，水上則是船運。只是河道運輸基本都被漕幫控制了，但陸路上為何不可以呢？

錢七聽完，納悶道：「怎麼有這個想法了呢？這裡陸路都是用馬車運輸，不但耗費時間、人力，還有安全上的顧慮。這還不是主要的，你要弄的物流肯定是什麼貨物都得接吧，這價錢總不能按照鏢局的價格收，你確定能賺到錢？」

說完狐疑地看了孫保財一眼。孫保財要是真想去做這事，她也不會阻止，這麼說只是提醒他可能要面臨的問題。

孫保財聽了，只是笑。「賺不賺錢不知道，反正不會虧錢就是。」

他自己一個人可幹不來這事，當然也不想自己弄就是，所以要找個有背景、有實力的人合作，這樣他就可以做個甩手掌櫃，到時錢賺到了，還能在家陪著老婆、孩子，多好。

大景朝算是太平天下，沒有戰事，路匪也不多，這樣的背景其實很適合發展物流業。

錢七明白孫保財的意思了。他沒打算自己幹，這是要找合夥人嗎？還是只想占些股分呢？便示意孫保財詳細說說，她繼續吃飯。

孫保財把自己想法跟錢七說了一遍。

他之所以有這個想法，鏢局的啟發是一方面；還有他知道，將來東石縣的發展，以後必然會成為魚製品加工的主要出產地之一。這麼多的魚製品往外賣，運輸量可是很大的。

如果他的計劃不被認可，他就想法子拿下柳塵玉的加工坊的運輸合同。到時找何二等人合作，一起弄個小物流公司也行啊，只要把柳塵玉的訂單拿下來就夠賺了。

大景朝的大商行都有自己的商隊，沒有自己商隊的，基本就靠老主顧上門訂貨、取貨。而物流公司做好了，把各家商家的運輸整合在一起，也是很有前景的。

他想把現代的物流、快遞和這裡的鏢局、驛站做個整合。

錢七聽完也懂了，看著他笑道：「你打算去找柳塵玉嗎？」

「是啊，我就認識他這麼個大金主。我打算做一份詳細計劃書，問問他有沒有興趣？要是有的話，我跟他要一到兩成股吧！」

要他幹活操心就給兩成股，要是讓他當甩手掌櫃，一成乾股就成。

他這樣也是不想以後為錢愁。現在他名有了，錢再到位，到時他和錢七回紅棗村養孩子，過自己的小日子。

錢七知道孫保財只想做個股東，這樣好是好，但總覺得孫保財為了自己，做出了太多退讓。

她抬頭看著他，認真道：「如果你想做一番事業就去做，不用太多顧慮，我希望你能做喜歡的事。來到這裡之後，其實咱們都改變了，我也不是以前的那個我了。」

這種改變究竟是好是壞，她不確定，總覺得彼此一直壓抑著本性。

就像孫保財明明是個事業心很強的人，現在卻只想跟她窩在家裡，她有時會想，這樣正常嗎？

孫保財聽了，一陣沈默。捫心自問，他現在還想做一番事業嗎？每天讓自己忙忙碌碌，有時吃飯都顧不上，半夜才回家，連最愛的人都沒時間陪，這樣的生活他還要嗎？

把自己累得要死，生活過得亂糟糟的，最後連心愛的人都沒留住。兩人要不是來到這裡，就算沒同去地府，也是分道揚鑣了……

想罷，他看著錢七笑道：「妳都不是以前的妳了，我自然也不是以前的我。過去就讓它過去吧，咱們既然來了這裡，自然要過想要的生活。陪著妳閒時釣魚、忙時種地，這樣的生活挺好。」

他含笑看著錢七，讓她明白，他說的都是真心話。

錢七望著孫保財眼中的自己，忽然揚起笑容親了親他，在他耳邊輕聲道謝。

心事說開了後，兩人又黏糊了會兒，最後錢七都有些受不了，忙推開孫保財，表示再不吃飯都要涼了。

等錢七吃完飯，孫保財收拾下東西，回來看她在給孩子餵奶，笑著問：「要不要在屋裡放個火盆？」

現在屋裡的溫度還行，但外面已經有些涼了。

錢七搖頭表示不要。孩子太小，她不想在屋裡放炭盆，擔心炭盆會對孩子不好。反正現在屋裡還不冷，等天冷時，她也出了月子，到時回了紅棗村，家裡有火牆。

孫保財等錢七午睡了，才開始到案上寫自己的計劃書。

可能心中有了想法，寫出來特別順利；寫完之後，等墨跡乾了便摺好。

見錢七還在睡，他想了下，決定先去找柳壍玉探探口風。

第五十六章

柳塵玉在縣衙附近買了處宅子，說是要離邵明修近一些，好時常聯絡下兄弟感情。

可邵明修忙得根本沒空理他。

孫保財到了柳宅前，把騾車拴好。因著偶爾會過來，門房也認識他，直接把他請進前廳等著。

他一邊喝著茶，想著一會兒怎麼說？

柳塵玉聽是孫保財來了，眉頭一挑。該不會是來謝謝他送的禮吧？但想到這裡又失笑地搖搖頭。孫保財比他的臉皮都厚，還能為了他送的禮來道謝？

柳塵玉來到前廳，跟孫保財一通寒暄，看他也不說正題，最後還是自己先沈不住氣。

「咱別繞彎子了，說說你來是為了何事，只要我能辦到的絕不推辭。」

孫保財低低一笑。明明是這小子跟他繞彎子，他不過是奉陪而已，這會兒倒是會倒打一耙。

他眉一挑，道：「我這不是有個賺錢的營生嗎，來問問你感興趣不？」

柳塵玉聞言示意他繼續說，有沒有興趣待他聽了才知，架子端得十足，其實心裡非常想知道孫保財說的營生是什麼？

孫保財沒理會柳塵玉這個戲精，逕自道：「我做了個整合鏢局、驛站、車馬行的方案，打造一個全新的陸運產業，要是弄好了，就跟漕幫稱霸運河一樣。」

話落，看著柳塵玉一笑，忽然開始喝茶。

柳塵玉瞪了孫保財一眼。什麼啊，只畫了個大餅給他看嗎？什麼重點都沒說。不過他承認自己被勾起了濃厚的興趣。

孫保財的意思是要稱霸陸路運輸嗎？雖然柳塵玉心裡嘀咕這個想法實在天真，陸路運輸可跟運河不一樣，但還是忍不住好奇。

他望著孫保財道：「有什麼條件直說。但先說好了，你說的這個要是件沒譜的事，那你提的條件可就是廢話了。」

孫保財笑道：「那是，這個不用你說，我自然懂。」便拿出計劃書遞給柳塵玉，等他接過之後才道：「這東西你要是有興趣，就給我兩成乾股；要是沒興趣，我再去別家詢問。」

柳塵玉挑釁道：「你就不怕我看完耍賴皮啊？」

孫保財笑著搖頭。「不怕，這東西就是個皮毛，沒有我指點迷津，你做了就等著虧本吧！」

這可不是嚇唬柳塵玉，畢竟現代物流快遞這些東西，只有他和錢七才能解釋清楚，單單靠著兩張紙，怎麼可能理解裡面的精髓？

柳塵玉哼了聲，挑眉一笑，也不再跟孫保財抬槓，開始認真看起手上這兩張紙。

看過之後，他壓住眼底的笑意，深深呼出一口氣。這東西好像真行！

可又想到自家的情況，如果這東西拿回去，成不成還真不一定；就算成了，孫保財那兩成乾股，估計家裡人是不會給的。

畢竟他們更傾向於壟斷，就算要給乾股，也是給那些權貴之人，給了孫保財，在他們眼裡簡直是浪費。估計到時會跟孫保財商量一次買下來。

想罷便把這番話說了。兩人既然是朋友，自然不會對他欺瞞。

孫保財聽了，看著柳壆玉笑道：「你就沒想過自己弄啊？」

這事他要找的合作對象是柳壆玉，而不是柳家。大家族事多，他不喜歡跟他們打交道。

柳壆玉聞言一愣，又陷入沈思。

祖父雖然屬意他將來接掌家主的位置，但家裡的叔叔們一直不贊同，說他所做的一切全是家族裡的產業，對於他的能力很質疑。

加上還有他那些堂兄弟比著，他的處境其實不是很好，因此祖父把他放在這裡，何嘗不是想讓他鍛鍊幾年？要是他把這件事做成了，到時看誰還敢說三道四？就算最後不能接掌柳家，那又如何？

想到這裡，他看著孫保財，笑道：「好，這事我應下了。我先籌集下銀子，到時我去找你，咱們簽契約。」

這筆錢必須是他自己的才行，所以他要給母親去信……嗯，要錢！用母親的嫁妝銀子，就是為了和柳家撇清楚。

孫保財笑著點頭，又說了會兒話才起身告辭。

翌日一早，他趕著車去接了呂秀才，兩人一起往紅棗村去。一路閒聊，倒也讓孫保財知道，呂秀才為何提出先收一半的銀子了，心中對呂秀才更是滿意。

到了紅棗村，剛進村子就看到工匠師傅們在幹活，孫保財笑著打過招呼，也沒有理會呂秀才疑惑的樣子，把騾車直接趕到田村長家，又帶著呂秀才進去，給他們做了介紹。

田村長沒想到，昨天剛跟孫保財說完，今兒個他就把人領來了。跟呂秀才聊了會兒，對此人非常滿意，對於他提出要先收一半銀子也一口答應，還表示一會兒簽了契約，就可以先把銀子給他。

田村長讓來福去找了村委會幾人，大家互相認識一下。

簽約前，田村長詢問呂秀才這契約怎麼簽？他當然希望呂秀才能長期留在這裡當夫子，但看呂秀才還年輕，心想估計他還會去參加鄉試。

呂梁想了下，道：「契約中可否約定，如果我有意參加鄉試，鄉試期間留出一月算我休沐；如若中舉，契約自行廢除。」

田村長聽了也同意，看呂秀才沒有其他要求，便讓田來福寫契約，寫完又拿給呂秀才看過，雙方沒有意見了便在契約書上簽字。

孫保財就在一旁喝茶。這是村裡的事，田村長和村委會出面即可，他等著一會兒把呂秀才送回去。

田村長把契約和剛剛說好的銀子一併給了呂秀才，笑道：「要不要去看下村裡的學堂，還有將來的住處？如有不滿意之處跟我說，我讓人再收拾下。」

呂秀才點頭應好。既然來了，自然要看看才是。

他來這裡當夫子的事，還沒有跟娘子說，今天回去，他便直接去岳家，把五兩銀子給他們送去，到時再跟他娘子說說這事。

如今他心裡已經肯定，這是個跟別處不一樣的村子。

這一路簡單接觸下來，這裡處處透出不同。只是因著他守孝時間長，跟以前的同窗基本都斷了聯繫，所以消息有些閉塞，並不知道紅棗村的事。

孫保財看田村長領著呂秀才去學堂，表示自己在這裡等著，只有錢六留下來陪著說話。

孫保財跟錢六有一搭沒一搭地聊天，看錢六有些心不在焉，納悶道：「六哥有心事？」

錢六皺眉，點了下頭，又搖搖頭。

他娘子當初生產時傷了身子，這兩年一直吃藥也沒見好。他本來也不急，反正他們年歲還輕，養幾年再要孩子也不晚；而且已經有閨女了，大夫也說還要再養養。

可他想得開，他娘子卻想不開，整日愁眉苦臉的，弄得他難受。本來還挺喜歡跟娘子待著的，現在回去看她都沒個笑容，弄得他都不想在屋裡相處。

但這事不好跟孫保財說，索性岔開話題說起別的。

孫保財看錢六這樣，估計是家事，也不好多問，想著回去跟錢七說說，到時讓她探探口風。

呂梁一進村就發現，這紅棗村裡的路既寬闊又平整，比他住的那裡要好。

一路上遇到的村人也都笑著跟村長等人打招呼，看得出村長和跟著他的這幾人，在村民心中很有威望。

至於學堂蓋的是三間正房大小，進到裡面一看，几案已經擺好，夫子的案上放了好些書籍，他走過去看，都是啟蒙用的書。

田村長笑著解釋。「這些書是從臨安府買回來的，等學堂正式開課那天，好發給來上課的娃娃們。我們還買了筆墨紙硯等等，都在裡間放著呢，這些如果有娃娃要買，到時還得麻煩你收下錢。」

又把學堂的規矩，詳細跟呂秀才說了一遍。

呂秀才聽了這個新奇。村裡的孩子來學堂讀書不用束脩，還免費發放啟蒙書籍？筆墨紙硯雖然要購買，但價格可是比書鋪裡便宜多了。

他壓下心裡不斷湧上的疑問。這個村子究竟如何，等他來了就知道了。

自己住的地方在學堂的後面，是個獨立的小院，兩間正房，還有塊菜地。呂秀才看著這塊菜地，想像以後要過的田園生活，心中竟隱隱有些期待。

田村長看他沒提任何要求，眼底全是笑意。「村裡六到十歲的男娃娃有三十二個，這些孩子都要來學堂啟蒙。」

隨著其他還小的娃娃逐漸長大，可以想像這個學堂以後的學生會越來越多。到時他一個夫子也不夠了，畢竟那時得要分班教授，總不能這要考秀才的還跟剛來啟蒙的一起讀書吧？

他一個人帶不同班的學生，那就是真的把孩子耽誤了，到時哪個階段的也教不好。便把這想法跟田村長說了，看田村長說以後會想辦法解決，也不再多說什麼。

兩人看過之後，回去找到孫保財，跟眾人告辭才往回走。
邵明修看柳塵玉滿臉興奮的樣子，聽完他說的話，知道這是又被孫保財成功灌了迷湯。他笑道：「對孫保財這麼有信心？他說的這事，你覺得可靠嗎？」
這麼問也是想看看塵玉下了多少決心。柳家人可不是好相與的，塵玉的叔伯們還有堂兄弟可都等著抓他的小辮子呢！
他母親和塵玉的父親是一母同胞，感情上自然親厚。而舅舅就塵玉這麼一個兒子，因舅舅只喜歡舞文弄墨，對經商不感興趣，據說當年都是他母親幫著外祖父管著柳家的產業。
如今外祖父想要塵玉接掌柳家，所以舅舅特意託了他母親照顧塵玉。想來舅舅這樣也是想讓邵家站在塵玉後面給他撐腰。
柳塵玉笑道：「當然可靠，要不我怎麼會心動呢？我已經派人回去跟母親要些錢，這事我要自己做，做成了也跟柳家沒關係，只是今兒個來是想問問表哥要不要入股？」
他要是撇開柳家單獨做，勢必不能無所顧忌地動用柳家的人脈，所以才來找邵明修，希望他能入一股，到時在各地也好辦事。
邵明修聞言眉一挑，看著柳塵玉道：「你覺得我缺錢嗎？」
他明白這小子是何心思。官商錢權，這兩樣自古就不分家，哪個大商賈背後沒有個有權勢的人撐腰？皇上對這些事心知肚明，但是也沒奈何不是？
柳塵玉乾笑地搖搖頭。他表哥怎麼會缺錢？表哥就算不要邵家一文錢，就憑姑母的產業也夠表哥揮霍的了。
他姑母柳沁蓉可是位傳奇人物，當年未出嫁前可是管了柳家一半的產業；出嫁時帶走柳家三分之一的家產，現在那些叔伯對他橫挑鼻子豎挑眼的，在他姑母跟前連個屁都不敢放。
據說當年姑母嫁人的那天，這些叔伯還放了幾車炮竹慶賀呢！
這般想著，便對表哥討好地笑道：「表哥，你看我不找你還能找誰？我這回想不靠柳家幹點事，你可得幫幫我。」
又把自己在柳家的處境加油添醋地說了一遍。
邵明修好笑地聽著。這是在他面前裝起可憐了？
他心思不在這上面，能幫自然會幫，就是不想牽扯裡面的利益。
他的抱負在朝堂上，只有位高權重才能做更多事，所以每一步他不一定要走穩，但一定要走對了。就像他留在東石縣，這一步不穩，但正確。
忽然想著昨日收到的信函。這事要是跟他想的一樣，倒是可以給塵玉牽個線……
他對柳塵玉道：「你給我留出三成股，這股我不要，我給你找個保護傘倒是可以。但是先說好了，你弄這個可不能有觸犯大景律的地方。」
柳塵玉頓時笑開了，自然滿口答應。雖然不知表哥會找誰，但能肯定這人權勢一定夠大，要不表哥不會開口就要三成股。
邵明修笑了笑。「這事你等我消息。還不知道那人能不能應呢，反正你有這心思就先準備著。」

柳塵玉笑著應了，兩人又說了會兒話，柳塵玉才起身告辭。

等人走了，邵明修坐在案前想了會兒。這事雖然自己心裡有了成算，但還想找個人詢問一下。只是除了孫保財，也沒有適合的人問了。

他吩咐邵平，讓他把帶回的一箱書籍放到馬車上，他要給孫保財送禮去！

劉氏看孫保財回來了，道：「我和你岳母去逛逛，你在家陪著你媳婦。」

王氏要去買些東西，她正好跟著逛逛，兩人也能搭個伴。至於家裡有馬嬸幫著照顧，她們出去也能放心。

孫保財笑著應了，從懷裡拿出錢袋遞給劉氏。「娘，妳們喜歡啥就買些，錢要是不夠就讓他們送貨，到時我來付錢。」又叮囑兩人別走太遠，要是東西重就雇車回來。

劉氏聞言也沒拒絕。她過來時沒帶多少銀子，這會兒陪親家去逛街，自然是多帶些好。

孫保財又叮囑了兩句才回屋。進屋看錢七正在讀醫書，笑道：「不是說月子裡看書不好嗎，妳看多久了？」他一不在，這丫頭就不老實了。

錢七放下書，微微一笑。「我這不是無聊嗎？就看一會兒，放心，不會累著眼睛的。」

她也知道輕重，看一會兒就歇著，就是月子裡太無聊了，除了吃睡就是看孩子。孩子總是睡覺也不理她，這裡又沒有電視、網路，只能看書打發時間。

孫保財也很無奈，知道錢七無聊，打算以後少出去。有他在家，錢七還不至於太無聊。走到床邊坐下，跟她說了去紅棗村的事，順便把錢六的事說了。錢七表示知道了，打算

第五十七章

出來一看，竟然是邵明修穿著常服站在大門處，孫保財趕緊上前把他請進堂屋，讓馬嬸幫著沏壺茶水。

但看邵平搬了個箱子放到堂屋正中央，不由納悶，看著邵明修道：「大人今天來，不會是給我送禮的吧？」

那天他就那麼一說，還真沒想過邵明修親自來送禮。

邵明修點頭。「是啊，自從聽到你跟我要賀禮，我特意讓邵平回臨安府拿的。這箱子裡的書籍是我以前用的，今兒個給姪兒當禮物，你可別嫌棄啊！我可是期待姪兒得中秀才那一天，到時我再送他我中舉時的書籍。」

孫保財也明白邵明修話裡的意思，厚臉皮地笑納了，謝過才道：「你可別忘了今兒個說的話，到時我兒要是中舉了，別忘了把你中進士時看的書也一併給我兒。」

這個可是好東西，他自然不會客氣。要是能多要些更好，兒子能不能用上再說，放在書房裡看著心裡也舒坦。

邵明修白了孫保財一眼。倒是會順竿爬，考進士的那些書籍，裡面可有好些大家的解析，那可是屬於邵家的，他還沒權利拿出來送人。

這些書籍就是世家的底蘊，他們邵家光是收藏有大家注解的書籍就有近百本。這些名家注解每看一次都受益匪淺，可以說邵家憑藉著底蘊，只要不是那愚蠢之人，便能保證邵家每代都有人考中進士、舉人功名，這些便是家族的根本。

他作主送給孫保財兒子的這些書籍都是自己收集的，上面的注解也是按照他理解寫的，便把原因跟孫保財說了，讓他就別想了。

孫保財聽完也知道撿了大便宜，立即笑著又謝了邵明修一次。

這時，邵明修看了眼邵安，示意他出去守著。

等邵安出去後，他低聲跟孫保財一陣耳語。

孫保財聽了，吃驚地看著邵明修——太子派人聯絡邵明修?!

按照邵明修的說法，來人直接到了衙門，給他送去太子親筆書信。信上的內容都是誇獎他治理有方、造福一方百姓等話，這是什麼意思不言而喻，赤裸裸地招攬啊！

他皺眉想了會兒，抬頭看著邵明修，輕聲道了句。「皇上授意……」

除了這個沒有其他可能。皇上最忌諱朝臣結黨營私，太子又不傻，怎會這般公然招攬大臣？就算想招攬邵明修，也不可能這般行事，所以這事只能是皇上授意。

但皇上為何這麼做呢？難道是已經開始為太子鋪路？

邵明修看孫保財跟自己的想法一樣，不由皺起眉頭。

這是皇權快交替了嗎？希望能順利……

錢七洗完澡、穿上中衣，開始擦拭頭髮。今天出月子，她讓孫保財燒了水，在洗漱室放了兩個火盆，洗完後只覺得渾身都輕鬆不少。

她擦乾頭髮、穿上外衣往屋裡走。現在家裡就她和孫保財還有小傢伙，昨天六哥來城裡辦事，劉氏和王氏兩人便跟著回去了。

孫保財正在床上哄兒子。這小子可能是餓了，一個勁兒地往他懷裡蹭，把他逗得直笑。這小子現在可變樣了，可能是吃得好吧，現在白胖白胖的，一點都看不出剛出生時的小老頭模樣。

他把兒子抱得離遠一些，跟他說話。「屹哥兒乖啊，一會兒娘就回來餵你吃飯了。」小傢伙好像能聽懂似的，留著口水跟他啊啊啊地回應。

錢七進屋看到的就是這一幕，父子倆在床上互動，畫面好不溫馨。

她揚起笑容走過去。小傢伙看到她，開始啊啊啊地向她揮手。

錢七接過小傢伙，笑著親了親他，才解開衣襟餵他吃奶。看他急切的樣子，不由一笑。看來真是餓了，笑著問孫保財，孩子是什麼時候醒的？

「醒了有一刻鐘吧？我先把他的尿布洗了去。」

說完又親了老婆臉頰一下，才拿起放在一旁的尿布出去。

洗完尿布，收拾完洗漱室，他又去廚房做飯。

因著明天就要回紅棗村了，今天簡單吃些。

家裡的吃食昨天大多都被劉氏收拾走了，柳塵玉送給他的兩塊石頭，也讓他運回了紅棗村。

這段時間，除了牌坊修建好的那天，他回紅棗村參加流水席，慶祝牌坊修建和學堂成立，其他時候都是留在家中陪著錢七坐月子。

就連跟柳塵玉簽訂合作契約，都是來家裡簽的。

那天跟邵明修談完，知道他有意給柳塵玉跟太子搭橋，他當即表示只要一成乾股即可，那一成股也給太子。

太子可能不介意這事，但他的態度一定要表明；再說給太子三成股分，而他占兩成，這事太惹眼了。這麼做也是提前規避風險，畢竟只拿一成乾股，誰也說不出來啥。

前天簽契約時，他表示只要一成乾股，剩下的那一成留給邵明修分配。簽完契約，他又給了柳塵玉一份更詳細的方案，其實就是上次的細化版本。

柳塵玉把孫保財給的方案又詳細看了遍。

孫保財的意思是，先在各個府城設立貨運行，同時可以接各個地方的貨運訂單。比如東石縣的貨物運到臨安府，可以把臨安府接到東石縣的貨物帶回來，這樣能節省不少人力和物力。

而且如果訂單太遠的話，當地只需要把貨物送到近一些的府城，再由府城的貨運行出貨到下一個地點。以此類推，這樣就不會使馬匹過度疲勞，對於護送的人力來說，只需要熟悉一個府境內的路況就成，甚至只要熟悉兩地的路況就行，何況在熟悉的地界來回跑也能避開很多風險。

如今先把府城的貨運行建立起來，等運作順暢了，再到各縣設立貨運行。

嗯，按照孫保財的話說，這樣就形成了一張網，一張將來遍布整個大景朝的網……這代表什麼，自己想想都激動不已。到時貨運行存在的價值，就不單單是運輸貨物這麼簡單了。

想到這裡，他深深呼出一口氣。本來覺得挺難的事，就這麼被孫保財一來二去就給化解了，這人真是鬼才。

這般想著，不由納悶孫保財為何放棄一成股呢？難道是……

柳塵玉起身，打算去找邵明修問問。

到了縣衙，他把孫保財簽契約的事說了一遍，等著邵明修解惑。

邵明修抬頭看著表弟。「孫保財之所以這樣做，是因為他知道我要給你找的保護傘是誰。這事他跟我說過了，本來你跟我說時我沒覺得有問題，但是孫保財這麼做了，我想著，你再拿出一成股為好。」

給太子一半，這樣穩妥些，畢竟事情既然要做，就辦漂亮些。在這一點上，孫保財倒是想得通透。

看柳塵玉驚訝的樣子，他微微一笑。「你也別問我這人是誰，如果這位同意了，那時我再告訴你。你就先想想你捨不捨得這五成乾股吧，如果不捨得的話，這事我也不會強迫你。」

其實他很佩服孫保財的果斷。當孫保財知道他打算給柳塵玉和太子牽線時，能馬上判斷利弊、作出決定，這一點塵玉還差了些。

如果今天他不這麼說的話，塵玉就算知道那人是太子，肯定不會像孫保財一樣主動讓股。這就是他們之間的差距。

柳塵玉皺眉想了會兒。表哥既然這麼說了，他也不能為了那一成股不答應。可一下子讓出五成乾股，說不心疼是不可能的。

他點頭應了，心裡也在猜測那人是誰，能讓表哥這般重視？

吃過午飯，錢七就開始找衣服，試一件衣服覺得穿著緊，換了一件還是那樣，不由皺眉看著孫保財。「我是不是胖了不少？現在穿著衣服都覺得緊。」

看孫保財抱著兒子，讓兒子斜靠在胸前，父子倆一起看著她，莫名有喜感。

孫保財眨了眨眼，道：「還好啊，豐滿些挺好的，反正我沒覺得胖。」

這是實話，他覺得錢七現在這樣挺好，抱著肉乎乎的，感覺非常不錯。

錢七白了他一眼，沒理會他，繼續找衣服。

在她心裡，豐滿和胖是一個意思，要不是為了兒子的肚子，她一天吃一頓飯就夠了。心裡合計著回去要做一個鍛鍊計劃，讓體重回到從前。

孫保財看她沒搭理自己，索性把兒子放到床上給他穿衣裳。現在天冷了，要給小傢伙多穿些。

給兒子穿好衣服，錢七也穿好了，看她一臉皺著眉頭的樣子，就知道她對身上的衣服不滿意，不由笑道：「要不一會兒去成衣鋪子買兩件吧。」

過來時帶的衣服不多，外出服就帶了幾件，錢七平時都是在家穿常服，寬鬆為主，也不覺得衣服緊，這會兒要出門了才意識到問題。

錢七搖搖頭，表示不用，她在家裡有好多衣服，只不過沒拿到這裡而已。

她看兒子已經穿好衣服，打算出門前給他餵點吃的，省得到時候路上餓了哭鬧。

孫保財看這裡沒他什麼事了，先出去把騾車套好。他們打算去醫館跟莫大夫夫婦打招呼。

一家三口來到醫館，被請到後院堂屋。孫保財同莫大夫坐在堂屋裡閒聊，錢七抱著孩子跟著莫夫人進了裡間說話。

到了裡間後，自然是謝了莫夫人一通。莫夫人只是笑道：「不用這樣客套，盡醫者的本分有何好謝的？」

又讓錢七把孩子放在榻上，給小傢伙做個檢查，對此錢七自然求之不得。

她看過之後，對錢七笑道：「孩子身體很好，妳以後注意些，吃得淡些，別上火就沒事。」

叮囑了一些細節，說完孩子，兩人又聊起了其他。

錢七想著那天問了王氏知不知道六哥有何心事，王氏便說了老六夫妻的情況。

她沒想到六嫂當初生產時傷了身子，如今整日沒笑容，六哥也是為了這事鬧心。

王氏說這事時，劉氏進來聽了，說了孫二嫂也是這麼個情景。她聽完想著出了月子，問問莫夫人可有法子調理下？畢竟兩人現在都沒兒子，時間長了，會被村人說道的。

兩人又不是不能生，而是生產時傷了身子，想來這樣應該好調理才是。這般想著，就把這話跟莫夫人說了。

莫夫人笑道：「女人生產時好些都會傷著身體，我給妳的書妳好好看看，到時對照妳嫂子的症狀，看看用什麼藥？拿不定主意就帶著人和妳開的藥方來問我。」

這樣可以增加錢七給人看病的經驗。看的病患多了，以後遇到相同的情況，自然就會看了。

她始終覺得錢七適合學醫，所以也盡可能找機會教導她。

錢七聞言，說不上心裡是什麼滋味，很酸，又脹得滿滿的。

她何德何能，能讓莫夫人如此對待？莫夫人這樣，等於是引導她如何行醫。

她對婦科、兒科確實有興趣，這個年齡開始學習的話，在別人看來有些偏大，但她不這麼覺得。現代的這個年齡正是上大學的年紀，就當是考上了醫學院，堅持學習個四、五年，怎麼也能學得差不多吧？

她看著莫夫人，認真道：「承蒙夫人抬愛，可願意收我為徒？」

莫夫人聞言一笑，知道錢七明白自己的意思了。她確實是把錢七當成徒弟在教。

「既然要當我徒弟，為何還叫我夫人呢？」

錢七聞言一笑，直接改口叫了師父。

因著她不太懂古人拜師的禮節，詢問是否要行跪拜禮？莫夫人搖搖頭，道：「咱們不弄那些虛禮了，妳只要用心學，我自然就高興了。」

知道錢七不會真的做女醫開醫館，所以沒有了那些形式，也能少些麻煩。以她在杏林的名聲，要是傳出收徒弟的消息，錢七怕是別想清靜了。

但又怕錢七誤會，索性把這番話對她說了清楚。

錢七聞言，明白這是師父對自己的愛護。

她確實沒想過做專職的醫生，能做到的就是鄉里鄉親誰有婦科或兒科的病症，她能看的自然會看，專門開醫館，她倒沒想過。開醫館牽扯的精力太多，她又不缺錢，也沒必要弄這個。

至於名聲，在她看來都是虛的。既然偷來了這一世，當然要過自己想過的生活了。

她把自己的想法說了，莫夫人笑著點頭。「這樣挺好，誰說只有開醫館或者是當御醫，才是醫者的追求？妳這樣不求名利才是大善。」

開醫館有幾個不是為了賺錢、立志要做御醫的，又有誰是不為名利？那些當御醫的，此生除了給皇家人看診，又真能救幾人？

錢七這樣做更不易，也更純粹，方能守住本心，不用做些身不由己的事。

這話把錢七說得臉一紅。她這個真跟大善沒啥關係，只不過打算在有限的範圍內，做些自己能做的事而已。

她跟莫夫人又聊了會兒才抱著孩子告辭。

回去的路上把拜莫夫人為師的事，跟孫保財說了。孫保財聽了，含笑道：「恭喜娘子得拜名師。」

女醫本身就不多，醫術精湛者更少，莫夫人就是其中一位，所以他這話沒說錯。
至於以後如何做，兩人心中自有成算。

第五十八章

呂秀才等學生們都走了，才關了學堂大門，往自己住的小院走。

他現在已經知道，當初來請他的孫保財是位員外郎。

這位在他看來最不像員外的員外郎，竟然是被皇上親自下旨嘉獎的。村口立著的牌坊就是為他而立，自然也瞭解了稻田養魚之事。

紅棗村帶給他的震撼不言而喻，孫保財這人所行之事更讓他反思，讀書考取功名到底為何？

他曾經設想過，自己如果為官要如何如何，現在想來那些不過是空談，他連孫保財這樣都做不到。

功在當下，利在千秋。他嘆了口氣，看著遠處一笑。

他要在紅棗村多停留幾年了。

回到小院，看娘子已經做好飯，他看了眼桌上擺著的魚，不由笑道：「今天又有人來送魚了？」

在紅棗村裡，吃魚可能是最方便的事了，據說家家稻田裡都養魚，在這漸冷的時候也利用閒田養魚，所以最不缺的就是魚。

蔡氏聞言點頭一笑。「是啊，來人說大家商量好了，每天輪流給咱們送魚吃，怕你推遲，還說紅棗村除了紅棗就是魚多。」

以前她沒有接觸過村婦，沒想到她們這麼善良熱情。她們言語中都是對相公的感激，和對孩子們的期待。

呂秀才聽了，眼中含笑。「她們這麼說，妳就接著吧！田村長跟我說了，這些人家主動找他說了這事，他怕我多想，所以先跟我說了。」

現在學堂裡的娃娃還真有幾個是讀書有天賦的，好好教導，得個秀才功名還是沒問題的。至於舉人功名，他自己還是個秀才，其他的事他也不好妄言。

想到這裡，他不由想到羅斌。

這孩子已經過了十歲，但還是每日閒時便去學堂聽課。對於這樣一心向學的人，他也會不時指導。羅斌在這些孩子當中是進步最快的，可惜年紀偏大，再過幾年就到成親的年紀，靜下心讀書的日子不多，日後怎樣，還得看他自己。

來到這裡以後，生活上最大的改變就是不用每日為了柴米發愁，日子簡單悠閒，讓他們喜歡上這樣的生活，如今也已經不想走了……

翌日吃過早飯，孫保財和錢七把家裡收拾好。

錢七給孩子穿衣裳、餵奶；孫保財出去套車，把邵明修給的一箱書放到車廂的最裡面。又把他們的衣物還有月子期間別人送的文房四寶等物，包好放到箱子上方。

他再回屋拿了兩床被褥鋪好，做完這些，兩人帶著孩子一起回了紅棗村。

到了村口，孫保財把騾車停下，掀開車簾一角，探頭進去道：「要不要看看村口的牌坊？」

牌坊立完之後，錢七還沒有看過。

錢七笑著點頭應好，把睡著的孩子放到旁邊的被子上，這才起身出去，坐到孫保財旁邊。

她知道村裡修路的事，看著前方的四柱牌坊立在村口的小廣場前，心中竟覺這牌坊如此莊嚴神聖。

牌坊四柱刻著雕紋，正中間刻著「利在千秋」四個大字，四字的兩邊都刻有字體，因著這些字小看不清，猜想應該是介紹牌坊來歷吧。

她對孫保財問道：「說說有何感想？」

她都這樣震撼，想來本人感觸更深吧？

孫保財想著自己第一次看到牌坊上「利在千秋」四個大字時，心中確實有些滿脹感。這感覺不是以前努力工作的成就感，而是莫名有些自豪。

孫保財說了當時的感受，含笑道：「我覺得來到這裡，能為這裡做些什麼、留下點什麼，很開心。」

錢七聞言一笑，看著遠處的村子。就像孫保財說的，既然來這裡一回，總要留下點什麼。

這時忽然聽到孩子哼唧，她收起思緒。「走吧，先回去，估計你兒子又尿了。」這孩子只有尿床時才這麼哼唧，要是餓了會直接哭兩聲提醒她。

孫保財讓錢七進去後，才趕車回家。

兩人到家，推門進到屋裡，只覺特別暖和，知道是劉氏燒火了。

錢七讓孫保財先鋪床，自己給孩子換了乾淨尿布。

孫保財張望著沒看到爹娘，跟錢七說了聲，出去找人。

大門沒鎖，屋子燒了，應該不會走遠才是。但到溫室和茶寮攤子找了一圈也沒看到人，納悶到底去哪兒了？

錢七笑道：「可能去了別家。你在屋裡看著孩子，我去廚房看下。」

眼看著快中午了，看看有什麼吃食才好做午飯。

到了廚房，她看劉氏把飯蒸好，菜也切了一半放著，看來是臨時出去的。

孫保財等錢七走了，看小傢伙還在睡，索性研墨，打算練一會兒字，但是才剛鋪開宣紙就聽到孩子的哭聲。

他看了眼還在床上睡覺的兒子，確定他沒醒；出去找錢七，知道她也聽到一陣哭聲。但這哭聲明顯不是自己兒子的聲音，兩人一起出門去看，原來是劉氏抱著大丫回來了。

孫保財皺眉道：「娘，您快抱著大丫進屋。怎麼沒給孩子多穿點再出來啊，這是怎麼了？」

現在天涼了，大丫穿得也太單薄了。

劉氏趕緊把大丫抱到屋裡。她剛剛是氣糊塗了，忘了給孩子添件衣裳。

錢七上前接過大丫哄著，等孩子平靜些才問怎麼了？

劉氏嘆了口氣，皺眉道：「你大嫂跑來說老二兩口子打起來，老二媳婦被打跑了。我問了半天，老二也不放個屁，我看大丫在那兒哭，擔心她嚇到，就把她先抱回來了。你爹還在那兒問你二哥到底怎麼回事呢？」

屋子裡的東西都被砸了，也不知道是因為啥事？只聽老大媳婦說，老二媳婦被打得不輕，這會兒應該是跑回娘家了。

估計下晌劉家就得來人，所以她才把大丫抱回來，怕要是真鬧起來也顧不上孩子。

孫保財聽著，眉頭一皺。「我先去看看，娘在家哄著大丫吧，別過去了。」

錢七要做飯看孩子，恐怕顧不到大丫。

錢七看他走了，對著已經不哭的大丫輕聲道：「大丫乖，先跟奶奶去看著弟弟好不？三嬸給大丫做好吃的去。」

看大丫乖巧地點頭，便對劉氏道：「娘，您也別多想了，我先去給大丫做點薑棗水喝。」一先讓孩子喝點薑棗水祛祛寒氣。

她也不知道該說什麼？兩口子因為什麼事吵架，他們也不清楚，就算出主意也要先把事情弄清楚再說。

劉氏點頭應了。方才她問老大媳婦因為啥事，老大媳婦也說不知道，說是看老二媳婦跑了，知道事鬧大了才來找她，畢竟下河村的劉家可不是好相與的。

她和老二媳婦都是下河村的，自然知道娘家人是個什麼樣。

孫保財趕到之後，只見孫老爹、大哥、二哥都在堂屋，卻沒人說話。

他用眼神詢問大哥，看他搖頭，知道二哥還沒說出原因。

他進屋坐下，問道：「二哥到底怎麼回事啊？再生氣也不能當著孩子的面打架吧，你看看把孩子嚇的。」

兩口子吵架啥的他覺得正常，過日子哪有舌頭不碰腮的，但是要是動手的話那就過了。當然二哥是什麼樣的人他也知道，平日也不是暴脾氣的，在他眼裡看來，雖然有那麼點小心思，但終歸是個老實人。

不由琢磨，能讓老實人發火的，會是什麼事呢？

孫寶金看老二還是不吱聲，不由氣道：「到底怎麼回事，你倒是說說啊！一會兒劉家來找了，咱們也好有個應對。」

兩兄弟平時總在一起，他看著老二這樣，心裡也著急。

孫寶銀一聽，氣得嚷嚷道：「他們劉家要是敢來鬧，我就休了劉氏！」

真是欺人太甚，要不是他們劉家，他家那傻婆娘能被騙？他看是劉家人跟人合夥騙他家吧！

這般想著，想起老三認識的人多，便對著孫保財把原因說了。

「老三你可得幫幫二哥，要不這口氣我實在嚥不下。」

也是因著老三現在是員外郎，他才敢這麼說，要是家裡還是以前的境況，做哥哥的說啥也不會拿這事為難弟弟。

想到這裡，孫寶銀突然心裡一陣激動，眼淚便流下來。他用衣袖擦了下，看著家人，哽咽道：「這銀子要是真是用在看病吃藥了，我都不會這樣。我起早貪黑地出去賺錢，結果攢了幾年的辛苦錢都被騙了，現在想想都恨不得殺了那騙子……」

奈何問了小劉氏，說是買了最後一次符水之後就找不到人，他聽完就氣懵了，這才動手打了她。

孫保財聽了，心裡一陣唏噓。

原來二嫂是因為這幾年一直沒孩子，著急了，聽了娘家人的話，買了什麼符水喝，把家裡所有的銀子都敗了，一共十多兩銀子，這個數目對於農家人來說已經不少了。因為稻田裡養魚的收入可觀，所以二哥想著再買一畝水田，地都看好了，今天問二嫂要錢才發現這事的，一氣之下就打了二嫂。

真是不管古代現代，騙子這行當總有人在幹。

孫保財望著孫寶銀道：「這事等二嫂回來我再問問，到時看看能不能把這個騙子找出來？既然事已至此，你也別跟二嫂鬧了，二嫂之所以這樣，還不是急著給你留後？不管怎麼說，你也不該打女人。」

孫寶金聽著，用手捂了捂心口。這娘兒們要是敗起家來，可真是要命了！心裡打算回去警告下孩子他娘，要是他攤上這事也得跟二弟一樣。

孫老爹聞言看著孫寶銀，皺眉道：「錢可以再賺，別因為這事把情分打沒了。不過對於劉家，這事還真要好好說道說道。」

說完這話便看著孫保財，等著他說辦法。

眼看這樣，孫保財只能想辦法。他想了會兒，道：「二哥，你換身衣裳，咱們去告官。」

這是詐騙案，理應讓邵明修去查。

可這話一出，把孫家人幾個弄愣了。他們想著帶人去劉家鬧、去評理啥的，就是沒想過告官。

自古民不與官鬥，老百姓更是不願進衙門，出了事能自己解決的絕不會驚動官府，不能解決的就認了。

不過想著老三現在也是官身，想來進衙門也無事，於是孫寶銀點頭應了，回屋去換衣裳。

孫保財跟大哥和孫老爹交代了下，先回家跟錢七說一聲，等會兒讓二哥去家裡找他。

錢七熬了薑棗水讓大丫喝了，等她喝完又摸了摸她的頭，誇了聲真乖，給大丫拿了些堅果和點心。

看孩子露出笑容，她不由一笑，對劉氏道：「娘，屹哥要是醒了叫我。」

看劉氏點頭，這才回廚房做飯。

孫保財回來到廚房找錢七，跟她說了事情的原委。

「我一會兒和二哥去趟衙門，估計回來也晚，妳別等我了，睏了就先睡。」

錢七也沒想到是因為這事而打架，除了嘆氣也不知該說什麼？聽孫保財一會兒要走，忙給他盛了飯菜，讓他先吃點東西墊墊肚子。

孫保財簡單吃了些，等孫寶銀來了，兩人趕著騾車往縣城去。

劉氏看著哥兒倆一起走了，等錢七喊她吃飯時忙問是怎麼回事？聽她說完，氣得破口大罵。怎麼這麼沒天良啊！用符灰水騙人，不得好死！

這一連串罵人的話，把錢七弄愣了，回神一聽劉氏只是在罵騙子，都沒提到二嫂，眼中布滿笑意。這是位善良的婆婆。

劉氏罵完聽了她的話，嘆氣道：「娘還沒糊塗，不罵騙人的反倒罵被騙的。這人為啥會被騙啊，還不是善良、沒心眼，輕信人言嘛，妳二嫂這樣是心裡急了。」這日子過得好了，想得就多了。

錢七聽了心裡也不舒服，女人在這裡活著真不容易。

吃過午飯，劉氏帶著大丫回了自己屋裡。

錢七收拾完，回屋看小傢伙還在睡，拿了本醫書翻翻，把疑惑不解的地方寫在紙上，到時去醫館找師父解惑。

她一直弄到小傢伙哼唧了才放下筆，看著寫滿的宣紙，不由嘆了口氣。自己看書摸索，終歸差些。

以前莫夫人給的兩本醫書，知識比較淺顯，看著還容易些，現在這兩本都是涉及病症方面，有時候也理解不了。便想著以後要常往縣城跑了，要不然不懂的地方不弄明白，後面的更看不懂。

可是看到兒子又不由搖搖頭，有這小傢伙在。總往縣城跑也不現實。

她給孩子換完尿布、餵完吃的，陪他玩了會兒，這小傢伙又睡了。她到廚房弄了些溫水洗尿布，收拾完了繼續看醫書。

小劉氏跑回娘家，沒找到她大嫂，坐在堂屋裡就是一通痛哭。

劉家人聚集到堂屋，看小劉氏明顯是被打了，七嘴八舌地問過，知道是孫寶銀打的，劉家兄弟幾個捋胳膊要去孫家找孫寶銀算帳。

小劉氏看娘家人要去打丈夫，忙哭著上前阻止，這才說了原因。

劉婆子聽後愣了愣，沒想到這裡還有自家大兒媳婦的事。老大媳婦竟然跟閨女說，喝符水能治不懷孩子的病症，這閨女竟然信了，還瞞著女婿花了這些年攢的錢，十多兩銀子啊！聽得她都心疼，氣得直喊：「老大媳婦，妳給我滾出來！妳娘的，竟然這麼坑自家人！」

劉老大一聽竟然是自己媳婦教唆妹妹的，雖然也生氣，但知道自家婆娘是啥樣，這婆娘頂多愛占些小便宜，心地不壞，還不至於存心坑自家人，這事估計她也是被騙的，於是岔開話題。

「娘，雖然這事我媳婦有不對的地方，現在沒在家，等她回來您再罵她。先說說妹子被打這事吧，就算妹妹再怎麼樣，也不是他孫寶銀想打就打的吧？」

劉婆子瞪了老大一眼。就知道護著媳婦，不過想著老大說得也對，老大媳婦等回來了再收拾也不遲。

想罷便讓他們兄弟幾個去紅棗村找孫寶銀要個說法去。

劉老爹看兒子們都出去了，心中一嘆，也跟著出去。有他跟著，還不至於鬧大了。

小劉氏傻眼了，回過神看著娘哭道：「娘啊，您怎麼叫哥哥們去找寶銀了？寶銀氣急了還不得休了我啊！」

她知道這事是自己被騙，敗了家裡的銀子，她跑出來不是要讓娘家人去孫家找事，是想找大嫂問問，知不知道那騙子在哪兒，她要去把銀子要回來。

劉婆子聽了這話，嘆氣道：「就是讓孫家看看，咱老劉家閨女不能隨意打罵，要不這次孫寶銀打妳了，下次指不定還打。妳聽娘的，妳哥哥們就是去嚇唬嚇唬他。」

她也聽說孫家的三娃子現在是員外郎，可他們又不是去找員外郎的麻煩，而是去找自家女婿，跟員外郎有啥關係？所以她是不擔心有麻煩。

小劉氏聽了覺得這話不對，可又覺得對，一時竟不知該說什麼，兩眼淚汪汪地發愣。

她之所以會聽信大嫂的話，是心裡真急了。眼瞅著生完大丫都五年了，這肚子還沒動靜，家裡生活越來越好，手裡的銀錢多了之後，總覺得孩子爹會有一天因為沒兒子而不要她，到時候她可怎麼辦？

這念頭起了個頭就收不住，有時夜裡都睡不著覺，所以大嫂一說，誰家多年沒孩子的婦人喝了大師的符水，現在都有孩子了，她這才腦袋一熱，瞞著孩子爹，拿家裡的錢買了符

第五十九章

孫保財和孫寶銀到了縣衙，他讓孫寶銀稍等，他先去見邵明修。

邵明修聽孫保財來了，心裡納悶。他今天不是回紅棗村嗎，怎麼到現在還沒走？一邊示意把人請進來。

「今兒個不是回紅棗村嗎？怎麼，想通了，打算來幫我？」

要是不派人去請，他要是主動來找，多半是有事，便琢磨孫保財這次是為何事而來？

孫保財只是笑。「我回村了，發現一件極其惡劣的行騙案件，所以又回來找大人來報案了。」

他以前瞭解過大景朝律，這裡百姓到縣衙報案告官，只需要敲擊驚堂鼓即可，不像明清時候，到衙門擊鼓鳴冤要先挨一頓板子，挺過去才會接案審理。所以有時候也慶幸，是來到這個沒在歷史裡出現過的大景朝，這裡的律法還留給百姓一些人權和選擇——當然要是能不來就更好了。

邵明修聽了，眉頭一皺。極其惡劣的行騙案件？聽著是個大案的樣子，而且孫保財還特意來說明，看來這事不簡單，示意他說下去。

孫保財便把他二嫂被騙的事說了。

邵明修聽完，白了孫保財一眼。這小子剛剛絕對在誤導自己。

「讓你二哥去敲驚堂鼓，本官要審理孫師爺說的『極其惡劣』的行騙案件。」

孫保財聞言一笑，沒有理會邵明修的諷刺，謝過後起身出去找他二哥，讓他擊鼓上堂。

隨著咚咚咚的驚堂鼓響起，由紅棗村孫寶銀報案的符水行騙案，清理了一批在東石縣招搖撞騙之人。

劉家兄弟幾個和劉老爹來到孫家，本想找孫寶銀算帳，沒想到沒見到孫寶銀，只看到了孫老爹和孫家寶金。

孫老爹看劉家人來了，劉家兄弟們幾個進門就嚷嚷，不由皺起眉頭，但仍是客氣道：「咱們都別嚷嚷，有事進堂屋裡說。」

劉家兄弟在長輩面前也不好叫囂，索性跟著自家爹進屋，看看孫家怎麼說？沒看到孫寶銀，還以為這小子怕事，躲起來了。

孫老爹等人都坐下，讓老大沏了壺茶水給他們倒上。

從老二和老三走了之後，就一直在這兒等著劉家人。

看著劉老爹，他誠懇說道：「親家，這事其實老二兩口子都有錯，我家老二不該動手打媳婦，這事我作主，讓他給你閨女賠禮道歉。但話又說回來了，老二媳婦千不該、萬不該，瞞著老二買啥符水喝。這事你們應該也聽說了吧？我家老二這幾年辛辛苦苦攢的那點銀子，都被他媳婦買了符水……」

說到這裡，又嘆了口氣。老二和老大這兩個兒子攢點錢不容易，他們攢的錢都是吃苦受累換來的，不像老三出去轉一圈可能就弄回銀子，所以他聽說這事時也為老二心疼。

但事情出了也不能光埋怨指責，總得解決不是？

至於老二說的氣話要休妻啥的，他們老孫家還做不出這事。人家老二媳婦嫁過來時又不是不能生，生孩子傷了身子，還不是給他孫家留後才傷的，至於這回被騙了，則是另一回事。

想罷，孫老爹繼續道：「今兒個你們來，老二不在家，咱們都別吵鬧，有話就好好說，咱們畢竟以後還是親家，不能把情分鬧沒了對吧？」他望著劉家人。「我家老二也不是躲出去，而是跟老三去衙門報官了。所以今兒個你們是見不到他，等老二回來，我讓他去接他媳婦。」

劉家人沒想到孫寶銀沒在家，是去衙門報案了，這是萬萬沒有想到的。不是生死不見官，這是老祖宗留下的話。不過想著孫家老三如今是員外郎，覺得這事也在情理之中。

這會兒劉家兄弟幾個心裡才有些後悔自己衝動了。孫家跟以前已經不一樣了，而且人家孫老爹這話也給足他們劉家臉面，要是再鬧可就是沒理了。

劉老爹聽了孫老爹的話，也露出笑臉。這樣最好，老婆子就是擔心孫家以後不待見他閨女，現在有了孫老爹這話，心也放下了，開始跟親家說起寶銀去衙門的事，銀子要是能追回來就好了。

等送走了劉家人，孫老爹才往回走。

而劉家人回到家，把事情說了一遍，劉婆子聽完，心裡可鬆了口氣。

就憑著孫家人因為這事敢去報官，孫家還給他們劉家這個臺階下，他們家要是再鬧，可就不識抬舉了。

她看了眼已經不再抹眼淚的閨女，嘆了口氣。唉，這要不是她閨女，她都恨不得打她兩巴掌！怎麼就這麼蠢呢？這十多兩銀子要是去縣城醫館看病吃藥，說不定孩子都懷上了。

劉老大回屋看媳婦回來了，皺眉道：「妳是不是跟我妹妹說啥喝符水能治懷不上孩子？妳可別強嘴，我妹現在可是在家呢，把這事都說了，妳要是覺得她冤枉妳，咱們現在就去對質。。」

關氏聽了也不否認，笑道：「我是跟她說了。妳妹妹生完大丫都快五年了，我這不是也好心想幫幫她嘛。」

劉老大看媳婦這樣，也懶得搭理她，只是提醒了下她，娘一會兒肯定要找她算帳。

關氏聽了不以為意。找她又怎麼樣？她不是也是好心嗎？想著最近手頭寬裕不少，不由開心得笑了。

只不過還沒等劉婆子找關氏，衙門的人先來了，把關氏直接帶走，就說了句關氏跟一樁行騙案有關。

劉家人傻眼了。什麼行騙案啊?!

等關氏喊叫冤枉的聲音遠了，大家這才反應過來。不會是孫家告官的事吧？

劉老爹讓劉老大拿些銀子跟著去。這不管怎麼回事，他們家也得去個人。

最後，小劉氏也沒等孫家來接，娘家人直接讓她回去，問問到底怎麼回事？

孫保財看邵明修一連串命令下去，這架勢不會是要連夜審案吧？知縣大人用心辦案，辦的還是他家人的案子，他當然要陪著了。

只不過最後的結果，原來騙二嫂這事，她的娘家大嫂也參與了！倒不是主謀算計人，而是貪圖小便宜，人家讓她介紹需要符水治病的人，答應給她回禮。結果關氏就想到了小姑子多年未懷孩子，這好事介紹給小姑子，她還能得些錢。

而且騙子的陷阱也挺深的，據騙子交代，他們都是以這些靈符被大師開過光為由頭，欺騙那些多年無法懷孩子的婦人。這樣的婦人因多年無子，心裡比較急躁，都是擔心無子被休啥的，稍微給她們一點希望，她們就會上當。

最讓孫保財生氣的是，這騙子也太損了，跟那些找他的婦人說，喝一瓶符水三個月後才有效果。等了三個月人家去找了，又說這是多年頑疾不好治，再喝兩瓶準能懷。

給了這些婦人希望，又一次次欺騙她們，只要她們還能拿出錢來，就繼續騙下去。而且這法子騙人也不容易揭穿，一騙就是一年半載的，上當的婦人多半為了種種原因都選擇隱忍。

這回要不是受騙的是二嫂，被他們告了官，說不定什麼時候才能被揭穿。

邵明修審案時，聽了騙子的供訴，看了孫保財一眼。這還真是一起極其惡劣的大案。

於是審訊時直接大刑伺候，最後騙子被關押，來日再審。倒不是邵明修不想今天判了，而是審問騙子時又審出了其他事。

至於關氏被打了二十大板，由劉家人領回。

孫保財回去把經過跟錢七說了一遍，錢七聽了也是一陣唏噓。

這騙子把人心研究得太明白，像小劉氏這樣的，很難不中招。

這天，莫大夫回到後院，看夫人還在收拾，無奈一笑。「妳還真打算把我扔下，自己去紅棗村啊？」

玉娘收完徒弟就惦記上了，想了一天跟他說要去紅棗村教徒弟。

玉娘看老頭子這樣，不由好笑。「你又不是不知道，醫道上要是沒人指點，學起來有多難。我這好不容易收個徒弟，當然要親自教導一段時日才行。」

自己看醫書學習，容易理解錯誤。醫者給人看病看的是生死，給病患錯診用錯藥，那可不是小事。

所以錢七走了之後，她就琢磨怎麼教她，這聲師父可不能讓她白叫。

現在錢七剛生完孩子，讓她來醫館學也不現實，想了一通，最後決定自己去紅棗村。

反正她現在也無事，去了紅棗村也能清靜些。今兒個便讓人給錢七捎了信，告訴錢七她三日後過去。

這幾天她把要帶的東西準備好，想到這裡，她對老頭子道：「你把醫館現在有的藥材每樣都給我包一點，到時我好教錢七如何辨認藥材。」

醫者要對藥材的藥性熟悉掌握，這樣才能在開方子時開出對症的藥方。

想罷又拿了一套銀針，把相關的醫書放到箱子裡。

莫大夫笑著應了，但看到玉娘收拾出來的東西，心裡莫名有了不好的預感，小心翼翼問道：「玉娘，妳打算在紅棗村待多久？」這東西未免太多了吧，看著就是要去常住的。

玉娘回了句。「待到錢七學有小成我就回來。」

她既然去了，肯定要把錢七的基礎打好了。

這話一出，莫大夫心裡咯噔一下。那錢七要是學得慢，得要多久？便開始勸說玉娘，讓她別去太久。

莫夫人看老頭子這樣，不由一笑。「你啊，年紀大了，精力明顯不如以前了，不如早些把醫館交給徒弟，到時你去紅棗村陪我不就好了？」

兩人一生懸壺濟世，也該歇歇了。他們就一個兒子，如今在京城為官，他們夫婦最遺憾的是兒子對當大夫不感興趣，一身精湛醫術，只能各自找徒弟傳授。

老頭子還好，早年收的徒弟，現在都能獨當一面。至於她在收徒上就比較艱難，遇到的糟心事也多；現在收了錢七，就想把她教出來，自己也就無憾了。

這醫館早晚都要交給徒弟，他們年紀大，精力跟不上，在她看來，晚交不如早交。

錢七接到師父的信，得知她老人家要來家裡住一段時間，心裡一陣暖意流過。

師父這是為了教導她醫術，才會離開醫館過來紅棗村的。

信中說了三日後來，還叮囑了她不用去接。

她把信遞給孫保財，笑道：「你先在這兒看著孩子，我先把東屋收拾出來。」

當初他們為了方便，在自己屋裡又加了几案和書架，不管是看書、練字都在這兒，東屋便一直空著；加上這幾個月都在縣城，也沒收拾過，這會兒師父要來，自然要好好收拾一番。

孫保財點頭應好。莫夫人能如此行事，可見是真心喜愛錢七。

他看兒子沒有要醒的意思，索性找了一本書翻看，省得邵明修總諷刺他沒文化。

柳壆玉在臨安府和東石縣各買了一座臨街帶鋪面的宅子，現在這兩處宅子都按照孫保財的建議裝修中。

前面的鋪子用來日常派活、接訂單、接待顧客，後面的宅子大多被改成了倉庫。現在先開設兩家貨運行，等到順利運作起來，會陸續在其他地方設點開貨運行。

貨運行初初成立時，主要是接魚罐頭加工坊的訂單，現在貨運行對外招攬會趕車的長工。

想到孫保財的那套宣傳方案，他對貨運行以後的生意充滿信心。

這貨運行的名字也要儘快定了，因為再過幾日，鋪子裝修完了就該開門營業，牌匾要提前做出來才行。

前幾天，他去找孫保財問問貨運行叫什麼名字好？想著這計劃書都是孫保財寫的，他也是貨運行的東家之一，這人光拿乾股，不讓他幹點活，心裡就是不舒服。

結果這傢伙說什麼，就叫「陸路通貨運行」。

當時他翻了個白眼。這麼直白的名字怎麼能行？陸路通一聽就沒有深意，當即表示這名字不行，讓他再想想別的。

結果孫保財給他解釋了這名字的好處，說什麼就是直白才會被人記住。「陸路通貨運行」人家一看就知道幹什麼的，又跟他說了店鋪名字能讓人記住的好處。

後來他也說了幾個名字，比如剛剛寫的四海貨運行，結果被孫保財嘲諷，說貨運行又不是海上運輸，叫什麼四海啊？

當下他被孫保財肚中無半點墨水的樣子氣壞了，當即拂袖走了。

可現在把「陸路通貨運行」這幾個字寫在宣紙上，看著這俗氣好懂的名字，莫名怎麼越看越順眼呢……

錢七收拾好東屋，回屋看孩子醒了。「怎麼沒叫我呢？」

她走到床邊看小傢伙啊啊啊的，也不知道跟孫保財在聊什麼？

孫保財笑道：「我看他沒哭，想著應該是不餓，就沒叫妳。」

話落又看著小傢伙，啊啊兩聲回應他。現在「啊」這個字，是他們父子日常交流的常用語。

錢七看著好笑。這會兒小傢伙也看到她了，開始啊啊跟她揮手。她笑著把他抱起來，給孩子餵吃的。

孫保財看兒子吃飯了，也不再逗他，琢磨著過段時間在床邊裝個護欄，省得過幾個月他會爬了，他們要是不注意就摔了。

剛剛他在看書，抬頭一看小傢伙已經醒了，在床上不出聲地來回轉頭張望。當時他就覺得，這要是會爬了，估計掉到地上才知道他醒了！

錢七餵完小傢伙，給他拍完嗝又放回床上。

看他繼續啊啊啊地跟孫保財玩，笑著親了下他，才跟孫保財說了要去做飯。

孫保財聞言道：「妳看著他吧，我去做飯。」

孩子身邊始終要留個人，錢七都忙活一上午了，想讓她歇會兒，這才剛出月子不能累著。

錢七笑著搖頭表示不用。她吃了一個月兩位母親做的月子餐，現在就想自己做飯吃，因此回家後，每每劉氏去廚房都讓她找了由頭勸出來，並表示以後她來做飯。

她打算先去溫室摘些菜。

溫室今年種了韭菜、蔥、黃瓜和茄子，因著她要生產，所以也沒有多種，等明年再多種幾樣，能吃的蔬菜種類也多些。

錢七摘了兩根黃瓜放到籃子裡，又割了些韭菜，起身看著溫室裡一片綠油油的，眼底全是笑意。

弄這個溫室的決定非常正確，冬日裡能吃到綠色蔬菜，真的是件幸福的事。

第六十章

孫保財把兒子哄睡了，打算到廚房去看看。不過剛起身走到堂屋，便聽到一陣說話聲，出去看是田村長來了，笑著把人請進屋。

田村長坐下後，直接說了來意。

這眼瞅著要上凍了，他家要殺豬，以前孫保財說過他要買些豬肉，他今兒個來就是問問能要多少斤，到時他統計好了，決定要殺幾頭豬。

村裡無論誰家養豬，都是先問村人誰家要買豬肉，湊得差不多再殺。這樣賣了之後，留下自家吃的還能得些豬下水啥的，比賣給豬販子合算，還有剩餘的才會賣給豬販子。

孫保財思考了下，笑道：「村長，今年你家要賣幾頭豬啊？」

他想多買些才這麼問。今年他得了皇上的賞賜，又當了父親，所以今年的年禮想給相熟的多送些。糕點、堅果、酒啥的看著是好看，就是不實惠，錢還花不少。

特別是酒，都捨不得喝，不是留著送人就是放著。所以剛剛田村長說起豬肉，他想著與其送那些中看不中用的，還不如送些豬肉實誠些。反正送的不是親戚就是相熟之人，大家也不會挑理。

田村長笑道：「今年養了十頭豬，打算留一頭自家吃，其他的都賣。」

今年光景好，稻田養魚賺了不少，所以今年留一頭豬，給孩子們吃肉，解解饞癮。

他都跟家人說了，要是每年都像這樣光景，家裡每年都留一頭豬吃。想著孩子們聽到後的歡呼聲，眼裡全是笑意。

孫保財聞言道：「那我要三頭吧。」

半扇豬肉就夠他們家吃，除了豬肉，他還會買些野味，再說家裡還有好些魚。錢七比較喜歡魚，這半扇豬肉主要是他和劉氏、孫老爹吃。

田村長一聽要三頭豬，眉開眼笑地應了，也明白孫保財要這麼些是要送禮。

兩人又說了會兒話，約定好殺豬時間才起身告辭。

送走田村長去了廚房，錢七這會兒已經炒好菜，看孫保財進來，讓他去叫爹娘吃飯。

她把飯菜端出去，又回屋看了眼兒子。

今天總算能好好吃頓飯了。平時每次飯點，這小傢伙都要醒來，忙活完了才能去吃飯。

吃飯時，孫保財說了買豬的事，錢七也覺得送些實惠的挺好。

特別是豬肉貴，平常人家根本捨不得買，要是別人送的，你又不能變賣，不吃就壞了，所以捨不得也得吃，孫保財這主意好。

劉氏聽了心裡一顫。三頭豬，那得多少銀子？不禁瞪了孫保財一眼，本想說他幾句，最後還是忍住。

她說了這小子也不會聽，再說又沒要她掏錢，買這些豬也是要送禮用，但終歸是心疼，吃飯時不覺便板著張臉。

孫保財看他娘這樣，好笑地道：「娘，我這不是尋思著豬肉實惠嗎？您想啊，我給大哥、二哥送豬肉，那還不是給您孫子、孫女吃了？」

在劉氏心裡，兒子們都是草，孫子孫女們才是寶。

劉氏一想也是，老大、老二家一個月能吃兩回肉就不錯了。孩子們都是長身體的時候，三娃子這樣做，孩子們還能多吃些，這般想著，反倒覺得三娃子送豬肉挺好的。

孫保財看劉氏有了笑意，和錢七相視一笑。

老人家有時候很好哄，在她不樂意的時候，及時疏導情緒，只要不讓她產生積怨，一家子和睦相處很容易。

符水行騙案在兩天後定案，行騙之人因受騙的錢財巨大，直接被判處斬首示眾。因行騙之人揮霍無度，繳回的錢財不多，知縣大人依照審問出的被騙之人，按著人頭把追繳回的錢財均分給每人。

為了婦人的聲譽，他派了縣衙裡的衙役家屬私下送還銀錢。

小劉氏接到二兩銀子之後，失聲痛哭，哭得孫寶銀一陣心酸，拉起自家婆娘回了屋，對小劉氏安慰道：「別哭了，這不是要回來個零頭嗎？妳以後別傻乎乎的，啥人的話都信。銀子沒了，咱們以後再賺吧！」

都這樣了，這要是不去報官，連這二兩銀子都沒有。

至於婆娘的娘家大嫂，據說現在還在床上躺著呢！劉家人也上門賠禮道歉了，這以後親戚還得走動，所以事情就這麼算了吧！

小劉氏聽了，哭得更傷心了，嘴上一個勁兒地說自己錯了。嗚嗚……十兩銀子就這麼沒了，當家的也原諒她了，可她這心裡就是難過……

孫寶銀看她這樣，只得上前把她抱在懷裡安慰。

錢七想著師父應該會在中午之前到，所以吃過早飯，把兒子哄睡了，就到廚房準備午飯，主要把中午要做的菜提前處理。

連青菜帶魚啥的，她準備了六個菜，做完這些才回屋裡休息。

進屋只見孫保財擺了一地的木製品，這些都是給孩子準備的學步車和玩具。

這些東西拿回來之後就放到了庫房，現在就看孫保財拿著抹布挨個兒擦拭，不由笑道：「怎麼想起來把這些拿出來了？孩子還小，也用不上。」

看小傢伙還在睡，她走過去幫著孫保財一起擦。

「我這不是沒事嗎？這小子一直在睡也不理我，我尋思這裡有沒有能用上的，就都翻出來看看，順便擦擦。」

還真被他找出了能用的，比如坐式便盆還有小床。

錢七看了下孫保財說的東西，不由好笑。便盆也得等孩子能坐了才能用吧？

至於小床，怎麼也得等開春之後，現在天冷，就算屋裡再暖和，也不能把這麼小的孩子放在小床裡。

不過看孫保財這麼積極，也不好打擊他，索性聊起了別的。

「明年咱們村的魚苗有著落了嗎？」

明年，東石縣要全縣推廣稻田養魚，屆時魚苗的需求量大增，如果不事先預備好，到時沒有魚苗或者要高價購買魚苗，那就得不償失了。

她就是在處理魚的時候突然想到了，想著先提醒他。

孫保財只是笑。「邵明修早想著這事了。現在東石縣的魚池都在養魚種，供應一個東石縣還是夠的。」

不過這也不是長遠之策，萬一魚苗供應斷了，到時稻田裡只能種水稻。

至於錢七說的，有養魚的借機抬高魚苗的價格，這事現在不會發生，畢竟邵明修看著呢，他是不會容許別人在推廣稻田養魚的事上挑事的。

如今東石縣還未引起外部勢力關注，但再過兩年，東石縣必然會湧進各方勢力，到時邵明修想控制也難。

這般想著，又覺得有必要找田村長說說，看看能不能村裡自己養魚苗，供應自己村子的需求？這樣的話，也算上了雙重保險。

他琢磨這事最好是村裡接過去，利用集體用地所得在河邊挖塘養魚苗。這樣放水、排水都方便；而且魚苗是村裡的，到時公平分配給村人，讓魚塘跟大家息息相關，也能更好地看護。

兩人擦完地上一堆東西，孫保財留下幾樣，又全部搬到庫房放起來。

錢七心裡明白，看來孫保財在家太閒了。

「你該幹啥就幹啥去，不用總在家待著。」

她又不是忙不過來，現在孩子還不會爬，醒了她沒在的話，也頂多就是哭兩聲。再說劉氏也在家，她要是做飯要忙什麼的，讓劉氏幫著看一會兒就是。

孫保財聞言，一臉委屈。「有了兒子就嫌棄我了？」

他是待著沒意思，想找點事幹。以前錢七做飯他能在旁邊幫忙，覺得挺有意思，現在要看顧小傢伙，不能去廚房了，所以才把那些東西掏出來擦拭。

錢七聽了好笑，調侃了句。「哪敢嫌棄員外爺？」

兩人笑鬧了會兒，眼看時間差不多了，孫保財趕去村口接人。

只見遠遠過來兩輛馬車，他還想著應該不是莫夫人。莫夫人就一個人來住，不至於用兩輛馬車吧？

但等到馬車在跟前停下，才知真是莫夫人的，只得壓下心裡的詫異，笑著把人請到家中。

劉氏過來得知兒子去村口接人了，索性留在家跟老三媳婦一起等著。

莫夫人要來住的事，三娃子跟她說過了，也知道人家對自家的恩情，這要是沒有人家，她家小孫子指不定怎麼樣呢。

聽三娃子說莫夫人相中老三媳婦，要教她醫術才來家裡住的，她可是高興壞了。

這可是天大的好事，她再沒見識也知道，對老百姓而言，要學一門手藝可不容易。村裡有好幾戶人家，把自家小子送去酒樓、打鐵鋪當學徒，這不給錢不說，一天可累了。

這又想到老二媳婦，她忍不住揉了揉眉心，看著錢七道：「妳說妳二嫂還能不能治好了？」

雖然老二媳婦出了這事，但終歸是要跟老二過下去的，這以後不能沒有兒子啊！這麼問也是想幫幫她。

錢七聞言一笑。「娘，您別急，我師父來這裡住，到時我讓她給二嫂看看。」

還有她六嫂，趁著她師父在，最好把兩人都治好了，要不以後不定會發生啥事呢！

這次二嫂被騙，失了錢財，但人沒事是還好，不過她倆的病不治好了就是個隱患。

劉氏放心地笑了，看屹哥兒醒了，忙去看他。

錢七聽到外面的聲音，知道人接回來了，跟劉氏說了聲便往外走。

出來一看師父已經進到院中，忙笑著上前挽住她，詢問路上是否辛苦？

莫夫人聞言笑道：「不辛苦，就是年紀大了，不愛長時間坐馬車了。」

錢七把師父請進堂屋坐，她去沏茶。

劉氏聽到聲響，也抱著小孫子出來跟莫夫人打招呼。看老三媳婦不在屋內，索性坐下陪著說話。

錢七出來看兩位老人聊得還挺好，給師父倒完茶水又出去幫忙。

院中放了四個大木箱，她不由好奇師父都帶了些什麼？

劉氏看莫夫人還穿著外出服，笑道：「大妹子先去換身衣裳吧，把這兒當自己家，在家怎麼樣在這兒就啥樣，可別客氣了。」

莫夫人笑著應了。這老姊姊挺有意思的，不但健談還自來熟，剛說了會兒話就開口閉口叫她大妹子，讓她莫名親切。

剛剛話裡也透露了自己二兒媳婦的事，她表示讓錢七先看，然後她在旁指點。

莫夫人回了錢七準備的屋子，看著屋裡打掃得乾乾淨淨，眼底全是笑意。奇怪的是，沒看到炭盆，屋子裡還暖和。

她轉了一圈，發現有一面牆是熱的。她知道地龍，但用牆壁散熱取暖，還是頭次看到，倒覺得這樣很好，屋子裡沒有炭火氣，對身體也好。

她拿了件常服換上，打開屋裡的櫃子，一邊收拾，不太明白衣櫃上方為什麼有個橫桿，上面還掛著些奇怪的東西？

出於醫者的好奇心，她拿下來看了下，琢磨這東西既然放在衣櫃裡，肯定是有什麼用處。

這般想著，她拿起一件常服，把這東西套上去又重新掛回去，看著衣服直立在衣櫃裡，眼睛不由一亮。

這東西好啊！這樣的話，衣服就不容易出綯褶，還可以吊放在衣櫃裡。這麼一個小東西就能掛一件衣裳，比他們日常用的衣架方便，而且掛的衣物更多。

錢七聽說師父回屋了，於是走到東屋敲門，進去就見師父在整理衣物，笑著過去幫忙。

她是想問問師父吃飯是否要分桌吃。因為村人不講究這些，跟自家人都是一桌同食。

莫夫人笑道：「我老婆子不講究那些，跟你們一起吃就好。」

年輕時還注意些，但年紀越大，看過的生死越來越多，這些死板的規矩有時覺得真的沒必要較真遵守。

錢七笑著點頭應好。

莫夫人看了眼衣櫃，詢問那個掛衣裳的叫什麼？錢七道：「也叫衣架。」笑著解釋了下原因。

她和孫保財都覺得，這裡的衣架太大、太占地方，跟明代的差不多，都是站牙立柱上，設有橫桿，兩端出頭雕有紋飾，好看是好看，就是不太實用。

放在洗漱間還好，洗澡時把衣服直接搭上，比較方便。但如果放一個衣架在屋裡，大多就是晚上睡覺時搭衣服用，白天為了好看也不能用。再說其他衣物都要疊放在衣櫃裡，穿的時候都被壓出縐褶了。

所以她和孫保財商量，做了懸掛衣架來用。

莫夫人聽了，心裡對錢七和孫保財更加讚賞，看得出兩人是喜愛生活之人。

一到飯桌，莫夫人看到桌上的菜色，又是一臉驚訝的表情，看著錢七詫異道：「妳家有火室嗎？」

除了這個原因，不可能有這些菜。

她突然覺得，她收的這個徒弟有些不一般，或者說他們家不一般。會散熱的牆、衣櫃裡的衣架，這會兒可能家裡還有火室，這麼一對比徒弟家的生活，她和老頭子這些年過得真是有些太馬虎了。

錢七點頭笑道：「家裡是有個小火室，是今年蓋的。師父有興趣，吃過飯我帶您去看看。」

莫夫人道了句不急，吃過飯，先把帶來的東西歸置下。

幾人吃了飯，孫保財回屋看孩子，錢七和劉氏幫著莫夫人整理東西。

當她們把箱子打開一看，裡面全都是跟學醫有關的東西，光是小包的藥材就有兩箱子。錢七的眼眶莫名有些濕潤。

有個人能這樣真心為你，心裡怎能沒有觸動？特別是她跟莫夫人相識時間不久，竟能得她如此相待。

她眨去淚意，對著師父誠摯道謝，此生能得這樣的恩師是她榮幸。

莫夫人只是笑著。「傻孩子，我做師父的自然要好好教導，所以妳要有些準備，我可是很嚴厲的。」

把一身醫術傳授下去，是她現在唯一的心願了。

劉氏心裡也為老三媳婦高興。她看這裡的活計不多，師徒倆想來也是有話要說，於是笑道：「妳們師徒倆忙吧，我先去趟老二家。」

錢七知道婆婆是要找二嫂去，笑著點頭應好。

莫夫人也明白，讓劉氏把二兒媳婦帶過來。

劉氏一聽立刻笑開了眼，高興地謝了一通。三娃子說莫夫人醫術精湛，在什麼林屆很有名望的，她一定能治好老二媳婦。

出去時，她走路都覺得輕飄飄的。

莫夫人等劉氏走了後，開始跟錢七收拾，每拿出一樣藥材，就跟錢七講解一番，也不指望她一下全能記住，有個印象就行，到時開藥方多了自然能記住。

劉氏心情很好地來到老二家，進門看大丫沒在屋內，老二媳婦在那邊抹眼淚邊繡東西。她嘆了口氣走過去。

對於老二媳婦，她現在是連罵都不想，就是心疼老二，這又開始起早貪黑地出去跑貨了。

「做針線抹眼淚，眼睛還要不要了？」

小劉氏低低地喊了聲娘。她也知道這樣對眼睛不好，就是一個人的時候，特別恨自己怎麼那麼蠢？本來孩子爹說這個冬天收成好，打算不那麼累了，隔幾日出去一趟，賺些固定生意的錢就成。

現在就是為了她，每日又得起早出去忙。

劉氏看了皺眉道：「行了，擦擦眼淚，跟我回趟老三家。老三媳婦的師父來了，讓她給妳看看。」

小劉氏聽了沒明白。啥師父？看啥呀？

——未完，待續，請看文創風704《娘子不二嫁》3（完）

2018年12月出版

大笑迎貴夫

文創風 699～701

出得廳堂，入得廚房；打得了惡人，治得住霸王。
這英姿小娘子太合他心意，只能窮追不可放過啊～～

俏女當關　誰與爭夫／漫卷

電競高手穿成身世成謎的孤兒，李彥錦簡直嚇傻了，
不但被個小姑娘撿回去養，家裡還有標準女兒控的老爸！
更鬱卒的是，那丫頭伶牙俐齒兼天生神力，講得贏他、打得過他，
害他這積極打工抵房租的好男兒險些憋死，只恨自己穿不逢時啊……
可父女倆待他實在沒話說，包吃包住手藝堪比御廚，又領他拜師學功夫，
讓他忍不住偷偷想，若能與他們當真正的一家人，許是個不壞的主意呢……

寧國女將軍謝沛重生了，立志扭轉前世悲劇，討回自己的幸福，
從此她忙得團團轉，要精進武藝、打理自家飯館，賣豆腐賺賺私房，
還得三不五時路見不平，順道把前世害她家破人亡的仇人一鍋端了。
小日子美得沒處挑剔，唯有一事讓她頭疼——
女大當嫁，可她放心不下善良得被當包子捏的阿爹，乾脆招個贅夫吧！
至於人選嘛……就挑寄居她家、多才多藝的小郎君李彥錦如何？

2018年12月出版

胖妞秀色可餐

文創風 697～698

前世的李何華身材窈窕，現在卻被罵大肥豬、母老虎，
身為女人怎能忍？不瘦下來，誓不罷休！
但她還要靠美食掙錢，這每天聞香，還減不減得成呀？

慢熬世上兩種情，咀嚼真摯與細膩／一筆生歌

嗚嗚，她李何華是招誰惹誰，
出身廚神世家，被視為難得一見的美食天才，
如今卻穿成一個十惡不赦的大胖妞，連小孩都唾棄！
聽說原主好吃懶做、蠻橫霸道，
不僅會欺負婆家人，還把兒子虐待成自閉症！
身上那麼多黑鍋，她揹不來啊～～
村人早想教訓她，找上門來要跟她拚命，
誰知她的夫君張鐵山人如其名，鐵面冷酷，也不幫忙，
竟說容不下她這尊大佛，扔了紙休書給她，要她滾蛋！
可她才剛穿來，身無分文，上哪去討生活呀？
她好說歹說，只差沒對天發誓，他才大發慈悲收留她一段時間，
但前婆婆和小叔冷眼對待，還把她沒做的壞事扣到她頭上，
這寄人籬下的滋味真是苦，她決定要自立自強，另謀生路，
自古「民以食為天」，靠她的絕活，還怕收服不了吃貨們的舌頭？

為流浪貓狗加油 和貓寶貝 狗寶貝

廝守終生(一定要終生喔！)的幸福機會

對人來說，貓寶貝狗寶貝只是生活的一部分，
但妳（你）對牠們來說，卻是生活的全部，領養前請一定要考慮清楚——

▲ 純真的運動男孩　小咖啡

性　　別：男生
品　　種：米克斯
年　　紀：約3歲
個　　性：活潑、開朗
健康狀況：1.已結紮、注射晶片，已完成預防針注射，約18公斤
2.領養前出過車禍，有開刀，已痊癒；
領養後做過健檢，顯示都很正常
目前住所：台南市

『小咖啡』的故事：

悠太是在虎尾跟小咖啡相遇的。她第一次見到小咖啡時，小咖啡正在動物醫院，牠因為車禍導致右大腿受傷，被一位愛心的狗媽媽救下，送到醫院來。悠太當時看到小咖啡的處境後，便決定要將小咖啡帶回家，好好照顧牠。

悠太表示，經過一段時間相處後發現，小咖啡就像個天真爛漫的大男孩，喜歡吃東西，也很喜歡運動，且平時也都十分地乖巧，很討人疼愛。悠太還特別提到，她常常都會看到小咖啡的眼神中，流露出單純的快樂與希望，讓她也不自覺地嘴角也跟著上揚。

然而，雖和小咖啡生活的時間不長，但悠太仍察覺到小咖啡似乎開始有些不開心。因為悠太目前仍是學生，有時為了課業，她難以全心全意陪著小咖啡；還有，令她最難受的是，她無法提供小咖啡良好的活動空間。悠太說，即便她很喜愛小咖啡，但是為了能讓小咖啡過得更好、回到以往的開心時光，她只好為小咖啡找到一個更適宜的環境，她想為牠找尋一個愛牠、給牠溫暖的家。

運動時也想有人一起陪著努力嗎？小咖啡是個非常好的候選者喔！趕快接牠回家一起運動吧～請來信b5905490@gmail.com（悠太）。

認養資格及注意事項：

1. 認養者須年滿20歲，並有穩定的經濟能力。
2. 須同意簽認養寵物切結書，並讓中途瞭解小咖啡以後的生活環境。
3. 能有充足的時間陪伴小咖啡，以及有足夠的空間能讓小咖啡活動。
4. 小咖啡因出過車禍，所以稍有些怕車。
5. 小咖啡會暈車，若需長途坐車，得適時休息，帶牠下來走走，呼吸新鮮空氣。
6. 中途願意將目前之狗屋、玩具、飼料、零食等，給小咖啡的新主人。

來信請說明：

a. 個人基本資料：姓名、性別、年齡、家庭狀況、職業與經濟來源等。
b. 想認養小咖啡的理由。
c. 過去養寵物的經驗，及簡介一下您的飼養環境。
d. 若未來有結婚、懷孕、出國或搬家等計劃，將如何安置小咖啡？

文創風 703

娘子不二嫁 2

國家圖書館出版品預行編目資料

娘子不二嫁 / 淺笑著. --
初版. -- 臺北市 : 狗屋, 2018.12
冊 ; 公分. --（文創風）
ISBN 978-986-328-944-9（第2冊：平裝）. --

857.7　　107018145

著作者	淺笑
編輯	張蕙芸
校對	黃薇霓　簡郁珊
發行所	狗屋出版社有限公司
地址	台北市104中山區龍江路71巷15號1樓
電話	02-2776-5889～0
發行字號	局版台業字845號
法律顧問	蕭雄淋律師
總經銷	知遠文化事業有限公司
電話	02-2664-8800
初版	2018年12月
國際書碼	ISBN-13　978-986-328-944-9

本著作物由北京晉江原創網絡科技有限公司授權出版

定價250元

狗屋劃撥帳號：19001626

網址：love.doghouse.com.tw　E-mail：love@doghouse.com.tw